Sten Johansson

# Falaflo en maco

I0562063

SERIO ORIGINALA LITERATURO

STEN JOHANSSON

# Falaflo en maco

*Romano*

MONDIAL

Mondial
Novjorko

Sten Johansson:
**Falaflo en maco**

Originala romano en Esperanto

Kovrilo: Uday K. Dhar

ISBN 9781595694461

*www.esperantoliteraturo.com*

# Enhavo

# Unua ĉapitro
# En aŭto de judo
## Filippa, aŭgusto 2014

Avo Wilhelm portas bukedon da ruĝaj rozoj, kaj ŝi mem tenas kvar flavajn en la dekstra mano. La avo jam antaŭe avertis ŝin ke ĝuste rozoj plej konvenas.

"Ŝi vere amegis rozojn", li nun ripetas antaŭ la simpla tombo-ŝtono. "Komprenble ekzistas aliaj floroj, kiuj restas belaj pli longe. Printempe mi ĉiam plantas penseojn. Sed hodiaŭ ni metu rozojn en vazojn, je la dudekjara memoro."

"Jes, vi tute pravas, Avo", konsentas Filippa, ordigante la rozojn kaj verŝante akvon en la du tombo-vazojn. "Hodiaŭ Avino ricevu, kion ŝi plej ŝatis."

"Nu, evidente por ŝi ne plu gravas. Sed por ni jes. Por ke ni memoru, kia ŝi estis. Cetere, ĉu vi entute memoras ŝin, knabineto?"

Kiam ŝi estis infano, ŝi malŝatis, kiam li nomis ŝin 'knabineto', ĉiam en la dana lingvo, kvankam ĉion alian li diras svede. Sed jam delonge ŝi male trovas tion honora titolo.

"Certe. Tre bone. Ŝi estis la plej bona avino."

"Vi tamen estis tre juna, kiam ŝi mortis, ĉu ne?"

"Sesjara. Sed nur post la entombigo mi vere komprenis ke ŝi ne plu ekzistas, kiam ni revojaĝis hejmen. Ĉu vi petis Paĉjon ke ankaŭ li venu hodiaŭ, pro la pasintaj dudek jaroj?"

"Ne, mi ne petis lin alveturi. La dato ja tute ne gravas, se oni pripensas. Li vizitu la tombon, kiam tio konvenos al li. Ŝi estos same mortinta, kiam ajn li venos. Sed min li ja povus viziti de temp' al tempo, dum mi vivas, ĉu ne? Eble ĉi-aŭtune, en mia naskiĝtago."

La avo iom sinekskuze ekridas, kvazaŭ por mildigi la kritikon kontraŭ la filo.

"Vi pravas, Avo", diras Filippa. "Kaj ankaŭ onklo Erik devus iam reveni al Svedio por viziti vin."

"Nu, pri tio mi jam plene rezignis."

Ili staras dum kelka tempo antaŭ la tombo, ne interparolante. Estas nuba sed varma sabata posttagmezo. Ŝi flaras spican odoron de la ĉirkaŭaj arboj – ŝi ne scias, ĉu tujoj aŭ cipresoj. Dum momento ŝi pensas ke ŝi eble devus elekti blankajn rozojn, por ke ili formu la aŭstrajn kolorojn kun la ruĝaj. Nun ili faras la skaniajn, kaj ankaŭ tio ja konvenas. Cetere tio estas tro stulta penso, kaj ŝi eĉ ne atentis, ĉu la butiko havis blankajn rozojn. Ŝi kaŭras, ŝovante la nazon inter la rozpetalojn, sed ili estas preskaŭ senodoraj.

Ŝi rigardas ĉirkaŭ si al la tomboŝtonoj, arboj kaj arbustoj en la Orienta Tombejo de Malmö. La fona bruo de ĉirkaŭa trafiko apenaŭ ĝenas la kvieton.

"Ie ĉi tie ja situas ankaŭ juda tombejo, ĉu ne?"

"Jes, malantaŭ tiuj arboj. La Nova Juda Tombejo."

"Ĉu vi ne preferus ke ŝi kuŝu tie? Ŝi ja naskiĝis judino."

"Kial do? Ŝi estis baptita kaj poste dumviva ano de la Sveda Eklezio, do jen ŝia loko. Kaj eĉ mi rajtos kuŝi ĉi tie ĉe ŝia flanko, kvankam mi estas tute senkonfesia. Fakte ne tre gravas, en kiu loko kuŝos niaj ostoj. Mi tamen ĝojas ke ŝi rajtas kuŝi en tombejo kaj ne ekster la muro, kiel okazus antaŭ unu aŭ du jarcentoj."

"Kial do?"

"Nu, vi scias, ĉu ne? Iam oni ne rajtis kuŝi en konsekrita tero, se oni mem elektis fini la vivon."

"Ha. Eble mi iam aŭdis tion, sed tia malpermeso ja estas terura. Kiel longe estis tiel?"

"Mi tute ne scias."

"Ĉu ankaŭ en la judaj tombejoj estis simile?"

"Eĉ tion mi ne scias. Entute mi estas malklera oldulo."

Li ridetas, kaj ŝi reciproke ridetas al li. Ŝi tre bone scias ke li nur afektas. Fakte ŝia avo estas plena de scioj en plej diversaj kampoj. Kaj kvankam lia korpo ja komencas iomete kadukiĝi, spirite li ŝajnas al ŝi same vigla kiel ĉiam antaŭe.

Ili denove silentas dum kelka tempo antaŭ la tombo. "Marta Halder 1936-1994" diras la ora teksto sur la ruĝ-griza granito. Jen ĉio. Neniu ornamo, neniu plua epitafo.

"Bone do", diras la avo post kelkaj minutoj. "Ĉu ni reiru hejmen por iom da kafo?"

Ili paŝas malrapide al la parkumejo. Ŝi tenas sin proksime ĉe lia dekstra flanko, por la okazo ke li ŝanceliĝus. Laŭ lia paŝado efektive videblas ke jaroj pasis.

"Avo", ŝi diras hezite. "Ĉu vi scias, kial ŝi faris tion?"

Li ne tuj respondas, kaj ŝi jam bedaŭras la demandon kaj preskaŭ esperas ke li nenion aŭdis. Sed lia aŭdokapablo plu restas bona.

"En periodoj ŝi estis tre deprimita", li diras, "sed kutime ŝi sukcesis regajni la vivkuraĝon. Fine ŝi tamen ne povis eliĝi el la mallumo. Mi pensas ke ŝi ofte sentis teruran solecon en la mondo, pro la pereo de ĉiuj ŝiaj proksimuloj. Kaj fine nek mi nek la filoj kaj genepoj povis kompensi tion. Krome ŝi verŝajne sentis ian strangan honton, ĉar ŝi ne povis memori la gepatrojn, nek la fraton aŭ aliajn parencojn. Ankaŭ mi fojfoje sentis ion tian, ĉar mi apenaŭ memoras mian patrinon. Pli ĝuste: mi ne plu scias, kio estas vera memoro, kaj kio nura rakonto pri ŝi."

"Sed ĉu ankaŭ vi suferis deprimon?"

"Ne, bonŝance ne. Evidente mi estas farita el pli kruda materialo ol Marta."

Filippa helpas lin sidiĝi sur la pasaĝera sidloko de lia aŭto, kaj poste ŝi mem sidiĝas ĉe la stirilo.

"Mi ne trovas vin tro kruda, Avo!" ŝi diras kaj ekigas la motoron. "Kaj mi volonte kafumos ĉe vi."

Kasim atendas ekster la stacidomo, kiam ŝi eliras sur la straton, alveninte per la regiona trajno. Ŝi tuj ekvidas lin kaj paŝas al li. Li ŝajnas senpacienca, tretante surloke. Tamen ŝi klinas sin iomete, por ke li kisu ŝin, kvankam ŝi jam bone scias ke li ne ŝatas fari tion de malsupre. Al ŝi mem la diferenco de alteco tute ne gravas, kaj ŝi ne komprenas, kial li atentas tian bagatelon.

Post longa periodo kun varmego la aero nun estas malvarmeta por aŭgusto, kaj ŝi sentas la humidan venton el la markolo. Nu, baldaŭ ja alproksimiĝos la aŭtuno.

"Rapidu", li diras, urĝante ŝin pluen. "La cionistoj jam estas surloke."

Do ili marŝas per energiaj paŝoj suden al la Granda Placo de Malmö. Jam sur la ponto trans la kanalon ŝi aŭdas foran klamadon fare de la protestaj manifestaciantoj. Alvenante sur la placon, ŝi vidas centojn da personoj svarmi sur la stratoj ĉirkaŭ la efektiva placo. Ili estas homoj diversaĝaj, kun malsamaspektaj vizaĝoj kaj vestoj, tamen la plej multaj estas junuloj kiel Kasim, laŭaspekte mezorientaj. Dise inter ili ŝi vidas tri palestinajn flagojn, kaj fore du afiŝojn sur stangoj, sed la tekstojn de tiuj ŝi ankoraŭ ne povas legi. Kasim plonĝas inter la homojn, kaj ŝi sekvas lin ĉe la kalkanoj.

"Saluton, frato", diras Kasim al viro verŝajne iom pli aĝa ol li, kiun ŝi nebule rekonas.

Ŝi gvatas la ĉirkaŭantojn kaj ekvidas du-tri aliajn konatojn. Unu el ili tenas afiŝon, sur kiu ŝi nun legas 'Liberecon al Palestino'. Pli fore ŝi rekonas mezaĝan paron.

"Rigardu, Kasim", ŝi diras. "Alvenis la gesinjoroj Ŝarifi."

Ŝi iras al ili kaj premas iliajn manojn.

"Saluton, Filippa", diras sinjoro Ŝarifi. "Mi ĝojas ke vi venis. Espereble la polico ne atakos nin. Ni tamen ne permesis al la infanoj akompani nin. Oni neniam scias, kiel finiĝos la afero, sed ŝajnas al mi grave montri ke ni reagas."

"Mi konsentas", ŝi respondas. "Kasim telefonis al mi, kiam li aŭdis pri la afero, kaj mi tuj alveturis trajne. Estas hontinde, laŭ mi."

Nun ŝi vidas ke la protestantoj ĉirkaŭas centon da policistoj kun kaskoj kaj ŝirmiloj. Kaj trans tiu timiga aro ŝi videtas la homojn, kies iniciato provokis la protestojn. Estas manifestacio, aŭ eble nur mitingo, kun israelaj flagoj kaj slogantukoj, sur kiuj legeblas la vorto PACO. Ie fore ŝi vidas afiŝon kun la teksto 'Haltigu Hamason'. Jen do la cionistoj. Ne eblas vidi, kiom ili estas. Eble cento aŭ ducento da personoj plejparte mezaĝaj, ŝajne tute ordinaraj urbanoj. Eĉ kelkaj maljunuloj videblas malantaŭ la densa protekta kordono de policaj kaskoj.

Dum momento ŝi ekpensas pri avo Wilhelm. Se li estus tie, inter la homoj, kiuj volas pacon laŭ israelaj kondiĉoj. Sed ne, kompreneble li neniam partoprenus en tia manifestacio. Ŝi ne scias precize, kion li efektive opinias pri la konflikto, krom ke li bedaŭras ĝin, sed li certe ne enmiksiĝus en ĉi tian iniciaton, dum daŭras la terora atako kontraŭ la loĝantoj de Gazao. Nu, cetere li ne plu kapablas promeni tute senĝene. Li baldaŭ estos okdekjara kaj espereble restas hejme en kvieto kaj sekureco post ilia hieraŭa vizito ĉe la tombo de Avino.

Kie nun jam estas Kasim? Dum ŝi interparolis kun la gesinjoroj Ŝarifi kaj pensis pri la avo, ŝia koramiko malaperis inter siajn junajn konatojn. La klamado de frapfrazoj intensiĝas. "Libereco por Palestino! Israelo murdas infanojn!" Fore ŝi aŭdas ankaŭ kriadon arablingvan, kiun ŝi ne komprenas, krom la ĉiamajn instigajn 'jallah'. Sed poste ŝi rekonas la vorton 'al-jahud'. Nu, kompreneble oni akuzas la judojn. Ŝi bedaŭras ke jes, sed tion ŝi sendube devus atendi. Verŝajne pluraj el la tiel nomataj cionistoj tie trans la polica kordono efektive estas anoj de la loka juda komunumo. Ŝia avo certe rekonus kelkajn el ili. Aliaj sendube konsideras sin amikoj de Israelo pro diversaj kialoj. Eble ili timas islamanojn, aŭ almenaŭ islamistojn. Ĉiel ajn ŝi antaŭvidas, kiel ili rigardos la protestojn. Ili sendube reagos same kiel al ĉia kritiko kontraŭ la agado de la israelaj registaro kaj armeo. Certe eblos legi en morgaŭaj ĵurnaloj ke antisemitoj atakis pacan manifestacion. Pro tio ŝi bedaŭras la disajn kriojn pri 'la judoj'.

Eĉ pli aĉe estas ke oni jam komencis ĵeti aferojn. Ovojn, ŝajne. Kaj botelojn, kiuj flugas kontraŭ la policistaj ŝirmiloj. Ŝi ĝojas ke ĉi tie almenaŭ ne disponeblas pavimŝtonoj. La veran celon, la cionistan manifestacion, ne eblas trafi, bonŝance. Nun la policistoj avancas, puŝante kaj dispelante la protestan manifestacion. Kaj Kasim daŭre ne videblas.

Entute la etoso ne plu plaĉas al ŝi, kaj dume malaperis ne nur Kasim sed ankaŭ la gesinjoroj Ŝarifi. Verŝajne ĝuste ĉi tion ili timis. Ŝi okulserĉas la homojn ĉirkaŭ ŝi, kiujn la polico iom post iom puŝas malantaŭen. Ŝi komencas timi kaj sentas ŝviton eliĝi ĉe la akseloj. Retrovante en la pelmelo neniun konaton, neniun el la amikoj de Kasim, ŝi retretas for de la placo en la straton Hamngatan. Paŝinte cent metrojn sur la strato, ŝi elpoŝigas la telefonon kaj provas telefoni al Kasim, sed li ne respondas. Ĉu li jam interbatalas kun la policistoj? Aŭ ĉu li aliĝis al la kriado de siaj konatoj kaj pro tio ne aŭdas la telefonon?

Mi scivolas, kion ili dirus, se ili scius ke mi havas onklon tie fore, ŝi pensas. En Jerusalemo, laŭdire. En al-Quds, sendube dirus Kasim. Kaj gekuzojn. Eble unu kuzo nun stiras bombaviadilon super Gazao, faligante bombojn sur lernejon aŭ hospitalon. Ne, tio verŝajne ne eblus. Laŭdire tiuj ortodoksuloj ne militservas. Kaj la gekuzoj kredeble ankoraŭ estas tro junaj. Sed post kelkaj jaroj ja povus esti ke iu el ili tamen servos en la armeo, kiu turmentas la palestinanojn. Ĝuste nun ili eble male kaŭras en ŝirmejo por eviti la raketojn de Hamas. Se tiuj efektive povas atingi Jerusalemon. Ŝi supozas ke ne, sed fakte ŝi ne scias. Ĉiuokaze ŝi neniam menciis tiun onklon al Kasim, des malpli al liaj amikoj. Onklon Erik, aŭ kiel ajn li nun nomas sin. Strange! Hieraŭ ŝi menciis lin en la tombejo, kaj jen denove li aperas en ŝia imago. Normale ŝi neniam pensas pri li, kaj ankaŭ avo Wilhelm malofte parolas pri sia dua filo. Nur pro tiuj frenezaj cionistoj ŝi refoje ekpensis pri li, kvankam laŭ la avo ĝuste lia sekto ne estas cionisma. Cetere ŝi apenaŭ scias, kio precize estas la cionismo.

Ŝi reiras al la Centra Stacidomo kaj mendas laktokafon en kafejo tie. Kiam ŝi sidiĝas kaj ektrinketas, la amareta aromo de la kafo trankviligas ŝin. Ŝia streĉita spirado jam refariĝas normala. Ĉi tie ĉio ŝajnas tute normala dimanĉo. Homoj sidas kun kafo, manĝeto aŭ kuko, laborante aŭ distriĝante per siaj telefonoj aŭ teko-komputiloj. Kredeble neniu el ili konscias ke rizomo de la israela-palestina konflikto ĝuste nun ŝosas je distanco de kvarcent metroj sur la Granda Placo de Malmö, ĉi tie ĉe la markolo inter la pacaj Svedio kaj Danlando. Ŝi konscias ke ĝi sendube estas ridinde sensignifa ŝoso, tamen la partoprenantoj evidente prenas ĝin serioze. Ankaŭ al ŝi tiuj aferoj ja serioze gravas, kaj ĉi-matene ŝi vere tre indignis, eksciante ke iuj homoj manifestacios por subteni la israelan atakon kontraŭ Gazao. Tamen ne eblas eviti ke aperas en ŝi miksitaj sentoj. Ŝi vere ŝatus pli diskuti tion kun avo Wilhelm. Ili certe ne plene akordus; tamen ŝi scias ke li ne kondamnus aŭ forregalus ŝin sed male tre sincere konsiderus tion, kion ŝi diras. Jen lia ĉiama sinteno al ŝi, kaj sendube li kondutas same al aliaj homoj.

Fakte ŝi ŝatus iam eĉ verki pri tiuj aferoj. Kion, ŝi ne scias, ĉu poemon, artikolon aŭ novelon, sed simple vortigi kaj surpaperigi siajn ideojn. Aŭ enkomputiligi. Iel klopodi por ordigi la pensojn kaj klarigi al si mem kaj aliaj, kion ŝi efektive opinias, tajpante frazon post frazo. Sed kredeble tio neniam efektiviĝos. Ĉiuokaze necesus unue pli multe diskuti kun Kasim, kun la avo, eble kun aliaj, aŭskultante iliajn historiojn. Kaj kompreneble ŝi devus multe pli studi la iaman kaj nunan situaciojn. Bedaŭrinde ŝi dubas, ĉu ŝi havos sufiĉan paciencon por tio. Ekzistas tro da aliaj aferoj, kiuj konkuras pri ŝiaj tempo kaj atento.

Ŝia laktokafo jam estas eltrinkita, kiam sonoras ŝia telefono. Kasim! Nu, finfine!

"Kie vi estas?" ŝi senspire krias en la telefonon, tiel ke apudsidanto rigardas ŝin malaprobe, kvankam tio estas la frazo plej ofte ripetata en poŝtelefonon.

"Diablo scias. Mi vidas nur fumtubegon, naftocisternojn kaj kajojn. Kaj mi tordis al mi la piedartikon."

"Kio okazis?"

"La porkaĉoj transportis nin en ian fektruon meze de nenio. Mi rekonas nenion. La stratnoma ŝildo diras 'Utögatan'. Kaj mi ne povas paŝi."

"Ĉu la polico simple deponis vin tie?"

"Jes ja. Escepte de Jusuf kaj kelkaj aliaj, kiujn ili kredeble portis al la arestejo. Aŭskultu, Filippa, mi bezonas helpon reveni de ĉi tie. Ĉu vi povus prunti aŭton?"

"Nu, de Avo, tiuokaze. Mi ne scias, de kiu alia. Sed ĉu ne ekzistas bushaltejo tie?"

"Ne, nenio tia. Estas dezerto."

"Bone, mi telefonos por demandi lin. Sed kie estas tiu strato? Ĉu entute en Malmö?"

"Kredeble jes, aŭ en ia damna suburbo. Serĉu per via mapapo."

"Bone, do atendu, dum mi petos Avon."

Ŝi telefonas al la avo kaj atendas ke li havu tempon atingi sian telefonon. La fiksan, kompreneble. Por pli granda sekureco la patro de Filippa ja donacis al li poŝtelefonon, sed tiun li ne ŝatas uzi kaj kutime lasas en iu forgesita loko.

"Dek kvar sesdek kvin sepdek."

Avo Wilhelm devas esti la lasta transvivanta dinosaŭro, kiu plu respondas telefonvokon per sia numero, ŝi pensas. Nu, ŝi ja kutimas je tio.

"Avo, saluton, jen Filippa. Ĉu ĉio en ordo pri vi?"

"Nu, mi fartas, kiel mi meritas. Do en ordo. Kiel vi, knabineto?"

"Bone, sed mia koramiko havas problemon. Li tordis la piedon. Aŭskultu, ĉu mi povus prunti vian aŭton dum tute mallonga tempo?"

"Kompreneble. Ĉu al hospitalo?"

"Kredeble ne. Hejmen, mi supozas. Aŭ al lia laborejo. Do dum duonhoro, aŭ maksimume horo."

"Neniu problemo. Ĉu vi nun estas proksime?"

"En la stacidomo. Do post dek kvin aŭ dudek minutoj mi aperos ĉe vi."

"Estu bonvena. Ĉu vi restos por iomete manĝi?"

"Nu, mi ne scias. Eble poste, sed ne ĝenu vin pro mi, Avo."

"Vi neniam ĝenas, knabineto."

"Do, ĝis baldaŭ!"

Ŝi preskaŭ tuj trafas buson, kiu portas ŝin al la avo. Kelkajn jarojn post la morto de Avino, li vendis ilian domon kaj nun jam de deko da jaroj loĝas sola en eta apartamento en la kvartalo Kirseberg. Survoje tien per la buso ŝi serĉas la straton 'Utögatan' per la telefono. Trovinte ĝin, ŝi devas malzomi la mapon al pli eta skalo por kompreni, kie ĝi efektive situas. Tiel ŝi do konstatas ke ĝi troviĝas en havena kvartalo, pri kies ekzisto ŝi antaŭe sciis nenion, iom pli norde en la urbo.

Alvenante ĉe la avo duafoje en du tagoj, ŝi tuj elpetas la aŭto-ŝlosilon, danke rifuzas lian proponon pri kafo kaj subeniras al la parkumejo. La malnova *Saab* tuj startas, kaj ŝi stiras ĝin per iomete nekutimaj manoj. Ial ŝi sentas la stiradon pli sekura, kiam la avo sidas apude, kiel hieraŭ, kvankam li mem definitive rezignis stiri sian aŭton. Nun, kiam ŝi solas en ĝi, ŝi pli nervoziĝas. Ofte pasas monatoj inter ĉiu fojo, kiam ŝi havas okazon ŝofori. Ĉiuokaze ŝi ĝojas ke plu funkcias tiu aŭto, en kiu ne necesas esti programisto por stiri. Kaj ŝi tute ne bedaŭras la mankon de navigila voĉo por gvidi ŝin. Fakte plaĉas al ŝi eĉ la odoro de malnova aŭto, ia miksaĵo el benzino, fero, rubgaso kaj ŝi-ne-scias-kio, tute alia ol en nova moderna aŭto.

Baldaŭ ŝi atingas la kvartalon, al kiu ŝi celas. Evidente ĝi estas industria kaj havena zono plu aktiva, kvankam en la nuna post-tagmezo de malfrusomera dimanĉo ĝi estas preskaŭ senhoma. Ĉi tio do estas la Orienta Haveno. La Okcidenta jam de kelkaj jaroj estas transformata en ŝikan kvartalon kun luksaj loĝejoj kaj restoracioj, en kies centro tronas la fama nubskrapulo Turniĝanta Torso. Ĉi tie ĉio male estas okulfrape malŝika.

Ŝi renkontas dekon da junuloj, kiuj piediras en disaj duopoj kaj triopoj en la kontraŭa direkto. La konatoj de Kasim, evidente. Ĉu la polico vere rajtas tiel forveturigi ilin ien ajn? Iom pli fore antaŭe situas albordiĝejo de pramo al Germanio, sed ŝi turnas la aŭton dekstren, kaj jen ŝi trovas sin sur la ĝusta strato. Antaŭ ŝi altiĝas grandega konstruaĵo, eble elektrocentralo aŭ varmakva hejtocentralo. Kaj tie ĉe tabulbarilo sidas Kasim surtere, kun alia viro apud si.

"Finfine", diras Kasim, post kiam li lame stariĝis kaj malfermis la aŭtopordon. Mi pensis ke vi eble ne rajtis prunti ĝin. Mi eĉ planis peti mian patron sendi taksion, kvankam li ne ŝatus tion. Ĉi tio estas Fuad. Jen mia koramikino Filippa."

Ŝi kapsalutas la alian viron, kaj ili eniras en la aŭton. Kasim sidiĝas apud ŝi kaj Fuad malantaŭe.

"Kiel statas via piedo?" ŝi demandas, rigardante suben.

"Aĉe. Ni rifuzis eliri el la policbuso, ĉar ni ne sciis, kie ni estas. Sed ili simple puŝis nin, kaj mia piedo trafis en ian truon en la strato."

"Do, ĉu vi iros hejmen?"

"Ne, mi devos labori. Al la butiko, do."

Ŝi ekveturas kaj faras U-turnon per iom da peno.

"Kien vi malaperis, Filippa?" demandas Kasim. "Mi timis ke la porkoj kaptis ankaŭ vin."

"Ne, tute ne. Mi ne retrovis vin, do mi reiris al la stacidomo, kiam oni komencis krii 'morton al la judoj' kaj la polico avancis. Mi ne ŝatis la etoson."

"Kia fantazio! Neniu kriis tion."

"Nu, oni almenaŭ kriis pri judoj, ĉu ne?"

"Kial ne?" diras Fuad, kaj jen ŝi unuafoje aŭdas lian raŭkan voĉon. "Ili ja estas judoj. Judoj mortigas nin en Gazao, kaj judoj svingas israelajn flagojn sur la Granda Placo de Malmö."

"Kaj nun vi veturas en aŭto de judo."

Ŝi ne planis diri tion, sed iel ŝi devas rebati. En la retrospegulo ŝi vidas ke Fuad mienas nekomprene.

"Kia aŭto de judo?" li diras konsternite.

Kasim turnas sin malantaŭen kaj parolas al li arabe. Fuad eksilentas.

"Kion vi diris?" demandas Filippa.

"Mi klarigis ke ĉi tio estas la aŭto de via avo, sed ke li ne estas vera judo."

"Ĉu ne? Li estis sufiĉe juda por devi fuĝi, kiam oni gasumis lian familion!"

Estiĝas momento da silento en la aŭto.

"Mi komprenas", diras Kasim. "Sed pri tio kulpis la nazioj, ne ni. Kial devis mia familio fuĝi el Palestino pro tio, kion faris germanoj en Eŭropo? Ĉiuokaze via avo povus reveni al sia hejmo, se li volus. Tion ne povas ni."

"Mi scias, sed pri tio kulpas Israelo, ne la judoj. Ne konfuzu Israelon kun ĉiuj judoj!"

"Temas ne pri ĉiuj judoj sed pri la homoj sur la placo, kiuj svingis israelan flagon por subteni la bombadon de Gazao."

Filippa ne scias, kion respondi. Ŝi ĵetas rigardon en la retrospegulon kaj iom laŭtigas la voĉon por superi la motoron de la Saab.

"Kien mi veturigu vin, Fuad?"

"Ne gravas", raŭkas tiu. "Ankaŭ mi povas eliri apud la butiko."

"Bone. Ĉiuokaze la gesinjoroj Ŝarifi pravis, kiam ili ne venigis kun si la infanojn al la Granda Placo."

Dum kelka tempo ili ĉiuj silentas en la aŭto, kiam Filippa stiras ĝin preter la placo de Värnhem.

"Pardonu", diras Fuad, klinante sin antaŭen por paroli al ŝi. "De kie do fuĝis via avo?"

"De Vieno. Aŭstrio."

"Tio okazis antaŭlonge", aldonas Kasim. "Dum la dua mond-milito, ĉu ne?"

"Jes. Nu, eĉ antaŭe."

Ili jam proksimiĝas al la celo en la kvartalo Möllevången.

"Ĉu vi vere povas labori, kiam la piedo tiel doloras?" demandas Filippa.

"Certe. Mi ne knedas falaflojn per la piedo."

Ili ĉiuj ridas. Estas bone ridi kune, iomete dispelante la streĉitan etoson de antaŭe.

"Bone do", diras Kasim, elaŭtiĝante. "Nun sendube Mahmoud koleros, ĉar mi malfruas, sed tio ne gravas. Ĉu vi manĝos ion? Senpage!"

"Nu, mi pensas ke ne. Mi ne scias, kie parkumi ĉi tie, kaj Avo volis regali min per io. Eble ĉi-vespere. Ĉu vi laboros ĝis la fermo-horo?"

"Minimume."

"Nu, mi telefonos aŭ mesaĝos. Ĝis!"

"Ĝis baldaŭ."

"Ĝis revido!" diras Fuad, elirante ĉe la alia flanko. "Dankon pro la veturigo!"

"Ne dankinde!"

Ŝi rigardas la dorson de Kasim, kiam li eniras en la falaflobutikon de sia kuzo por labori tie posttagmeze kaj vespere. Kaj poste, reveturante al la hejmo de avo Wilhelm, ŝi ripetas al si la diraĵojn en la aŭto kaj klopodas elpensi, kiel ŝi rebonigu la etoson inter si kaj sia koramiko. Krome ŝi pensas pri la fuĝoj, pri kiuj ili parolis. Ŝi scias ke liaj geavoj devis fuĝi el Palestino en Libanon. Almenaŭ lia patro naskiĝis en rifuĝejo de Bejruto, dum pri la patrino ŝi ne scias. Poste ili rifuĝis en Svedion pro la milito en Libano. Ŝi ne memoras, en kiu jaro tio okazis, sed Kasim ja naskiĝis ĉi tie, en Malmö. Laŭ ŝia memoro liaj familianoj tamen povis rifuĝi kune. Avo Wilhelm devis vojaĝi sola, sen iu ajn familiano. Kaj li estis nur etulo. Ŝi provas imagi, kiel estus sperti ion tian kiel infano. Sed ŝi ne vere povas vidi sin en tia situacio.

## Dua ĉapitro
# Kun kartona slipo
### Wilhelm, decembro 1938

De ŝnuro ĉirkaŭ lia kolo pendas kartona slipo. Sur ĝi estas skribita lia nomo Wilhelm Halder kaj la tago, kiam li naskiĝis, la kvina de novembro 1934. Tion diris la sinjorino, kiu alligis ĝin al li. La sinjorino en griza vesto kun ruĝa kruco sur la brusto.

Antaŭ monato li festis sian kvaran naskiĝtagon kun Patrino kaj Avino, sed nun Patrino donis lin al ĉi tiu griza sinjorino, kiu parolas en iomete stranga maniero. Patrino klarigis ke la sinjorino portos lin al onjo Willi kaj al iuj gesinjoroj, kies nomojn li ne memoras. Kial li ne povis resti ĉe Patrino kaj Avino en la hejmo en Vieno, kie li loĝas de ĉiam? Patrino ja klarigis, kial li devas vojaĝi, sed ankaŭ tion li ne plu memoras. Ĉu ŝi diris, kiam ŝi mem venos por repreni lin? Ĉu morgaŭ aŭ post kelka tempo? Je Ĥanuko? Aŭ somere? Li ne plu scias.

Li tamen scias ke Patrino kaj Avino malĝojas, ĉar Avo mortis. Tio okazis printempe, kio estis antaŭlonge. Li ne certas, ĉu li memoras Avon aŭ nur la rakontojn pri li. Restis la violono de Avo sur la muro, sed antaŭ kelka tempo Patrino forigis ĝin, ĉar ili bezonis manĝon. Li ne scias, kie estas tiu morto, kien iris Avo. Ĉu ĝi estas ĉe onjo Willi? Patrino ofte parolis pri tiu onjo, sed nun li ne povas memori, kion ŝi diris. Eble li denove renkontos Avon, sed li ne scias kiel rekoni lin, se tio vere okazos.

La violono estis por fari muzikon, sed Wilhelm ne rajtis tuŝi ĝin. Nur Avo povis ludi ĝin. Sed post kiam li mortis, ankaŭ li ne plu povis ludi. Do Patrino faris bone, kiam ŝi ŝanĝis ĝin kontraŭ manĝo. Manĝo estas pli grava ol muziko, kiam oni malsatas. Sed Avino ne konsentis. Ŝi volis konservi la violonon de Avo. Avino ne manĝas tre multe.

La griza sinjorino ne havas tempon tre zorgi pri li, ĉar ŝi havas tutan aron da aliaj infanoj. Kelkaj estas pli aĝaj, aliaj etaj, sed ĉiu el ili portas kartonslipon ĉe la kolo. Oni enigas ilin ĉiujn en unu ĉambreton de vagono, kiun la sinjorino nomas kupeo. La vagono baldaŭ ekruliĝas, kaj tiam li rimarkas ke Patrino ne plu estas kun li. Ili sidas tre dense sur la sidlokoj kaj planko, kaj la sinjorino staras, portante infaneton sur la brako. Unu knabo malsekigis sian pantalonon, kaj nun li sidas sur ĵurnalo, dum la pantalono pendas de ia breto. La sinjorino donas al ĉiuj po unu kekson. Wilhelm kaj la plej multaj aliaj tuj manĝas ĝin kaj poste rigardas knabinon, kiu konservas la sian en la mano. Iu knabo provas forkapti ĝin de ŝi, sed li ricevas nur vangofrapon de la griza sinjorino, kaj la tuta ejo pleniĝas de plorado. Ploras la vangofrapita knabo, la infaneto sur la brako de la sinjorino, la knabino kun kekso kaj du gefratoj sur la alia sidbenko. Tiam ankaŭ Wilhelm ploras iomete, kiam neniu rimarkas tion. Antaŭe li ne kuraĝis.

De ekstere li flaras odoron de karbofumo, kiun li rekonas de la hejma kameno. La griza sinjorino zorge fermas la fenestron, por ke la fumo ne venu internen. La vagono longege ruliĝas, dum ĝi kelkfoje skuiĝas, kaj de ekstere sonas klakado: bum-bum, bum-bum, bum-bum, kaj kelkfoje laŭta hurlado. Jen la lokomotivo, diras la sinjorino. Ekster la fenestro preterpasas montetoj kun arbaro, kampoj, akvo, domoj, fumtuboj, preĝejoj, mastoj kaj denove montetoj. Kelkfoje oni haltas, kaj homoj eliras aŭ eniras en aliajn vagonojn aŭ ĉambretojn, sed ne ĉi tien, kie sidas la infanoj. Wilhelm laciĝas, dormetas, vekiĝas pro ia skuo, reendormiĝas sidante, kaj denove vekiĝas, kiam iu puŝas lin.

La veturado daŭras senfine. Li apenaŭ plu aŭdas la klaksonojn, nek sentas la skuiĝojn de la vagono. Iĝas vespero kaj nokto, kaj denove mateno. La infanoj plu sidas aŭ duonkuŝas unu sur la alia, jen dormante, jen rigardante ĉirkaŭ si, jen kverelante aŭ plorante. La sinjorino kuŝigis la dormantan bebon sur breton super la sidantoj kaj rearanĝis la infanojn por mem ricevi etan sidlokon. Matene, kiam la vagono staras senmova iuloke, ŝi eliras. Antaŭ ol eliri ŝi taskas al la plej granda knabino gardi la etulojn. Wilhelm pensas ke nun li jam perdis ankaŭ la sinjorinon, sed post kelka tempo ŝi revenas kun saketo da panbulkoj kaj du boteloj da lakto, kiujn ŝi donas sinsekve al unu infano post la alia. Nur tiam li eksentas ke li estas ege malsata.

Jen kaj jen, kiam la vagono ne ruliĝas, oni aŭdas eksteran kriadon, klaksonojn de aliaj vagonaroj kaj orelŝiran fajfadon. Krome venas soldatoj por rigardi ilin kaj paroli severe al la sinjorino. Sed ŝi respondas preskaŭ same severe kaj montras al la soldatoj dikan faskon da paperoj. La soldatoj ne havas paciencon legi tiujn paperojn sed nur krias iom pli kaj poste foriras. Eble ankaŭ la sinjorino estas iaspeca soldato, tamen sen pafilo. Lastatempe kun Patrino li ofte vidis soldatojn sur la stratoj, sed Patrino kaj li ĉiam rapidis iri en alian straton por ne renkonti ilin. La griza sinjorino tamen ne timas la soldatojn.

La soldatojn oni nomas ankaŭ germanoj. Ili havis propran landon, sed Patrino diris ke ili tamen glutis aliajn landojn. La lando de Patrino kaj Wilhelm nomiĝas Vieno, kaj la lando de Patro nomiĝas Bohemio, kaj la soldatoj glutis pecojn ankaŭ de tiu lando. Ili devas esti tre malsataj, se ili glutas landojn.

Wilhelm ne konas Patron. Eble tiu morto, kien iris Avo, estas en Bohemio. Se jes, li renkontos nek Avon nek Patron.

Nun la sinjorino diras ke la vagonaro veturas tra Germanio, kio estas la propra lando de la soldatoj. Wilhelm ne vidas diferencon. Estas similaj montetoj, kampoj kaj domoj kiel antaŭe. Eble tamen la domoj aspektas alie. Ili preterkuras tiel rapide ke ne eblas zorge rigardi ilin.

Post tre longa veturado denove estas vespero. Ili devas eliri en grandegan stacidomon kun fumo el multaj vagonaroj. Sed la sinjorino kondukas ilin flanken al loko, kie ne estas aliaj homoj. Denove ŝi alportas panon, sed ĉi-foje nur akvon por trinki. Ĝi gustas malagrable, sed li tiom soifas ke li tamen trinkas avide. Apude estas necesejo, kie ili devas vicatendi por pisi kaj kaki, kvankam kelkaj jam denove pisis en la pantalono. Poste ili longe sidas aŭ kuŝas sur la malmola grundo, kelkfoje dormante, jen kaj jen plorante, vokante al Panjo, ĝis denove estas mateno. Fine la sinjorino venigas ilin al alia vagonaro. Sed kiam ŝi komencas helpi ilin supreniri en ĝin, alvenas viro, kiu krias kaj svingas la brakojn. Ili ne rajtas eniri la vagonon. Ŝi parolas al li kaj montras la paperojn, sed li ne rigardas ilin kaj plu ne permesas al ili eniri. Post longa kverelado oni kondukas ilin en alian vagonon sen fenestroj, sen sidbenkoj sed kun multe da spaco inter diversaj kofroj, skatoloj, maŝinoj kaj sakoj. Ili sidiĝas aŭ kuŝiĝas sur la planko, kaj oni fermas la pordon. Pasas longa tempo en mallumo kaj malvarmo, kaj jen subite Wilhelm aŭdas kaj sentas ke la vagono ekruliĝas, sed ne plu eblas vidi ion. Nur de temp' al tempo strieto da lumo enŝteliĝas tra fendo kaj ĵetiĝas tra la mallumo sur la kapojn de la infanoj.

Ĉi tiu vagonaro haltas sufiĉe ofte, kaj oni malfermas la pordon por elporti kaj enporti kestojn kaj alion. Ĉiufoje oni surpriziĝas kaj eble koleras, ekvidante ilin, sed la sinjorino parolas severe kaj montras siajn paperojn. En unu loko viro alportas al ili akvon kaj du ĉifitajn pomojn, kiujn ili rondirigas inter si por preni po unu mordaĵon ĉiufoje.

Denove la vagono staras senmove dum sufiĉe longa tempo. La sinjorino devas eliri por paroli kun kelkaj viroj kaj montri la paperojn. Poste ankaŭ ĉiuj infanoj devas eliri kaj stari en vico. Soldato rigardas iliajn kartonslipojn unu post la alia kaj komparas kun la paperoj de la sinjorino. Fine oni denove enportas ilin kaj fermas la pordon. Post ankoraŭ sufiĉe longa atendado Wilhelm aŭdas kaj sentas ke la vagono ruliĝas, sed li apenaŭ plu atentas tion. Ŝajnas al li ke li kuŝas de ĉiam en la malluma vagono inter kofroj kaj kestoj, kvankam nun jam restas nur tre malmultaj el tiuj.

La vagono haltas, oni malfermas ĝin, kaj ĉio ripetiĝas. Ili devas denove stari en vico sur la kajo, dum soldato komparas kun la paperoj. Ĉi tie oni parolas en tute nekomprenebla maniero, sed la griza sinjorino kapablas paroli ankaŭ tiel. Kiam la soldato estas preta, li kondukas ilin al alia vagono, kien ili supreniras. Tie estas multaj sidbenkoj kaj fenestroj, kaj ili ĉiuj povas sidi aŭ kuŝi sur la benkoj. En la vagono estas kelkaj aliaj personoj, kiuj gapas al ili scivole aŭ malamike, sed Wilhelm jam atentas nenion ĉirkaŭ si. Li eĉ ne plu scias, ĉu li dormas aŭ ne.

Kiam la vagonaro ekiras de tie, la sinjorino mienas pli gaje ol dum la tuta antaŭa vojaĝo.

"Nun ni jam estas en Danlando", ŝi diras. "Ne plu necesas timi."

Wilhelm pensas ke tio eble estas la loko, pri kiu parolis Patrino, kaj kie troviĝas tiu onjo Willi, pri kiu ŝi multe rakontis. Sed li ne estas certa pri tio. Pasis tro da tempo, kaj li ne bone memoras, kion fakte diris Patrino.

Tamen ĉi tio eble ne estas la ĝusta loko, ĉar la veturado daŭras ankoraŭ. Kiam la vagonaro haltas, eniras pli da homoj. Kelkaj restas por gapi al ili, aliaj reeliras por elekti alian vagonon. Unu dika sinjorino donas al la infanoj pecon da kuko, kiun ili rondirigas, sed ĝi elĉerpiĝas jam antaŭ ol atingi Wilhelmon. Fine la griza sinjorino kolektas la infanojn kaj eliras kun ĉiuj sur la kajon de malgranda stacidomo. Tamen la vojaĝo ne finiĝis. Ĉi tie ili devas eniri buson, kiu veturigas ilin plu sur vojo. Wilhelm rigardas tion, kio preteriras ekster la fenestroj. Ĉi tie ne estas montetoj, nek arbaro, sed nur kampoj, domoj kaj kelkaj disaj arboj sen folioj.

Kiam la buso haltas, la griza sinjorino helpas ilin eliri, sed poste ŝi adiaŭas ilin kaj foriras per la buso. La paperojn ŝi transdonis al alia sinjorino en blua kaj blanka vesto. Jen li do staras inter la aro da infanoj, lacega kaj malpura. El la ĉirkaŭaj kampoj odoras de malseka tero, kaj blovas malvarma vento.

"Bonvenon al Danlando", diras la nova sinjorino. "Ĉi tie loĝi iom tempo kaj atendi. Poste veni nova familio. Nun iri domo."

Wilhelm miras ke granda sinjorino tiel malbone parolas. Tamen li kaj la aliaj infanoj eniras la domon, kie la sinjorino montras du ĉambrojn kun multaj litoj. Ĉiu el la infanoj povas elekti sian propran liton kun littukoj kaj felta kovrilo. Poste ili devas iri en ĉambron kun kranoj kaj lavaboj, kaj tie ĉiuj devas demeti la vestaĵojn, unue la infanetoj, poste la grandaj knabinoj kaj fine la grandaj knaboj, kaj lavi sin per sapo, la tutan korpon, eĉ la harojn. La sinjorino helpas lavi la malgrandajn, ankaŭ Wilhelmon. Aŭdiĝas krioj de pluraj, kiuj ekhavis sapon en la okuloj. Post tio ili ricevas noktoĉemizojn, ĉar oni lavos iliajn proprajn vestaĵojn. Kaj en la noktoĉemizoj ili nudpiede iras en alian ĉambron, kie staras tablo kaj seĝoj. Kaj tie alia virino, kiu tute ne parolas, prezentas vespermanĝon. Ĝi konsistas el ruĝa fruktokaĉo kun lakto kaj buterpanoj kun ŝinko, fromaĝo kaj ia pasteĉo.

"Bonvolu", diras la blu-blanka sinjorino, kaj ili sidiĝas por manĝi.

Ŝi klopodas helpi al la du plej malgrandaj infanoj, kaj du aliaj ricevas helpon de siaj pli aĝaj fratinoj. Wilhelm povas manĝi mem. La buterpanoj gustas bonege, kaj la kaĉo estas samtempe dolĉa kaj acida. Sed subite granda knabino laŭte ekparolas.

"Ne manĝu tiun viandon!" ŝi diras. "Tio estas el porko."

Unu knabo, kiu jam ekmordis sian buterpanon, demetas la tranĉaĵon da ŝinko. Tuj lia najbaro kaptas kaj enbuŝigas ĝin.

"Ne manĝu ĝin!" ripetas la knabino. "Estas malpermesite."

Pluraj el la infanoj ne atentas ŝiajn vortojn, sed unu knabeto ekploras. La du virinoj rigardas ilin mirante kaj interparolas en nekomprenebla maniero. Wilhelm kaj pluraj aliaj plu manĝas kun bona apetito, aliaj ŝovas la buterpanon kun ŝinko iomete flanken. Post kelka tempo oni alportas pli da fromaĝo por tiuj, kiuj ne volas sian ŝinkon. Wilhelm ne komprenas, kial ili ne ŝatas ĝin. Laŭ li ĝi gustas tre bone. Fine li preskaŭ endormiĝas en sian ruĝan kaĉon, sed oni malhelpas tion kaj kondukas lin al la lito, kie li tuj falas en profundan dormon.

Kiom da tempo li restas en tiu domo ĉirkaŭata de nigraj kampoj? Eble nur du tagojn. Li entute ne scias, kiom da tempo pasas, sed li ĝojas havi sian propran liton, dum li atendas ke Patrino alvenos repreni lin. Li scivolas, ĉu ankaŭ ŝi devas vojaĝi per tiom da strangaj veturiloj.

Dum li atendas, oni venas por preni du infanojn for de tie. Wilhelm ne multe atentas tion. Li ankoraŭ ne amikiĝis kun iu el la infanoj. Kelkfoje tamen pli granda knabino nomata Trude ludas kun li, sed li ne tre ŝatas tion, ĉar ŝi traktas lin kiel bebon.

Fine unu tagon haltas nigra aŭtomobilo antaŭ la domo. El ĝi venas alta virino en verda vesto, kun brunaj mallongaj haroj. Ŝi iras rekte en la aron da infanoj kaj observas ilin unu post la alia.

"Kiu estas Wilhelm Halder?" ŝi demandas.

Unue li volas kaŝi sin, sed li ne havas tempon. Oni montras lin al ŝi.

"Jes, komprenable! Mi devus tuj vidi."

Ŝi kaŭras kaj ĉirkaŭprenas lin, tiel ke li eniĝas en ŝian bonan odoron. Dum momento preskaŭ ŝajnas ke ŝi ekploros, sed finfine tio ne okazas.

"Kara Wilhelm, mi estas Willi. Mi estas la dana amikino de via panjo. Vi ne povas memori min, sed ni fakte jam konas nin. Nu, ni renkontiĝis unufoje, antaŭ du jaroj, kiam mi sukcesis viziti vin en Vieno."

Li rigardas ŝin. Li jam pli-malpli alkutimiĝis ke aperas kaj malaperas novaj sinjorinoj, kaj ĉi tiu almenaŭ scias paroli preskaŭ normale. Kaj Patrino ja rakontis pri tiu onjo Willi, ĉu ne? Aŭ ĉu pri alia sinjorino?

Do, li estas la tria el la infanoj, kiu forlasas la domon kaj pluveturas, nun jam per aŭto, kiun stiras la verda sinjorino, kaj li rajtas sidi antaŭe, apud ŝi. Li antaŭe ne sciis ke sinjorinoj povas stiri aŭton. Dum la veturado ŝi preskaŭ senĉese parolas, plejparte pri la patrino de Wilhelm, kiun ŝi nomas jen Louise, jen 'via panjo'.

"Ĉu via panjo ankoraŭ konservas la gipsan kapon, kiun ŝi faris laŭ mia kapo?" ŝi demandas.

Tiam Wilhelm klare memoras blankan kapon sur la komodo de Patrino, kaj ke ŝi ja kutimas nomi ĝin la kapo de Willi. Kvankam li ne povas vidi similecon inter tiu blanka gipsaĵo kaj ŝia kolora parolanta kapo, li tamen komencas senti ke li iomete konas ĉi tiun vivantan Willin.

"Ĉu Patrino estas ĉe vi?" li kuraĝas demandi.

Ŝi rigardas lin kaj serioziĝas.

"Bedaŭrinde ne. Mi esperas ke ŝi povos iam veni al ni, sed ĉimomente tio ne eblas."

Dum kelka tempo ŝi restas silenta, iom palpebrumante, kaj li pli-malpli endormiĝas. Li vekiĝas, kiam ŝi stiras la aŭton en grandan domon, kie estas multaj aliaj aŭtoj.

"Jen la pramo", ŝi diras. "Ni supreniru por manĝi dum la transirado, kaj poste ni baldaŭ estos hejme."

Ili do manĝas hakviandaĵon kun terpomoj, ruĝa brasiko kaj saŭco, kiu gustas kiel io, kion li nur svage memoras, dum senfina amaso da akvo etendiĝas ambaŭflanke de ĉi tiu stranga domego. Wilhelm neniam antaŭe vidis tiom da akvo. Sed post kelka tempo ili reiras al la aŭto kaj pluveturas.

"Ĉi tio estas la aŭto de mia bofrato", diras Willi. "Sed vi loĝos ĉe miaj gepatroj. Ili estas maljunaj sed tre afablaj kaj bone prizorgos vin. Mi mem multe laboras kaj ofte forestas."

Li ne komprenas, kiel ŝi povas havi gepatrojn, sed tio ne gravas. Li jam kutimas je ŝia senĉesa babilado. Plej volonte li aŭskultus, se ŝi plu parolus pri Patrino, sed li ne volas peti ŝin. Eble ŝi ne povas fari tion ĝuste nun.

"Sciu ke mi konas vian panjon tre bone. Vere tre bone."

Do, tamen ja eblas paroli pri ŝi. Denove onjo Willi palpebrumas. Subite li memoras ke Avino estas la patrino de lia patrino. Do ankaŭ grandaj sinjorinoj povas havi gepatrojn, kvankam tio estas stranga.

"Mi ja loĝis tie en Vieno dum naŭ jaroj. Cetere mi konis ankaŭ vian paĉjon. Ne tre bone, sed iom."

Sed pri Patro li ne volas aŭdi. Li ja tute ne konas lin. De temp' al tempo venis leteroj de li, sed Wilhelm neniam vidis lin mem.

Dum Willi parolas plu, li denove endormiĝas, kaj kiam li vekiĝas, ili jam estas en urbo kun domegoj, aŭtoj, tramoj kaj amaso da bicikloj.

"Do, jen Kopenhago. Ĉi tie vi loĝos ekde nun, Wilhelm. Ĉe la strato Adelgade. Espereble vi ŝatos la urbon. Oni nomas ĝin la urbo de la reĝo, sed fakte ĝi estas la nia, kaj ekde nun ankaŭ la via."

# Alia aha!

## Filippa, aŭgusto 2014

"Jen por vi!"

"Dankon, Avo. Ĝi aspektas delica. Mmm. Bonega!"

Ŝi sidas en la kuirejo de avo Wilhelm, ĝuante danan buterpanon de la klasika speco 'Nokta manĝo de l' bestokuracisto'. La diversaj gustoj de hepataĵo, sala bovaĵo kaj cepo sur sekala pano plenigas ŝian buŝon.

"Mi esperas ke ĝi estas koŝera", ŝi diras, glutante pecon da porko-hepata pasteĉo.

Ŝia avo nur ridetas. Tio estas ilia ĉiama ŝerco, kiun ŝi ripetas pli-malpli ĉiufoje, kiam li regalas per io, eĉ se tio estas nura taso da kafo. Ŝi komencis tion, kiam li rakontis pri la disputoj, kiuj sekvis pro la konvertiĝo aŭ ortodoksiĝo de onklo Erik, lia dua filo. Sed tiuj disputoj okazis, kiam ankoraŭ vivis la avino, eĉ antaŭ ol naskiĝis Filippa.

"Bonŝance vi ne iĝis vegano, kiel tiom da junaj virinoj."

"Kial bonŝance?"

Ŝi ne diras al li ke ŝi hejme nur tre malofte manĝas viandon.

"Nu, mi ne scias, ĉu oni jam produktas vegetaĵajn hepatan pasteĉon kaj viandsukan gelatenaĵon."

"Pasteĉon jes, sed pri la alia mi dubas. Cetere ankaŭ Jonas ofte diris la samon: ke bonŝance mi manĝas viandon."

La avo rigardas ŝin kun iomete sulkita frunto.

"Hm", li murmuras.

"Kia hm?"

"Nenia. Jonas estas tiu pli aĝa viro, ĉu ne?"

"Viro, prave. Pli aĝa ol mi, same prave. Ĉu gravas?"

"Ne, ne. Tute ne. Nur..."

"Kia nur?"

"Mi supozis ke via koramiko estas tiu... pardonu, mi ĉiam forgesas la nomon."

"Kasim."

"Ha, tiel li nomiĝas. Ĉu mi eraras?"

"Male, vi pravas. Jen mia amato."

"Kaj Jonas?"

"Jen mia... amanto, ha ha. Nu, mi ne supozas ke vi komprenu tion. Sed Kasim ja estas mia koramiko. Mi amas lin."

"Do, knabineto, kial vi ne rompas kun la alia?"

"Ĉar... nu, mi ne povas diri. Mi hontas."

"Aha!"

"Kia aha?"

"Nenia. Sed vi do hontas pri via propra konduto, ĉu?"

"Ne, tute ne. Ne pri tio mi hontas."

"Do pri kio?"

"Nenio. Sed mi embarasiĝus klarigi al vi, kion Jonas faras al mi."

La avo grimacetas, aŭ eble ridetas ironie.

"Aha!"

"Ĉu denove?"

"Ne. Tio estis alia aha!"

"Kia?"

"Mi konjektas ke tiu pli aĝa viro havas pli da erotika talento aŭ sperto ol la junulo."

Filippa ridas. Fakte ĉi tiu interparolo estas amuza, sed krome ĝi iom embarasas ŝin. Ŝi vere ne planis diskuti sian amoran vivon kun la avo.

"Nu, tiel oni eble povus diri. Sed tio sonas kiel... mi ne scias. Kvazaŭ mi estus ia..."

"Kvazaŭ vi estus normala virino?"

Ŝi ridas duafoje kaj pripensas, kion diri.

"Mi ne scias, kio estas normala, sed mi bezonas ilin ambaŭ. Estas du tute malsamaj aferoj."

"Do vi jam rigardas virojn kiel aferojn, ĉu?"

"Ne la virojn, sed miajn rilatojn al ili."

"Sed kiel longe tio do povos daŭri, antaŭ ol sekvos kraŝo? Ĉu ne estus pli sekure rompi kun... Kaŝ... Kasim?"

"Mi ne povas. Mi amas lin. Cetere, Jonas neniam forlasus siajn edzinon kaj infanojn. Kaj mi eĉ ne volus tion. Estus terura ŝoko, se iutage li starus ekster mia pordo, dirante 'Jen mi. Mi forlasis ŝin.' Terure! Mi tute ne scius, kion fari kun li."

Avo Wilhelm skuas la kapon.

"Kompreneble vi agu, kiel vi volas, knabineto, sed mi iom maltrankvilas pro vi. Vi riskas iam esti grave vundita."

Ŝi rigardas lin ŝokite.

"Ha! Ĉu de la araba teroristo, eble?"

"Mi celis spiritajn vundojn."

"Nu, bone. Spiritajn. Sed Avo, ĉu vi vere povas diri al mi, kiel eviti tiajn?"

Li ridetas pale kaj prokrastas la respondon.

"Mi certas ke ankaŭ vi suferis vundojn", ŝi insistas.

"Kompreneble. Vi pravas. Pardonu min, mi devus ne interveni en vian vivon. Sed mi iom timas, kio povus okazi, se ili ekscius unu pri la alia."

"Nu, Jonas kompreneble jam delonge scias ke mi havas koramikon, same kiel mi scias ke li havas edzinon. Sed Kasim nenion scias. Ĉiuokaze iliaj vojoj neniam kruciĝos, tion mi certigis. Do, vi povas esti trankvila, Avo!"

Filippa stariĝas kaj komencas lavi la vazaron, dum ŝia avo klopodas malhelpi ŝin.

"Lasu tion", li diras. "Ne forprenu miajn malmultajn taskojn."

"Espereble vi havas pli interesajn hobiojn ol ĉi tio. Cetere estas nur iomete, kaj mi jam preskaŭ finis tion."

El la strato de avo Wilhelm ŝi ekiras piede por atingi la falaflobutikon, kie laboras Kasim ĉe sia kuzo Mahmoud. Estas promeno de kvardek minutoj, sed ŝi ĝuas movi sin, malgraŭ la malvarmeta vespero. Surstrate la trafiko jam kvietiĝis, kaj senteblas neniu vento. Kiam ŝi alvenas, la butiko jam estas fermita, sed post iom da frapado, Kasim enlasas ŝin en la lokalon, kie odoras intense kaj iomete naŭze de malnova varmega fritoleo.

"Ni purigas, sed post iom mi estos preta. Dume prenu ĉi tion, mi konservis por vi falaflojn kaj salaton."

"Dankon, sed mi manĝis ĉe mia avo. Nu, eble peceton mi gustumos", ŝi diras, prenas kikerbulon inter la fingroj kaj mordas de ĝi pecon.

"Panjo demandis, ĉu vi volas manĝi ĉe ni hodiaŭ."

"Ĉu ĉi-vespere? Ne, mi devos iri hejmen. Volonte alifoje, tamen. Ĉu vi venos kun mi?"

"Al Lund? Hodiaŭ ne. Mia piedartiko tro doloras."

"Vi tamen ja ne knedos min per la piedo."

Ili ambaŭ ridas, sed ial ŝi ne sukcesas konvinki lin.

"Mahmoud promesis veturigi min hejmen."

Filippa glutas iom pli de la falaflo kaj krome pecon da rafano. Ŝi supozas ke kun tordita piedo li sopiras pli multe al flegado fare de lia panjo ol al ŝia traktado.

"Bone", ŝi diras. "Sed kiam vi do finfine transloĝiĝos al propra loko, for de la panjo?"

"Ne facilas trovi ion. Mi ne estas riĉulo. Kaj Kasim Khouri ne sonas al la luigantoj same fidinde kiel Kalle Karlsson."

"Mi scias. Sed ne estas normale plu loĝi ĉe la gepatroj je dudek kvar jaroj."

Li grimacetas. Verŝajne li ne aprezas ke ŝi mencias lian aĝon, ĉar li estas du jarojn pli juna ol ŝi.

"Certe ja estas normale", li diras. "Ili ne ĝenas min."

"Sed mi ne povas tranokti ĉe vi."

"Komprenable vi povas."

"Nu, eble tranokti. Sed mi embarasiĝus, se ili aŭdus nin."

"Do ne estu tiel laŭta!"

"Facilas diri sed ne fari. Nu, kiam ni do denove renkontiĝos? Ĉu vi venos al mi iam en la venonta semajno?"

"Eble. Dependas de la piedo. Ĉu vi ne manĝos plu?"

"Ne. Vi povas forĵeti tion."

Ili disiĝas ekster la butiko, kiam ĝia posedanto alveturigas sian aŭton.

"Vi petveturos kun ni al la stacio, ĉu ne?"

"Dankon, sed ne indas. Estas nur kelkaj paŝoj. Ĝis, Kasim, ĝis, Mahmoud!"

Do ŝi piediras al la nova subtera stacio de Triangeln kaj baldaŭ suriras trajnon, kiu portas ŝin al ŝia loĝurbo Lund. Ankaŭ tie ŝi promenas la mallongan distancon al sia eta apartamento en la malnova okcidenta kvartalo. Estis iom tumulta tago, kaj nun ŝi ĝuas esti sola en trankvilo dum la vespero antaŭ nova labor-semajno.

Merkrede post la laboro ŝi iras buse de Malmö al Alnarp. Jonas atendas ŝin kiel kutime en sia ofica ĉambro, kaj ili tuj pluiras kune al la vitrodomoj. Du-tri el liaj kolegoj ŝajne kromlaboras post la normala horo same kiel li, sed ili jam kutimas vidi ŝin tie, de la tempo antaŭ tri jaroj, kiam ŝi laboris duontempe en la Agrikultura Universitato. Tiam Jonas estis ŝia mentoro, sed ilia speciala rilato komenciĝis nur, kiam ŝi maldungigis sin ĉi tie por eklabori en la urba ĝardeno de Malmö. Fakte ŝi amoris kun li unuafoje post sia adiaŭa festeto, kiu do fariĝis pli enkonduka ol disiĝa.

Nun ĉio jam estas rutina, kaj tamen ĉiu movo ekscitas ŝin. Li riglas la pordon, demetas kaj pendigas la jakon, malvolvas kaj sternas la dormomaton. Poste li komencas malvesti ŝin per siaj mirinde sentemaj manoj. Ŝi frostotremas, kiam li deŝovas la bluzon de ŝiaj ŝultroj, kaj kiam li delikate liberigas ŝin de la kalsoneto, ŝi sentas ke ŝi jam tre malsekas.

"La mamzonon mi konservos", ŝi diras kiel kutime. "Mi ne ŝatas, kiam ili pendolas."

Ĉar kompreneble li mem etendas siajn 190 centimetrojn sur-dorse sur la mato kaj lerte surmetas kondomon, antaŭ ol ŝi dis-femure ekrajdas lin.

"Ne necesas kacingo", ŝi diris la unuan fojon. "Mi glutas pilo-lojn."

"Tamen plej sekuras", li kontraŭis.

"Ĉu vi ne fidas min?"

"Vin jes, sed aliajn eble ne. Seksumado estas kiel nuklea ĉen-reakcio. Iu kuŝas kun iu, kiu kuŝas kun alia, kiu kuŝas kun ko to po. Se mankas sekureca sistemo, povas okazi senbrida nuklea fendiĝado kaj do katastrofo."

Do ŝi ekmoviĝas, komence malrapide, sed iom post iom pli forte, pli insiste, malpli konscie pri la ĉirkaŭaj prov-kultivaĵoj en la vitrodomo. Ŝi ne aŭdas la regulan susuradon de la aŭtomata akvuma sistemo. Ŝi rimarkas nek la odorojn de humida tero kaj plantoj, nek tiun de ŝvito venanta de la viro sub ŝi. Ŝi estas plene absorbita de la fizika ĝuado.

Se iuj kolegoj de Jonas preterpasus ekster la riglita pordo ĝuste en la tempo de ŝia klimakso, ili sendube aŭdus ŝiajn raŭkajn amorĝemojn, kaj baldaŭ poste lian anheladon, kiu tamen eble ne multe superus la akvuman susuradon. Sed neniu intervenus. Oni ignorus tiajn signojn de intensa eksperimenta kromlaboro. Kaj kuŝante sur Jonas, ŝi ĉiam atingas orgasmon. Sen tio ŝi kredeble ne farus la penon veni ĉi tien.

Poste ili ne multe parolas. Iam Jonas ja ŝatis babili pri genetikaj kuriozaĵoj, sed tio ne plu necesas. Ili ambaŭ scias, kial ili estas ĉi tie. Ŝi eĉ ne lavas sin sed rapide revestiĝas, dum li iras necesejen por forĵeti la kondomon, iomete lavi sin kaj kontroli ke liaj vesto kaj hararanĝo estas senmankaj. Dume ŝi atendas, plu restante en la etoso de la ĵusa kunestado. Iel la ritma sono de la akvumado konservas en ŝi ian eksterrealan senton.

Ili kune eliras. En la komenco li kutimis venigi ŝin al restoracio, sed nun tio okazas malofte. Ili ambaŭ trovus tion tro riska. Facile povus okazi ke alia gasto rekonus iun el ili kaj poste komencus disbabili onidiron. Kelkfoje li tamen veturigas ŝin aŭte al la plej proksima stacidomo, sed hodiaŭ ŝi pluiras per buso de la sama linio kiel antaŭe, kiu portas ŝin al Lund, eĉ pli proksimen al ŝia hejmo ol la trajno. Dume li aŭtas al sia familio en la propra vicdomo en Svedala, oriente de Malmö.

Sabate okazas la vespermanĝo ĉe la gepatroj de Kasim, kiun Filippa rifuzis lastan dimanĉon. La familio Khouri loĝas en apartamento de domturo situanta en kvartalo proksime de la urba stadiono. Ĝiaj loĝantoj plejparte estas maljunuloj denaske svedaj kaj familioj de iom bonstataj enmigrintoj, kiuj vivas en Svedio jam de jardekoj. Ŝi scias ke la geedzoj venis kun eta filo al Svedio kiel rifuĝantoj en la 1980-aj jaroj pro la milito en Libano, kaj ĉi tie en Malmö poste naskiĝis filino kaj la plej juna filo Kasim. Nun li jam estas la sola el la gefiloj, kiu plu loĝas ĉe siaj gepatroj, dum ambaŭ liaj gefratoj geedziĝis kaj transloĝiĝis al la regiono de Stokholmo.

"Bonvenon, Filippa!" diras sinjoro Khouri. "Venu sidiĝi sur la sofo. Ĉi tie! Ni baldaŭ manĝos."

"Estos maklubo", anoncas Kasim fiere, kvazaŭ li mem kuirus ĝin. "Ĉu vi jam manĝis tion?"

"Eble ne. Mi ne memoras. Kio ĝi estas?"

"Vi vidos. Kaj mi vetas ke ĝi plaĉos al vi."

Fakte la apartamenton plenigas miksaĵo el diversaj odoroj de la kuirado, kaj baldaŭ ili sidas ĉirkaŭ la tablo, super kiu vaporas el granda plado kun ŝafidaĵo, rizo, melongenoj, tomatoj kaj migdaloj. Kun tio oni prezentas salatojn, kikerkaĉon, jogurton.

"Filippa", diras sinjoro Khouri meze de la manĝo. "Ĉu vi legis, kion skribis svedaj gazetoj pri la okazaĵo de la pasinta dimanĉo?"

"Jes, plej multe pri tio ke oni ĵetis ovojn kaj botelojn, tiel ke la polico devis protekti la permesitan manifestacion. Precipe oni indignis, ĉar unu naŭdekjara virino, kiu travivis germanan koncentrejon, devis sperti tion."

"Ĉu ŝi devis?" bruske diras Kasim. "Ŝi povus trankvile resti en sia hejmo aŭ en ia maljunulejo, sed ial oni altrenis ŝin sur la placon por subteni la teroran bombadon de Gazao. Tie oni mortigis pli ol tri mil homojn, plejparte senkulpajn civilulojn. Kvincent infanoj estas inter ili. Oni detruis hospitalojn, dudek lernejojn, la elektrocentralon kaj la akvosistemon. Kaj la blokado plu daŭras, tiel ke ne eblas rekonstrui la urbon el la ruinoj. Jen kion subtenas tiuj homoj."

"Jes, tio estas stulta", diras lia patro. "Sed same stultaj estis vi junuloj, kiuj ĵetis botelojn. Kion vi atingis per tio?"

"Mi ĵetis nenion."

"Ĉu? Kial do la polico arestis vin?"

"Ili ne arestis sed fortransportis nin, ĉar ni ne havis permeson manifestacii."

Ĝis nun ili interparolis svede, sed nun Kasim aldonas ion arabe, kion la patro ne respondas.

"Kasim, estu ĝentila", diras lia patrino. "Parolu svede, kiam ĉeestas Filippa."

"Bone, sed la ĵurnaloj defendus la cionistojn ĉiuokaze, negrave kion ni farus."

"Eble, sed se vi protestus pace, ili ne povus skribi ke vi ĵetis botelojn", diras sinjoro Khouri.

"Ili povus skribi kian ajn mensogon. Cetere, kiel tiu maljunulino povis travivi koncentrejon, se tie estis gaskameroj?" diras Kasim.

"Mi ne scias, sed evidente ne ĉiuj mortis", diras lia patro.

"La gaskameroj estis en la neniigejoj", diras Filippa. "En aliaj koncentrejoj la homoj devis labori kiel sklavoj. Tie kelkaj transvivis, sed multaj mortis ankaŭ tie. Miaj geavoj perdis siajn familiojn en Aŭŝvico. Iujn oni gasumis, aliaj supozeble devis labori sed poste mortis, eble pro malsano, aŭ estis pafmortigitaj."

Estiĝas silenta paŭzo, dum kiu oni aŭdas la tintadon de manĝiloj.

"Sed via avo plu vivas, ĉu ne?" diras la patro de Kasim.

"Jes, kiel infano li estis sendita al Danlando, kaj poste li venis ĉi tien. Sed neniu parenco transvivis."

"Ĉiuj militoj estas teruraj", diras la sinjorino. "Ni estu dankaj ke regas paco ĉi tie. Sed prenu pli da manĝo, Filippa. Ĉu vi ŝatas ĝin?"

"Jes, ĝi tre bongustas. Nu, eble iomete pli."

La etoso restas dampita dum kelka tempo post tiu paroltemo. Sed kiam la sinjorino prezentas deserton el ia kuko, kiun ŝi nomas *knafeh*, saturita per dolĉega siropo, kaj sinjoro Khouri komencas rakonti anekdotojn el sia taksi-ŝoforado, Filippa komencas forgesi la malagrablan senton. Maĉante la kukon, ŝi tamen plu iom cerbumas pri tio, ĉu Kasim iam vere komprenos ŝin. Kaj ĉu ŝi mem iam plene komprenos lin.

Dimanĉe revenas la varma vetero. Post promeno de la Centra Stacidomo ŝi denove sidas en la kuirejo de sia avo, manĝante liajn buterpanojn. Ĉi-foje li prezentas unu kun fumaĵita salmaĵo kaj alian kun salikokoj.

"Ĉu ankaŭ ĉi tiuj havas specifajn nomojn?" demandas Filippa.

"Eble. Mi ne scias", li diras. "Sed mi memoras, kiam mi unua-foje gustumis fumaĵitan salmaĵon. Tio okazis kelkajn jarojn post la milito, kiam ni jam delonge revenis en Kopenhagon, kaj mi estis adoleskulo. Tiuepoke salmo estis luksaĵo, kaj mi longe aŭdis pri tiu mirindaĵo, sed kiam mi finfine povis gustumi ĝin, ĝi tute ne plaĉis al mi. Nu, feliĉe la preferoj povas ŝanĝiĝi kun kreskanta aĝo. Bonvolu provi ankaŭ tiun kun salikokoj."

"Ĉu viaj... la gepatroj de Willi manĝis buterpanojn kun saliko-koj? Kaj kun porkohepata pasteĉo, kiel lastfoje?"

"Certe ja."

"Do ne tre koŝeraj."

"Sciu ke sinjorino Singer, la patrino de Willi, estis filino de bienuloj el suda Jutlando, kaj ke la sinjoro estis tute normala dana judo, neniel religiema. Li tre malofte vizitis la sinagogon, kaj el la festoj mi memoras preskaŭ nur Paskon, ĉar tiam ni manĝis macon kaj li duone serioze rakontadis al mi pri la izraelidoj en Egiptio kaj tiel plu. Mi memoras precipe liajn ŝercojn pri la transirado tra la Ruĝa Maro, kiam la akvo disfendiĝis pro la bastono de Moseo. 'Tiel devus ankaŭ ni fari por transiri la markolon al Svedio', li diris."

"Nu, tio ja ne sonas tre religieme", komentas Filippa.

"Prave. Sabate li plej ofte deĵoris en la butiko ĝis la unua posttagmeze, ĉar tio estis grava vendotago. Nur fine de la sabato, do vespere, li ekbruligis specialajn plektitajn kandelojn, kaj la plenkreskuloj trinkis glason da vino. Sed mi eble iomete konfuzas la aferojn en mia memoro, ĉar poste ĉe la familio Wahren en Norrköping mi spertis aliajn kutimojn, kvankam ankaŭ tiuj geedzoj ne estis religiemaj."

Filippa kontemplas liajn vortojn dum kelka tempo, maĉante la salikokan buterpanon.

"Kiel estis, kiam vi alvenis al Svedio?" ŝi poste demandas. "Ĉu tiam la homoj bonvenigis rifuĝantojn?"

La avo silente pripensas dum kelka tempo.

"Estis alia tempo ol hodiaŭ, knabineto. Milito, okupado de Danlando, persekutoj, sed en Svedio regis paco. Kaj kiam ni venis ĉi tien, supozeble la homoj ĝenerale jam komencis dubi pri la fina venko de Hitler. Krome oni jam eksciis ke fine de la antaŭa jaro pli ol triono de la norvegaj judoj, kiuj ne eskapis al Svedio, estis senditaj al Aŭŝvico. Mi mem tiam ne komprenis tion, sed nun mi pensas ke tio gravis. Du jarojn pli frue oni eble resendus nin, kaj tiuokaze naskiĝus nek via patro nek vi mem. Sed en oktobro kvardek tri la germana armeo en oriento jam retretis post la malvenkoj en Stalingrad kaj Kursk, kaj la usonanoj jam konkeris sudan Italion. Kaj la sveda registaro iom post iom ĉesis tuj obei ĉiun ordonon de sude. Kompreneble plu ekzistis nazioj" kaj antisemitoj same kiel hodiaŭ, sed almenaŭ en Svedio ili ne multe montris sin malkaŝe."

"Tamen jam la duan fojon vi devis rifuĝi en alian landon. Kaj vi estis ankoraŭ infano, ĉu ne?"

"Prave. Sed tiam mi estis ĉirkaŭata de mia nova familio. Do mi verŝajne spertis tion kiel ekscitan noktan aventuron. Pri la riskoj mi ne multe konsciis. Nur poste mi komprenis ke ne ĉiuj estis same bonŝancaj kiel ni."

# Nokta navigado
## Wilhelm, oktobro 1943 – majo 1945

Jam kvin jarojn li loĝas ĉe la maljunaj gesinjoroj Singer, kiujn li nomas Avo kaj Avinjo. Fakte li vivas tre bone tie en la apartamento ĉe la strato Adelgade, en propra ĉambro kun multe da ludiloj, kiuj antaŭe apartenis al la nepoj de la gesinjoroj. Ankaŭ onjo Willi plej ofte loĝas ĉe ili, krom kiam ŝi estas for por verki artikolon aŭ tranoktas ĉe kolegino aŭ amikino – aŭ kiam ŝiaj pulmoj estas kuracataj en sanatorio. Plej multe mankas al li kamaradoj en la proksimaĵo, sed de pli ol du jaroj li frekventas lernejon ĉe la strato Sølvgade, kaj tie li ja havas amikojn. Kaj de temp' al tempo Willi promenas kun li en la apuda parko Reĝa Ĝardeno, en la proksima Botanika Ĝardeno aŭ en alia parko, kaj fojfoje eblas trovi iun kunludanton ankaŭ tie.

Kelkfoje li renkontas la aliajn familianojn. Onjon Frederikke, kiu koleretas, kiam Willi nomas ŝin Freddy, kaj rebatas dirante Wilhelmine, kio estas la vera nomo de onjo Willi. Plue ŝian edzon, onklon Christian, onklon Georg kaj lian edzinon, onjon Ester, kaj plue aron da tiel nomataj gekuzoj, kiuj tamen plejparte estas plenkreskuloj. Nur kuzo Morits estas junulo deksesjara, sed li malmulte atentas Wilhelmon. Kuzo David tamen havas filinon Mirjam, kiu estas nur sesjara. Sed nun, kiam Wilhelm aĝas preskaŭ naŭ jarojn, li ne tre ŝatas ludi kun sesjara knabineto, kaj krome ŝi kaj ŝiaj gepatroj ne oftege gastas en la apartamento ĉe la strato Adelgade.

De Vieno li memoras tre malmulte, kaj eĉ Patrino preskaŭ malaperis el lia memoro. Komprenebl e Willi ofte parolas pri ŝi, sed tio estas kvazaŭ fabeloj, ne liaj propraj memoroj. La vojaĝon antaŭ kvin jaroj li memoras kiel ian sonĝon, kaj kelkfoje nokte li vere sonĝas ke li denove kuŝas en malluma vagono, sentante la batadon de ties radoj sur la relojn, kaj aŭdante la kriojn kaj fajfadon en la stacioj. Tio plej ofte ne estas vere timiga koŝmaro, tamen li volonte sonĝus ion pli belan, aŭ entute nenion. Patrino neniam aperas en liaj sonĝoj. Li ne scias, ĉu tio estas bona aŭ malbona.

Lian kartonan slipon onjo Willi konservis kaj poste kaŝis, por ke neniu danĝera persono malkovru, kiu li efektive estas. La germanaj soldatoj devas ne scii tion. Ili alvenis en Danlandon, kiam li loĝis ĉi tie de jaro kaj duono. Unue la tuta familio ege nervoziĝis, timante kion la germanoj faros al la judoj. Sed baldaŭ preskaŭ ĉio refariĝis kiel antaŭe. Nur necesas memori ke ekster la apartamento li neniam parolu germane sed ĉiam nur dane. Sed tio ne estas problemo. Delonge li pensas dane, kaj nur pro devigo fare de Willi li kelkfoje plu babilas kun ŝi germane, "por ke vi ne forgesu vian gepatran lingvon", ŝi diras.

Aŭ por ke li povu paroli kun Patrino, se ili iam retrovos unu la alian, li mem pensas.

Sed ĉi tiun aŭtunon oni denove nervoziĝas. Willi klarigas ke la dana registaro demisiis. Tio signifas ke ĝi ĉesis regi, kaj pro tio la germanoj nun fariĝis pli danĝeraj ol antaŭe. Wilhelm ne vere komprenas tion, sed li rimarkas ke kiam ŝi promenas kun li surstrate, ŝi gvatas ĉiudirekte por eviti soldatojn. Tiam ŝajnas al li ke li jam spertis tion iam antaŭe.

Nun, en la unua tago de oktobro, fariĝas granda malkvieto en la apartamento ĉe Adelgade. La telefono ripete sonoras, parencoj kaj aliaj personoj venadas vizite, oni interparolas tre ekscitite kaj maltrankvile, sed neniu klarigas ion ajn al li. Oni eĉ komencas paki aferojn en valizojn. Onklo Christian alvenigas viron, kiun li nomas "nia ŝoforo". Fine tamen onjo Willi sidiĝas kun Wilhelm kaj komencas klarigi, pri kio temas.

"Ne timu, Wilhelm, sed ni devos forvojaĝi. Pro la germanoj ne eblas plu resti ĉi tie. Sed mi restos kun vi dum la tuta vojaĝo, kaj ankaŭ la avo kaj kelkaj aliaj familianoj. Do, ĉio estos en ordo, se vi estos kuraĝa."

Li volas demandi, ĉu ankaŭ nun li devos porti la kartonan slipon kun sia nomo ĉirkaŭ la kolo, sed tio sendube estus tro infaneca demando. Anstataŭe li diras:

"Ĉu ankaŭ Avinjo?"

"Ne, Avinjo kaj onklo Christian restos ĉi tie en Kopenhago."

"Kial?"

Ŝi sulkas la frunton kaj rigardas lin kun hezita mieno. Poste ŝi diras:

"Ĉar ili ne estas judoj."

"Ĉu nur judoj rajtas vojaĝi?"

Ŝi ridetas en iel stranga maniero.

"Jes, bedaŭrinde."

Li scias ke li estas judo. Jen kial Panjo sendis lin al la familio Singer. Sed pri Willi li ne certas.

"Ĉu ankaŭ vi estas judo?" li diras.

"Eble. Nu, laŭ kelkaj jes, mi estas same juda kiel vi, Wilhelm. Do, mi iros kun vi."

Pro la ĝenerala malpermeso eliri nokte ili devas atendi ĝis tre frue matene. Dumnokte li dormas malkviete, ĉar la plenkreskuloj plu diskutadas kaj pakas. La telefono dufoje sonoras eĉ meze de la nokto, vekante lin. Fine estas tempo ekiri, kvankam plu mallumas ekstere. Willi helpas lin vesti sin per pluraj tavoloj da varmaj vestaĵoj. Ili subeniras. Sur la strato staras kovrita kamioneto kun la surskribo "Ovoj de Værløse". La ŝoforo malfermas pordon al la ŝarĝejo, kaj Avo, onjo Frederikke, Morits, onjo Willi kaj Wilhelm devas eniri tien. Ekzistas neniuj seĝoj, do ili eksidas sur kelkaj feltaj plejdoj sternitaj sur la planko. Oni fermas, kaj fariĝas tute mallume. La aŭto ekiras.

La veturado daŭras longe. Eble horon aŭ pli. La aero en la malluma ŝarĝejo estas malfreŝa kaj odoras iomete naŭze. Jen kaj jen li faletas antaŭen aŭ dorsen, kiam la aŭto turniĝas. Onjo Willi ĉirkaŭtenas lin kaj parolas trankvilige al li tra la motorbruo. Li flaras ŝian konatan parfumon, kio donas al li senton de sekureco.

"Onklo Christian nun sidas apud la ŝoforo. Li aranĝis ĉi tiun transporton kaj espereble sukcesos ankaŭ pri la sekvo. Poste li restos ĉi tie kun Avinjo, Laurits kaj Margrethe kaj ŝia bebo. Sed Georg, Ester, Leonore, David, Elise kaj Mirjam venos per alia aŭto."

"Ĉu kuzino Margrethe kaj la bebo ne estas judoj?"

Malgraŭ la motorbruo li aŭdas ŝin kelkfoje spiri profunde antaŭ ol respondi.

"Ni esperu ke ne. Sed kiu estas judo, tion ŝajne decidas la nazioj."

Wilhelm pensas pri ŝia respondo. Li jam scias ke ne nur germanoj sed ankaŭ kelkaj danoj malamas judojn, kaj ke tiuj homoj nomiĝas nazioj. Sed ne eblas kompreni, kiel ili povas decidi, kiu estas judo.

"Kien iros la aŭto?" li demandas post kelka tempo.

"Mi ne scias precize. Al hotelo ĉe la maro, unue. Poste ni espereble pluiros al Svedio."

"Al Svedio? Ĉu per la pramo?"

"Nu... io tia, mi esperas."

Li scias ke al Svedio oni veturas per pramo, kvankam pro la milito kaj la germanoj tio delonge ne plu eblas. Sed povas esti ke tio jam ŝanĝiĝis. Tamen li ne komprenas, kial necesas sidi en malluma ŝarĝejo de ovo-kamioneto. Nek kial la veturado daŭras tiel longe. La pramo al Svedio ja iras de Havnegade en la urbocentro. Li kelkfoje vidis ĝin tie, kvankam nur en longa distanco, ĉar apude ĉiam staras soldatoj.

Fine oni tamen alvenas ien. Onjo Frederikke helpas la maljunan sinjoron Singer elaŭtiĝi, kaj poste ankaŭ Wilhelm povas eliri. La matena lumo tute blindigas lin, kaj li devas duonfermi la okulojn, dum Willi helpas lin eniri en grandan domon kaj plu supren laŭ ŝtuparo kaj en ĉambron kun du litoj, malgranda tablo kaj du seĝoj.

"Kie ni estas?"

"En la pensiono Havlyst en Hornbæk. Ĉu vi ne rekonas ĝin? Ni jam gastis ĉi tie en la antaŭa somero."

Li pripensas. Jes, li ja memoras la sablostrandon kaj la ondojn, sed ne ĉi tiun ĉambron.

"Ĉu ni iros al la strando?"

"Ne, tute ne. Nu, almenaŭ ne por naĝi, mi esperas."

Kompreneble. Aŭtune oni ne naĝas. En oktobro estas ege tro malvarme.

Post kelka tempo iu frapetas sur la pordo, malfermas ĝin kaj alportas matenmanĝon.

"Bedaŭrinde vi devas manĝi en la ĉambroj", diras la sinjorino kun la pleto. "En la salono sube vi estus tro videblaj de ekstere."

"Jes, kompreneble", diras Willi. "Koran dankon, sinjorino. Vi estas tre bonkora."

"Ne menciinde. Certe ni helpas, kiom ni povas. Espereble mia edzo sukcesos interkonsenti kun fiŝisto. Sed mi timas ke tio kostos iom."

"Mi komprenas. Ĉiuokaze tio estus grandega helpo."

Ili ekmanĝas, sidante iom malkomforte ĉe la tablo. Wilhelm scivolas, pri kio oni interkonsentos kun fiŝisto. Ĉu pri multekosta tagmanĝo el fiŝaĵo? Sed li ne volas demandi pri tio.

"Kie estas la aliaj?" li anstataŭe demandas.

"En aliaj ĉambroj. Ankaŭ Georg kaj lia familio alvenis. Bonŝance ĉi-sezone la pensiono ne havas aliajn gastojn. Fakte ĝi estas fermita."

Post la matenmanĝo onjo Willi kuŝiĝas surlite por dormi. Ĉi tio similas inversan mondon, pensas Wilhelm.

"Restu en la ĉambro, Wilhelm. Tio gravas. Ĉiuokaze ne montru vin eksterdome. Prefere ankaŭ vi ripozu, ĉar vi bezonos ĉiujn fortojn."

Do ankaŭ li kuŝiĝas surlite kaj eklegas magazinon kun bildstria rakonto, kiun li ricevis de Willi. Ŝi ne senvestiĝas sed endormiĝas plene vestite sub plejdo.

Ĉi tio fariĝas terure enua tago. Kelkatempe li ja dormetas, ĉar en la pasinta nokto lia dormo estis malkvieta. Aliokaze li sidas ĉe la fenestro, rigardante eksteren. Estas griza aŭtuna tago kun pluveto kaj blovado. Kelkaj malhelverdaj pinoj balanciĝas pro la vento, kaj inter ili videblas peco da griza akvo kun blankaj ondokrestoj. Li cerbumas pri tio, kion oni faros ĉi tie, kiam ne eblos naĝi aŭ sunumi sin sur la sablostrando. Poste li memoras ke Willi parolis pri vojaĝo al Svedio. Ĉu eble ankaŭ de ĉi tie iras pramo tien?

Li neniam estis en Svedio, kvankam nun li memoras ke oni vidas ĝin de la strando ĉi tie. La familio kelkfoje menciis iamajn ekskursojn tien, en la tempo antaŭ la milito. Sed ekde kiam germanaj soldatoj alvenis en Danlandon, tio tute ne eblas. Nek la germanoj, nek la svedoj plu permesus tian ekskurson. Precipe ne al li, kiu ne havas pasporton sed nur la flaviĝintan paperon, kiun la griza sinjorino de la Ruĝa Kruco alportis de Vieno. Subite li tre ektimas. Eble oni forgesis ke li ne vere apartenas al la familio kaj eĉ ne havas veran pasporton. Li scias ke oni bezonas tion por iri al alia lando. Tial li skuas Willin por veki ŝin.

"Onjo", li diras plore al ŝia duondorma vizaĝo. "Ĉu mi povos iri per la pramo sen pasporto?"

Ŝi palpebrumas konfuzite dum kelka tempo. Poste ŝi malfermas por li la brakojn kaj movas sin mem flanken sur la lito.

"Ne timu. Ni ne uzos pasportojn. Venu kuŝi ĉi tie apud mi."

Kaj ŝi ĉirkaŭtenas lin, ĝis li endormiĝas.

Vespere ili ricevas manĝon, denove en la ĉambro, kaj ĝi efektive konsistas el frititaj fiŝo-kneloj, kiuj tamen ŝajnas al li ne tre luksaj. Poste komenciĝas multe da irado tien-reen inter la ĉambroj, kie oni eklumigas nur malmulte, kovrinte la fenestrojn per nigrumaj kurtenoj. Aŭdiĝas diskutado kaj ĝenerala malkvieto. Wilhelm sidas ĉe tablo kun kandelo, kartludante *Nigran Petron* kun Morits kaj Mirjam, kvankam la knabino efektive estas tro malgranda por bone kompreni la ludon kaj ĉiam kuradas plendi al sia panjo. Onklo Christian intertraktas kun nekonata viro, kaj Avo ripozas en fotelo. La aliaj ŝajne vagas inter la ĉambroj.

Fine estas tempo ekiri. Eksterdome estas malluma vespero, sed Wilhelm ne scias, kioma horo estas. Ili ĉiuj enpakas sin kaj la valizojn en du personaŭtojn kaj ekveturas. Sur la lumĵetiloj de la aŭtoj estas gluita papero, kiu tralasas nur mallarĝan strion da lumo, sed onklo Christian petas ke oni estingu eĉ tion. La irado estas malrapida, eble pro la mallumo. Videblas nur nigraj siluetoj de arboj kontraŭ la nigra ĉielo. Baldaŭ la aŭtoj haltas, kaj ili devas eliri. La aŭtoj forveturas. Ili paŝas cent metrojn tra la mallumo al strando, kiu estas iomete malpli nigra ol ĉio alia. Wilhelm aŭdas la plaŭdadon de ondoj kaj susuradon de vento, kaj tiu vento estas plena de salo el la maro.

"Restu inter la arboj", diras onklo Christian. "Mi kontrolos, ĉu efektive estas boato tie."

Li baldaŭ revenas.

"Jes, ĝi kuŝas tie. Do ni simple atendu. Nun ni donu la dormig-ilon al la infanoj."

Mirjam devas gluti ian pulvoron, kaj poste la onklo volas doni tion ankaŭ al Wilhelm.

"Atendu", tiam diras Willi. "Li estas naŭjara kaj saĝa vireto, kiu jam spertis multon."

Poste ŝi turnas sin al li.

"Ĉu vi kapablos resti tute silenta, kio ajn okazos?"

Li kapklinas kaj elpremas sufokitan jeson per la seka buŝo.

"Negrave, kion vi aŭdos, ĉu kriojn, ĉu pafojn. Restu absolute silenta kaj fikstenu mian manon. Ĉu bone?"

Onklo Christian ŝajnas malkontenta, sed finfine Wilhelm ne devas gluti ion. Do li restas muta, dum la plenkreskuloj daŭre flustradas en la mallumo.

Post kelkaj eternoj ekaŭdiĝas motorbruo el la nigra maro. Onklo Christian stariĝas, paŝas sur la strandon kaj kelkfoje inter-mite eklumigas poŝlampon, direkte al la maro. Kaj tiam el la nigro videblas kelkaj respondaj ekbriloj de lampo.

"Ni iru", li diras. "Sed la boato ne povas porti ĉiujn per unu fojo. Unue Bopatro, la virinoj kaj Mirjam."

"Mi volas resti kun Wilhelm", tiam diras Willi.

"Certe. Mi tute ne kalkulis vin inter la virinoj", diras Christian, kaj iu tre mallonge ekridas en la mallumo.

Do duono de la grupo paŝas sur la strandon, eniras nevideblan boaton, kaj iu, verŝajne onklo Christian, remas foren en la mallumon. Dume la motorbruo ĉesis, sed oni pli-malpli sentas ke ekzistas io tie, kelkan distancon de la strando.

Baldaŭ ne plu aŭdiĝas la plaŭdado de remilbatoj, kaj ŝajnas al Wilhelm ke li kaj la restantoj estas forlasitaj inter la nigraj arboj. Li premas la manon de Willi, kaj ŝi repremas la lian.

"Ĉu vi frostas?" ŝi flustras.

Li kapneas sed malgraŭ tio premas sin kontraŭ ŝia flanko. Li flaras odorojn de la maro kaj de la pinoj ĉirkaŭ ili, sed nenio videblas, kaj aŭdeblas nur plaŭdado de ondoj kaj susurado de vento tra la arboj.

Post tempo, kiu ŝajnas neeltenebe longa, li denove ekaŭdas remilbatojn, kaj Willi stariĝas.

"Ni iru", ŝi diras.

Do, man-en-mane kun ŝi li paŝas sur la strandon apud onklo Georg kaj la kuzoj David kaj Morits, ĝis la akvorando, kie ondoj muĝante mordas la sablon. Nun li eĉ ekvidas la boaton kun onklo Christian ĉe la remiloj, kaj ili ĉiuj eniras ĝin kaj sidiĝas dense kune sur la sidbretoj. Baldaŭ la boato survojas foren, balanciĝante sur la ondoj. Jen kaj jen malvarmaj akvogutoj ŝprucas sur lian vizaĝon. Malantaŭ la dorso de Christian nun videblas nigra ombro, kiu iom post iom kreskas, ĝis ili atingas ĝin. Du viroj levas lin supren, Willi grimpe postsekvas, kaj ankaŭ la aliaj supreniras, krom onklo Christian, kiu starante en la boato transdonas ian paketon al fremda viro tie supre.

"Jen la mono. Dek mil, kiel vi diris."

"Bone. Atendu dum mi kalkulos sube, ĉe poŝlampo."

"En ordo."

Poste onklo Christian devas remi reen al la tero.

Ankaŭ ĉi tio evidente estas boato, kiu balanciĝas sur la ondoj, kvankam ĝi estas multe pli granda. Ili subeniras per ŝtupetaro en ian ejon, kie odoras tre intense de fiŝoj, dum ie apude denove ekbruas la motoro.

"Estas fiŝista barko", flustras Willi en lian orelon. "Nun memoru resti tute silenta."

Li kapjesas, premante ŝian manon.


Wilhelm ne scias, kiom daŭras la navigado tra la nokto. Eble du horojn. La balanciĝado kaj la fiŝodoro naŭzas lin, sed li eltenas tion sufiĉe bone. Male ambaŭ kuzoj, la plenkreska David kaj la adoleska Morits, devas kelkfoje vomi en sitelon, ĉar komence ili ne rajtas eliri ekster la ejon, kiun Willi nomas "holdo". Malgraŭ la fetoro la tamburado de la motoro efikas dormige, sed Wilhelm nur somnolas, klinite al ŝia flanko. La balanciĝado sur la ondoj daŭras senĉese. Fine tamen la viro, kiu ricevis monon de Christian, aperas dum momento por diri ke ili jam rajtas eliri.

"Ne plu necesas kaŝi vin. Ni jam estas sur sveda akvo."

Do ili ĉiuj grimpas supren por spiri freŝan aeron, krom sinjorino Elise, kiu restas sidanta kun la dormanta Mirjam en la brakoj. La sveda akvo estas same nigra kiel la dana. Wilhelm scivolas, ĉu ankaŭ la aero estas sveda. Verŝajne jes, ĉar ĝi estas pli malvarma kaj odoras pli freŝe ol la kutima aero.

Baldaŭ li ekvidetas pli malhelan strion super la akvo antaŭe, kaj li supozas ke tio estas Svedio. Li gapas al ĝi por trovi ion diferencan de ĉiu alia nigro, sed li vidas nenion specifan.

"Ĉu vi frostas?" denove demandas Willi. "Ni povus reiri suben."

"Ne", li respondas, kvankam li tremas, ĉu pro malvarmo, ĉu pro ekscito.

La fiŝbarko eniras en etan havenon kaj albordiĝas ĉe senhoma varfo. La fiŝisto helpas ilin elbarkiĝi kun siaj valizoj kaj la dormanta Mirjam. Tuj poste li denove stiras la barkon foren, sendube reen al Danlando. Dume la dek personoj hezite paŝas for de la kajo, portante la knabineton kaj sian malmultan bagaĝon. Wilhelm mem portas sakon kun kelkaj libroj kaj ludiloj. Liaj ekstraj vestaĵoj kuŝas en la valizo de Willi. Ili venas inter dormantajn domojn. Nenio aŭdiĝas; nenio moviĝas, krom ili kaj timema nigra kato, kiu ŝteliras tra barilo kaj foren.

"Kie ni estas?" diras Avo en duba tono. "Ĉu fakte en Svedio?"

"Certe ja", diras Willi. "Rigardu, jen poŝtkesto. Flava anstataŭ ruĝa. Kaj tie estas stratŝildo de 'Hamngatan'. Do ne dubu. Restas nur sperti, kiel la svedoj akceptos nin, kiam ili vekiĝos. Ili tamen estu feliĉaj ke venas nur ni kaj ne la germana armeo."


Fakte la unua svedo, kiu renkontas la rifuĝantojn, estas policisto sur biciklo, kaj li akceptas ilin surprize bonvole, kvankam li ŝajnas tre urĝata.

"Mi alvokos taksiojn por veturigi vin al Helsingborg", li diras. "Sed mi mem devas pluiri. Alvenas homoj amase laŭ la tuta marbordo."

Tion poste klarigas Willi, ĉar Wilhelm mem komprenis nur du aŭ tri vortojn el lia sveda diraĵo. Pri tio li antaŭe tute ne pensis. Willi diris nenion pri fremda lingvo.

"Vi baldaŭ alkutimiĝos", ŝi nun konsolas lin.

Ili albordiĝis en fiŝista haveno nomata Viken, kaj nun oni vetur-
igas ilin suden al la urbo Helsingborg kaj pluen al parko kun mal-
novaj konstruaĵoj, kiuj aspektas kurioze kun flava ligno kaj multe
da fenestroj. Tio estas la malnova akvo-kuracejo Ramlösa, kie oni
loĝigas ilin. Jam troviĝas tie aro da rifuĝantaj judoj el Danlando,
kaj pluaj alvenas ĉiutage, aŭ pli ĝuste ĉiunokte. La familianoj
konas multajn el ili, kaj oni senĉese babilas, rakontas pli-malpli
terurajn historiojn pri siaj fuĝoj de trans la markolo. Wilhelm
rondiras, scivole aŭskultante la interparolojn.

"Kiom vi pagis? Po mil kronojn por ĉiu persono? Terure! Kiel
do faras tiuj, kiuj ne povas pagi?"

"Nu, espereble oni helpas unu la alian. Kaj la fiŝistoj ja riskas
multege pro tia transporto."

"Sed la homoj, kiuj aranĝis ĉion, faris tion senpage. Kelkaj eĉ
donacis monon."

La plej multaj rifuĝantoj evidente veturis per similaj barkoj kiel
la familio Singer, sed kelkaj eskapis eĉ per simplaj boatoj. Iuj devis
eviti germanajn patrolŝipojn. Aliaj eĉ spertis pafadon, ekironte
de la dana bordo. Laŭdire iuj boatoj estis tro ŝarĝitaj per homoj
kaj renversiĝis, tiel ke homoj dronis. Post semajno en la rifuĝejo
Wilhelm aŭdas rakonton pri boato kun dudek sep rifuĝantoj, kiu
koliziis kun sveda militŝipeto pro la manko de lanternoj. Ses el
la homoj dronis, sed la svedoj savis la ceterajn kaj portis ilin al la
tero.

Li ne komprenas ĉion, kion li aŭdas de la amaso da rifuĝantoj.
Unu tagon Willi rakontas ke loka ĵurnalo faris enketadon inter siaj
legantoj, kion ili opinias pri la savo de la danaj judoj en Svedion.
Laŭ tiu enketo 77 procentoj favoras la savadon, dum sep procentoj
malfavoras ĝin. Li ankoraŭ ne perfekte komprenas procentojn,
sed Willi klarigas ke ĉio estas en ordo. La plej multaj lokanoj bon-
venigas ilin.

Kaj multaj urbanoj ja laboras en la provizora rifuĝejo de Ram-
lösa, same kiel en pluraj aliaj, por helpi pri la loĝado, manĝado,
vestado kaj ĝenerala ekipado de la rifuĝantoj. La dana mono, kiun
oni kunportis, ne uzeblas ĉi tie, kaj oni rajtas ŝanĝi nur limigitan
sumon al svedaj kronoj. Sed ekzistas trukoj.

"Ne risku ŝanĝi ĉe la nigramerkataj uloj! Iru al la fervoja vojaĝ-agentejo en la urbocentro! Tie oni akceptas ŝanĝi pli multe sen konsidero al la laŭleĝa limigo."

Ĉi tion Willi ekscias de pli bone informita najbaro, kaj Wilhelm aŭdas ŝin pludoni la informon al aliaj.

Ŝajne plej multaj rifuĝantoj venis al la regiono de Helsingborg, ĉar tie la markolo inter la du najbaraj landoj estas plej mallarĝa. Baldaŭ ĉiuj rifuĝejoj estas tro ŝtopitaj, kaj oni plusendas homojn aliloken en Svedio, kvankam multaj ŝatus resti ĉi tie, proksime al la hejmo. Sed alia grava problemo estas trovi laboron por havi enspezon. Post du monatoj en Helsingborg kuzo David trovas laboron kiel komizo en Malmö kaj transloĝiĝas tien kun sia edzino Elise kaj la filino Mirjam. Ankaŭ sinjoro Singer, la maljuna patro de Willi, provas uzi siajn malnovajn kontaktojn en Svedio por trovi ion por siaj gefiloj kaj genepoj. Dume Wilhelm komencas alkutimiĝi al la vivo en la nova lando kaj eĉ kompreni pli kaj pli multe el la lingvo. Sed baldaŭ sekvos nova transloĝiĝo norden, kvankam tute ne tiel drama kiel la antaŭaj.

Jam pli ol kvar monatojn la familio Singer restas en Helsingborg kun kelkaj miloj da aliaj rifuĝintoj. La loka polico kaj multaj privatuloj estas tre helpemaj, kaj oni aranĝas rifuĝejojn en diversaj lokoj. Ĝis nun la familio plu loĝas en la eksa akvokuracejo de Ramlösa, sed necesas trovi ion alian. Sinjoro Singer havas kontakton kun direktoro Wahren de la lan-teksejo YFA en Norrköping. La ŝtof-butiko de la familio Singer en Kopenhago iam aĉetis drapon kaj aliajn teksaĵojn de tiu fabriko. Sinjoro Wahren mem estas judo, kiu kun sia edzino multe aktivas por helpi aŭ peri helpon al judoj en kaj ekster Svedio. Nun li proponas al Georg Singer, la frato de Willi, oficon en la kontoro de la kompanio, kaj al la nevino Leonore li disponigas laboron en la fabriko mem. Oni ja devas nepre trovi manieron vivteni la familion en la sveda ekzilo. La direktoro povas ankaŭ proponi simplan loĝejon, kaj do la pliparto de la familio ekiras trajne norden al la teksindustria urbo plena de brikaj fabrikoj laŭlonge de torenta rivero. Dume David kun sia familio restas en Malmö, kie li plu laboras en butiko.

Willi mem denove suferas pro sia pulma tuberkulozo, sed ankaŭ por tio la direktoro povas peri helpon. Iom norde de la urbo Norrköping situas granda sanatorio, lokita alte inter pinoj, kaj tie Willi estos akceptita kiel paciento por esti kuracata. Ŝi jam antaŭe en 1941 pasigis kelkajn monatojn en la sanatorio de Vejlefjord en orienta Jutlando, kaj ŝi mem prenas la aferon kun bona humoro.

"Mi vidu, ĉu la sveda aero pli utilos al mi ol la jutlanda. Ĉiuokaze mi espereble evitos dividi ĝin kun germanoj."

Do, dum la komencaj tagoj Wilhelm trovas sin kun Frederikke, la pli aĝa fratino de Willi, kaj ŝia adoleska filo Morits en la nevasta apartamento ĉe strato iom malluma kaj mallarĝa. Pri lernejo oni ankoraŭ diris nenion. Li laŭiras la stratojn, iom timante trafi en kverelon aŭ eĉ interbatalon kun la lokaj knaboj. La urbo ja estas tre malgranda kompare kun Kopenhago, sed la etoso ŝajnas al li pli malamika, kiam li alfrontas aliajn knabojn. Komence li preskaŭ nenion komprenas el ilia babilado, kaj evidente ili ne komprenas lin. En Helsingborg li renkontis preskaŭ nur aliajn danajn infanojn, kaj cetere la lokaj plenkreskuloj tie bone komprenis la danan lingvon. Ĉi tie li jen kaj jen vidas ke okazas bataloj inter diversaj grupoj de knaboj, precipe tiuj el la urba liceo kontraŭ tiuj el la popolaj lernejoj. Kaj unufoje, kiam lokaj nazioj volas aranĝi mitingon sur placo, aro da aliaj junuloj atakas kaj forpelas ilin.

Iom post iom Wilhelm alkutimiĝas al la loko kaj lingvo kaj plivastigas siajn rondojn. Li ŝatas piediri en la haveno por rigardi ŝipojn, kiujn oni ŝarĝas aŭ malŝarĝas per diversaj varoj. Sur la stratoj veturas nur malmulte da aŭtoj provizitaj per kaldronoj por fari gason el ligno, ĉar mankas benzino. Meze de la urbo situas granda fabriko, kie oni faras paperon el ligno, kaj impresas lin la nuboj el vaporo, kiuj supreniĝas tie, kaj la odoro de ligno kaj lesivo, kiun li flaras preterpasante sur la strato. Sed la plej multaj brikaj konstruaĵoj en la urbocentro ja estas teksejoj de lano kaj kotono.

Baldaŭ tamen ĉesas lia libereco. Oni aranĝas por li provizoran lokon en lernejo. Same kiel hejme en la lernejo ĉe Sølvgade, oni metas lin en la trian klason, sed ĝi ne tre similas lian kopenhagan klason. Komence li komprenas nur malmulte el la parolo de la instruistino, fraŭlino Holmgren, kaj eĉ malpli de la aliaj lernantoj. Kiam oni donas al li libron por legi, li ja komprenas pli ol la duonon, sed kiam li devas laŭtlegi el ĝi, la klaso eksplodas en ridoj, tiel ke la instruistino petas lin ĉesi. Ĉi tie oni prononcas ĉion tute alie ol en Danlando, kaj eĉ tiu grajno da sveda, kiun li lernis en Helsingborg, ne multe helpas lin, ĉar ĝi estas skania kaj vekas mokon ĉi tie.

Lia unua sukceso okazas en matematika leciono. Aŭskultante fraŭlinon Holmgren, li lernis kiel diri la nombrovortojn. Necesas kuspi ilin, dirante unue la dekojn kaj poste la unuojn, kio ŝajnas al li nenatura, sed kiam li jam komprenas la sistemon, ĉio simplas. Dank' al tio li facile solvas kelkajn kalkultaskojn, super kiuj longe ŝvitas la plej multaj lernantoj, kaj per tio li gajnas laŭdon de fraŭlino Holmgren sed envion kaj mokon de la samklasanoj.

En la muziko li ne same triumfas. Fraŭlino Holmgren ekhavis la ideon instrui al la klaso la naciajn himnojn de Norvegio kaj Danlando, por plifortigi la solidarecon kun la frataj popoloj, kiuj suferas sub germana okupado, sed nek ŝi mem nek la infanoj scias prononci la danajn vortojn. Kaj kiam ŝi petas Wilhelmon kanti *Ho, vi ĉarmega land'*, li ne kuraĝas fari tion, por ne rikolti pli da moko flanke de la samklasanoj.

Estante judo, li ne devas partopreni en la lecionoj de religio, kio denove vekas envion. Kaj en la geografio, historio kaj "gepatra lingvo", kio kompreneble signifas la svedan, ĉio estas fremda kaj nekonata al li. Do lia printempa lernado tute ne prosperas, kun sola escepto de la matematiko, kie la lecionoj tamen ŝajnas al li tro facilaj. Dank' al la klarigo de onjo Willi li jam pli-malpli komprenas procentojn, kio mirigas la instruistinon. Malgraŭ tio, kiam alvenas la somero, oni decidas ke aŭtune li rekomencos la trian klason, krom se la milito finiĝos kaj li povos hejmeniri.

Direktoro Wahren kunlaboras kun alia juda familio, tiu de la advokato Philipson, kaj precipe la edzinoj multe okupas sin pri diversaj filantropaj agadoj. Oni kreis renkontejon kun la nomo Hemgården, "la hejma domo", kie eblas renkonti aliajn judojn en ekzilo, same kiel lokajn antifaŝistojn. Krom la judaj fabrikistoj, surprize granda parto de la loka burĝaro ankoraŭ obstine simpatias kun Germanio, sed en la laborista movado kaj inter kelkaj intelektuloj la etoso estas mala, kaj oni antaŭvidas la finon de la ĉirkaŭanta milito kun esperoj kaj optimismo.

Plejparte la programoj en tiu kunvenejo estas por plenkreskuloj, tamen oni kelkfoje ja okazigas aranĝojn ankaŭ por infanoj. Tien plurfoje venas ankaŭ loka pastro kun infanoj kaj junulinoj, kiujn baptis la sveda luterana misio inter judoj en Germanio kaj Aŭstrio, por ke oni havu ŝancon venigi ilin al Svedio. Estas plejparte knabinoj, el kiuj la plej aĝaj laboras kiel servistinoj en la hejmoj de lokaj kristanoj, dum la pli junaj estas zorgatoj en la samaj aŭ similaj familioj. Inter ili Wilhelm unuafoje renkontas la timidan Martan, kiu estas beleta brunharulino du jarojn pli juna ol li. Ŝi tamen estas tiel sinĝena ke apenaŭ eblas interparoli kun ŝi.

La restado de Wilhelm en Norrköping daŭras pli ol jaron. En la komenca tempo oni ofte ekskursas dimanĉe al la sanatorio de Kolmården por viziti Willin. Tiam oni eltrajniĝas ĉe eta haltejo sur arbara deklivo, kie inter la arboj videblas rebrilo de margolfo situanta malsupre. Poste necesas supreniri sur kruta vojeto inter rokoj kaj pinoj. Unue kuŝas restanta neĝo jen kaj jen malantaŭ ŝtonoj, poste la teron kovras tapiŝo el blankaj anemonoj. Wilhelm, kiu ĉiam antaŭe loĝis en urbegoj, tute ne kutimas je tia sovaĝa naturo kaj volonte farus pli longan promenon, dum por la maljuna sinjoro Singer la suprenirado estas tia peno ke post la unua fojo li rezignas pluajn vizitojn. La piedira distanco tamen ne estas longa, kaj oni baldaŭ anhelante ekvidas la grandegan konstruaĵon de la sanatorio, kun fasado tute kovrita de balkonoj, kie la malsanuloj kuŝas sub feltaj kovriloj por enspiri la sanigan aeron de la ĉirkaŭa alte situanta pinaro.

Komence Willi kuŝas en tia balkono dum iliaj vizitoj, kaj Wilhelm ne rajtas tro proksimiĝi al ŝi. Sed en la lastaj okazoj ŝi promenas kun ili en la plej proksima parto de la arbaro. Dum tiuj promenoj ŝi estas kutime vigla kaj en bona humoro. Wilhelm facile povas imagi ke la aero tie estas saniga por ŝiaj pulmoj, ĉar ĝi odoras tre freŝe, spice kaj iom mistere de musko kaj diversaj arbustoj.

"Estas pluraj interesaj pacientoj ĉi tie", ŝi klarigas. "Mi intervjuis verkiston, kiu jam publikigis romanon pri sia antaŭa restado en sanatorio. Eble mi faru tion same. Eĉ romantiko laŭdire ne mankas ĉi tie. Kompreneble mi ne povus konkuri kun Thomas Mann, sed fakte estas interesa vivo en ĉi tia loko."

"Vi devas ripozi, Wilhelmine, kaj ne labori", tiam admonas onjo Frederikke.

"Trankviliĝu, Freddy", ridas Willi responde. "En mia profesio eblas labori eĉ ripozante."

Post pli ol du monatoj, kiam majfloroj jam anstataŭas la anemonojn laŭlonge de la arbara vojeto, Willi laŭdire resaniĝas kaj forlasas la sanatorion. Tiam ŝi povas rekomenci siajn provojn verki pri diversaj temoj. En Svedio ŝi tute ne estas konata, sed malgraŭ tio ŝi sukcesas vendi kelkajn artikolojn al svedaj gazetoj. Kiel rifuĝinto, ŝi ne rajtas okupiĝi pri politikaj temoj, precipe nenio, kio povus tuŝi eksterlandajn rilatojn. Sed ŝia ĉefa intereso ĉiuokaze estas kulturo kaj arto.

"Oni plendas ke necesas reverki la tekstojn por ĝustigi mian svedan lingvaĵon. Tamen ŝajnas ke mia stilo penetras eĉ inter la erarojn. Kredeble oni trovas ĝin ekzota", ŝi mem komentas.

Do, la monatoj en ekzilo pasas kaj fariĝas pli ol jaro. Oni jam certas pri la fina malvenko de la nazia Germanio, sed restas sperti, kiom ĝi prokrastiĝos. La ekscito kreskas tagon post tago. Povas esti ke Hitler plu havas ian diablan surprizon, antaŭ ol finfine pereos lia miljara regno. Por la danaj rifuĝintoj en Svedio la ĉefa demando estas: Kiam ni povos reveni hejmen?

En majo 1945 fine kapitulacas la germana armeo en nord-okcidenta Germanio same kiel en Danlando, kaj oni povas plani la revojaĝon al Kopenhago kaj reunuiĝon kun la maljuna sinjorino Singer kaj kun Christian Falmose, la bofrato de Willi. Kiel "puraj arjoj" ili ambaŭ povis resti tie, gardante la posedaĵojn de la familio kaj prizorgante la butikon, eĉ se tiu havis nur malmulte da ŝtofoj por vendi.

Tamen ne ĉiuj tuj reiras hejmen. Onklo Georg kaj kuzino Leonore restos iom en siaj laborejoj. Ankaŭ onjo Frederikke prokrastos la hejmeniron ĝis la somero, por ke Morits kaj Wilhelm povu resti, dum daŭros la printempa semestro de la sveda lernejo. Kiam onjo Willi reiras hejmen, Wilhelm do plu loĝas en Norrköping ankoraŭ monaton kun onjo Frederikke kaj kuzo Morits. Fine ankaŭ ili tamen povas ekiri suden por reveni al la hejmurbo kaj hejmlando. Finiĝas la jaro kaj duono en ekzilo.

## Kvina ĉapitro
# Tri okonoj
### Filippa, septembro – novembro 2014

Dum kelkaj tagoj la vetero en Gotenburgo estas nekutime alloga kun suno kaj nur leĝera brizo. La arboj ankoraŭ verdas en la parkoj kaj avenuoj. En la Sveda Foirejo apud la amuzparko Liseberg okazas la ĉiujara Literatura Foiro, sed ne pro tiu ŝi vojaĝis al sia origina hejmurbo. Greger, la koramiko de ŝia patrino, festas sian sesdekan naskiĝtagon, kaj samtempe oni uzas la okazon por festi ŝian kvindek-kvinan, kiu okazos post monato. Al Filippa estas absolute neimageble ke Panjo efektive aĝas tiom. Kvindek kvin! Tio estas aĝo de maljunulino! Tamen ŝia patrino tute ne maljunas. La jaroj ja pasis, sed ŝi impresas same juneca kiel ĉiam, almenaŭ pli-malpli. Fakte, la veran datrevenon Panjo pasigos kun Greger sur Tajlanda strando, sed nun la familianoj aranĝas por ŝi simplan naskiĝfeston en ŝia hejmo. Ŝi kaj Greger ne kunloĝas sed estas tiel nomataj disvivantoj.

Komprenebele Filippa vizitas ankaŭ sian patron kaj lian edzinon Amanda. La duonfrato Oskar nun aĝas dek naŭ jarojn kaj loĝas en Oslo, kie li laboras en kafejo. Sed krome ŝi renkontiĝas kun kelkaj geamikoj el la gimnaziaj jaroj antaŭ preskaŭ jardeko. Multaj el ili plu restas en Gotenburgo, aŭ jam revenis tien post kelkaj jaroj aliloke. Ili rendevuas en bierejo ĉe Andra Långgatan.

"Filippa! Kia ŝoko!" ekkrias Daniel, kiam li eniras de la strato. "Ĉu vi vere kuraĝas denove montri vin enurbe?"

Li alŝovas seĝon de la apuda tablo kaj aliĝas al Filippa, Jonna, Ida kaj Sebastian, kiuj sidas ĉirkaŭ tablo ĉe fenestro. Ĉirkaŭ ili svarmo da homoj interparolas laŭte por superi la fonan muzikon, kaj la lumo en la lokalo estas dampita.

"Kial mi kaŝiĝu? Prefere vi mem faru tion", ŝi rebatas.

Sed Daniel ne komentas tion.

"Kion vi trinkas? Ĉu bieron? Ne, mi volas veran drinkaĵon."

Li restariĝas kaj iras al la bufedo.

"Ĉu iu parolis kun Frej?" demandas Jonna.

"Li certe ne rajtas iri sola en la urbocentron", diras Sebastian. "Lia edzino ne permesus tion. Li devas varti la infanojn."

"Kie li loĝas?" demandas Filippa. "Ĉu li havas plurajn infanojn?"

"Kvar aŭ kvin", diras Sebastian. "Ie en Floda aŭ Tollered."

"Tute ne! Tri", diras Ida.

"Ĉu en propra domo?" demandas Filippa.

Ŝi ne volas malkaŝi ke ŝi ne certas, kie situas tiuj antaŭurboj.

"Jes, en vicdomo."

Al Filippa ŝajnas neimageble, kiel ŝia samaĝulo havis tempon akiri ne nur domon, sed krome edzinon kaj tri infanojn. Ja ili ĉiuj ĵus staris sur lerneja korto, ĵetante inter si adoleskajn mokojn kaj provokojn, aŭ eble aludante amindumojn.

"Ĉu li plu laboras en IKEA?"

"Jes. Kiam li ne estas hejme por mungi la etulojn."

Daniel revenas kun glaseto da alkoholaĵo.

"Diable! Ĉu vi trinkas fruktosukon, Ida? Ĉu vi kovas idon? Kiel tio okazis?"

"Fermu la faŭkon, Danne!"

"Danne ankoraŭ ne komprenas, de kie venas la beboj", diras Jonna.

Filippa glutas pli da biero, pripensante, ĉu ŝi efektive ĝuas renkonti la malnovajn amikojn. Iel ŝajnas al ŝi ke ili ĉiuj tuj refalas en la iamajn rolojn, perdante jardekon da aĝo. Krome ŝi scivolas, ĉu Ida efektive gravedas, sed ĉi-momente ŝi sentus embarason demandi pri tio, ĉar Ida mem nenion rakontis. Ĝis nun ŝi ne menciis specifan koramikon, sed komprenele specifeco ne nepre necesas.

"Kion faras vi, Filippa, tie fore en... ĉu Skanio?"

Daniel vekas ŝin el la pensoj.

"Prave. Mi laboras en la urba ĝardeno de Malmö."

"Ĝardeno? Ĉu vi bredas kukumojn?"

"Ni kultivas ĉefe ornamplantojn. Kaj vi mem? Ĉu vi plu ŝoforas?"

"Tute ne. Tio estis damna sklavado tage-nokte."

Li ne diras, pri kio li nun laboras anstataŭe. Eble li estas senlabora, sed kredeble ne, ĉar tiuokaze li certe ne demandus pri ŝia laboro. Se tion li entute celis. Ŝi turnas sin al Jonna, demandante pri du aliaj knabinoj el la klaso.

"Pri Maja mi scias nenion", respondas Jonna, "sed Fatme laboras en vestobutiko en la Norda Centro. Kaj ŝi havas knabeton kun sia kunvivanto aŭ edzo – mi ne scias, ĉu ili geedziĝis aŭ ne."

"Kompreneble jes", intervenas Sebastian. "Ŝi sendube devis resti virga ĝis la nupta nokto."

"Kiu estas virga?" demandas Daniel, stariĝante por aĉeti novan drinkaĵon. Aŭ eble iri eksteren por fumi, supozas Filippa, ĉar jam de jaroj tio ne estas permesita en la endoma trinkejo, nur trotuare.

"Vi mem, sendube", diras Jonna al lia dorso, dum Ida kaj Sebastian mokridas.

Denove Filippa bedaŭras ke ŝi aliĝis al la renkontiĝo en la bierejo. Ŝia biero elĉerpiĝis, kaj ŝi hezitas, ĉu aĉeti duan aŭ male forlasi la kompanion. Sed antaŭ ol ŝi havas tempon fari decidon, Daniel alportas pleton kun du glasoj da biero al ŝi kaj Jonna, plus novan drinkon al si mem.

"La sekvajn pagos vi, ĝardenisto!" li diras al ŝi kun rido.

Do li supozeble ne estas senlabora, ĉar li riskis pagi iliajn bierojn. Kaj evidente ŝi dumlonge ne povos forlasi la amikojn. Necesos ankoraŭ remaĉi komunajn memorojn kaj embarasojn el la pasinteco. Kaj post dua biero ŝi eble jam pli facile toleros ilin. Nu, ne gravas. Morgaŭ ŝi ripozos, kaj postmorgaŭ ŝi revenos al sia normala vivo en la nuno.

Estas sabata mateno. Filippa kaj Kasim matenmanĝas en la larĝa lito, kiu preskaŭ plenigas la dormoĉambron de ŝia eta apartamento ĉe Pilegatan en la universitata urbo Lund. Ekster la mansarda fenestro pluvetas, kaj la multaj fruktarboj de la ĝardenoj trans la strato jam perdis duonon de siaj folioj, dum la restantaj buntas flave kaj oranĝe. Ĵus, antaŭ ol prepari la matenmanĝon, ŝi malfermetis la fenestron por flari la aŭtunan aeron kun ties odoroj de humida tero, duonputraj pomoj, fumo kaj io kroma, kion ŝi ne sukcesis identigi. Sed ŝi baldaŭ zorge refermis ĝin por ne perdi la varmon de la ĉambro.

"Kial vi ne interŝanĝas ĉi tiun loĝejon kontraŭ apartamento en Malmö?" diras Kasim la mil-kaj-unuan fojon. "Vi laboras tie, mi laboras kaj loĝas tie, kial do plu resti ĉi tie?"

"Mi ŝatas ĝin. Mi neniam trovus similan en Malmö."

"Kial similan? Vi trovus iun pli bonan. Aŭ ĉu vi planas re-komenci studi ĉi tie?"

"Mi ne scias. Ĉu vi mem iam komencos studi?"

"Kion mi studu?" li diras paŭte.

"Ion ajn, kio interesas vin. Lingvojn, historion, komputadon, vere ion ajn."

"Kaj kian laboron mi akirus per tio?"

"Eble ion pli bonan ol friti falaflojn."

Kasim demetas sian kafotason sur la pleton kaj volupte etendas sin, duonkuŝante surdorse ĉe ŝia flanko.

"Falafloj estas bonaj. Ĉiuj ŝatas ilin."

"Bone do. Se tio sufiĉas al vi, simple daŭrigu ĝis la pensio."

"Ne komencu kiel mia teda patro. Ĉu estas tiom pli interese kultivi florojn por la parkoj?"

"Mi faras multe pli ol tion. Estas varia laboro, fakte. Tamen ja povas esti ke mi iam studos pli multe."

"Kaj doktoriĝos pri tulipoj, sendube."

"Ne, mi evoluigos kaj kultivos kikerojn kun novaj gustoj por viaj falafloj."

"Ne indas. Ili jam havas la perfektan guston."

Tiel ili do petolas enlite post la kuna nokto, kaj kvankam la tono estas ame ŝerca, ŝi sentas ke eble kuŝas iom da vera malkonsento sub la vortoj. Ŝajne Kasim volas ligi sian koramikinon pli proksime al si, almenaŭ geografie, dum ŝi mem gardas sian sendependecon.

"Fakte", ŝi aldonas, glutinte la lastan pecon da rostita pano kun marmelado, "mi havas koleginon, kiu ja loĝas en Malmö, sed ŝi tamen bezonas pli da tempo ol mi por atingi la laborejon. La trajnoj estas rapidaj, komfortaj kaj akurataj."

"Sed loĝante en Malmö, vi povus bicikli."

"Prave. Sed mi preferas bicikli ĉi tie en liberaj tagoj. Tamen tio ofte ne eblas, ĉar tiam mi havas vin kiel ekstran trenaĵon."

Kasim elsnufas kaj komencas karesi ŝiajn mamojn sub la gran-da trivita T-ĉemizo, en kiu ŝi kutime dormas, krom en someraj varmoperiodoj, kiam ĉia vestaĵo estus tro varma en la mansarda ĉambro situanta sub lada tegmento. Kaj baldaŭ la petola disputeto transiras en reciprokan karesadon kaj fine en leĝeran sed ŝvitan matenan amoradon, dum de la suba najbaro jen kaj jen penetras sonoj de radio aŭ televido. Kiel sufiĉe ofte, li orgasmas longe antaŭ ol ŝi proksimas, kaj lia posta manlaboro ne tre lertas, do ŝi devas mem prizorgi la aferon. Tamen ĉi-foje ŝi ne tre malkontentas pro tio. Estas gemute simple kuŝi ĉe lia flanko, sentante la varman kaj gluecan malsekon de ŝvito kaj aliaj korpaj likvoj.

"Mi pensis pri via familio", ŝi diras, kiam ili sidas en restoracieto, manĝante pastaĵojn kun saŭcoj salma kaj vianda, respektive. "Mi scias ke viaj onklo kaj kuzoj loĝas ĉi tie en Malmö. Sed ĉu vi plu havas parencojn ankaŭ en Palestino aŭ Israelo?

"Verŝajne ne, sed ja en Libano. En Bejruto plu loĝas mia onklo kaj avino, do la frato kaj patrino de Panjo, kaj ni vizitis ilin kelk-foje."

"Ha, jes. Vi ĵus estis tie, ĉu ne, kiam ni ekkonis unu la alian. Sed tiam vi ne volis rakonti pri tio. Ĉu vi ne ŝatis iri tien?"

Ŝi enbuŝigas plian pastaĵo-bendon kun salmaĵo kaj ĝuas ĝian saletan kaj kreman guston, dum li maĉas sian bolonjan raguon.

"Mi supozis ke tio tedus vin. Fakte estas nenio rakontinda. Mia onklo ĉiam laboras, miaj kuzoj interesiĝas nur pri kiel akiri modan ĉemizon aŭ novan poŝtelefonon, la avino estas senila, kaj ĉiuj plendas pri ĉio – ne mirinde, ĉar tiu socio tute ne funkcias. Koruptado, banditoj, bataloj, mizeraj loĝejoj. Kaj plej aĉe estas por la palestinanoj, dum la elito vivas lukse. Tiuj riĉuloj, plejparte kristanoj, pli-malpli forgesis ke ili estas araboj kaj babilas ĵargonon miksitan kun la angla kaj franca. Ili eĉ nomiĝas Georges kaj Jacqueline kaj simile. Dume la politikistoj ĉefe riĉigas sin mem. Kiam mi estis tie, mi sentis min je naŭdek procentoj sveda."

"Nu, kaj do? Ĉu vi ne estas svedo?"

"Certe ne laŭ la damnaj rasistoj. Ili estas tro ŝtipkapaj por kompreni, kio estas palestina svedo."

Filippa kapjesas, glutas la lastan pastaĵon kaj mansignas al la kelnero por mendi kafon.

"Diable", diras Kasim, "nun mi bezonus cigaredon."

"Ne rekomencu tion! Vi jam pasigis sufiĉe longan tempon sen, ĉu ne?"

"Tri monatojn kaj duonon."

Ŝi ekridas.

"Ĉu vi kalkulas la tagojn?"

"Ne, sed mi komencis dum Ramadano. Ĉesis, mi volas diri."

"Aha, do estas religia devo, ĉu?"

"Stultaĵo. Tio estis bona okazo, simple."

"Mi memoras ke vi rajtis nek manĝi nek seksumi antaŭ la sunsubiro. Sed tion vi ne observis tre strikte."

Kasim faras grimacon, kiu povas signifi preskaŭ kion ajn. La kelnero alportas iliajn tasojn da kafo.

"Ĉi-norde la sunsubiro tro malfruas, kiam Ramadano okazas somere", diras Kasim kaj trinketas iomete de sia varmega kafo. "En mia familio ni ne troigas la fastadon. Ĝi estas ĉefe memorigo ke oni estu danka pro ĉio, kion oni havas. Sed parolante pri parencoj, ĉu vi povas klarigi pri la viaj? Kiom el ili efektive estas judoj?"

"Ĉu tio tre gravas al vi?"

"Ne, sed kiam mi diris al Fuad ke via avo ne estas vera judo, vi ne ŝatis tion."

Filippa enbuŝigas kaj glutas buŝplenon da kafo. Ŝi mienas malkontente, parte pro liaj vortoj, parte pro la malbona kafo.

"Kio diable estas vera judo? Ĉu vi estas vera islamano? Vi, kiu seksumas kun sveda judino dum Ramadano?"

Nun Kasim ridas kaj pugnetas ŝian brakon.

"Ĉiuokaze vi ne estas vera judino! Almenaŭ pri tio mi certas."

"Bone do. Mi klarigos. Avo Wilhelm estas tio, kion la nazioj nomis miksulo, kaj kion ili malamis same kiel la 'verajn judojn', aŭ eble eĉ pli. Lia patrino estis judino, lia patro, kiun li neniam renkontis, estis ne-juda."

"Sed ĉu vi ne diris ke la nazioj murdis ambaŭ liajn gepatrojn?"

"Certe. La patrinon ĉar ŝi estis judino, la patron pro politika motivo, ĉar li estis socialdemokrato."

Ĉi-foje Kasim ekridegas.

"Ĉu vi trovas tion tiel amuza?" diras Filippa paŭte.

"Mi ne imagas ke eblas mortigi iun, ĉar li estas socialdemokrato. Tio estus same absurde kiel murdi iun, ĉar li estas svedo."

Filippa skuas la kapon malaprobe.

"Kial vi demandas? Tiel ja okazis. Nu, kaj mia avino estis judino, sed kristana."

"Mi ne kredas ke tio eblas. Ja ekzistas sufiĉe multaj palestinaj kristanoj, ankaŭ ĉi tie en Malmö, sed pri judaj mi neniam aŭdis."

"Nu, ŝi devenis de juda familio en Vieno, sed oni baptis ŝin kaj sendis ŝin al iuj kristanoj en Svedio kun aliaj baptitaj judaj infanoj por savi ilin, same kiel oni sendis mian avon al Danlando, sed lin oni ne baptis. Do, mia patro estas judo je tri kvaronoj, kaj mi je tri okonoj."

Nun estas la vico de Kasim skui la kapon. Li trinkas pli da kafo kaj rigardas ŝin sub sulkitaj brovoj.

"Tio ja estas stultaĵo. Estas ridinde kalkuli okonojn."

"Ĉu vi preferas procentojn? Vi, kiu estas naŭdekprocenta svedo?"

"Tio estis en Bejruto. Ĉi tie mi fakte sentas min centprocente palestina svedo."

"Bone, tio do faras sume cent naŭdek procentojn. Kia virego!"

Nun ili ambaŭ ridas.

"Ĉu ni eble lasu ĉi tiun temon?" diras Filippa kaj malplenigas sian kafotason.

La kafo jam estas nur varmeta, kaj ĝia ranceta gusto pruvas ke ĝi ne estis ĵus infuzita, kiam oni prezentis ĝin.

"En ordo", diras Kasim. "Ĝi vere estas nur stultaĵo."

La kvinan de novembro avo Wilhelm festas sian okdekjariĝon. Gunnar, la patro de Filippa, alvenas de Gotenburgo kun sia edzino Amanda, kaj Oskar, la duonfrato de Filippa, alveturas de Oslo. Ankaŭ Hannes, ŝia pli aĝa frato, alvenas de Västerås kun sia koramikino Elin, kies ventro suspektinde pufiĝis. Sed ĉar ŝi kaj Hannes ankoraŭ nenion sciigis, ne eblas fari aludon pri ĝi. Estus ja ege embarase, se temus pri nura graso.

El Kopenhago venas du gefratoj proksimume sepdekjaraj, Katrine kaj Klaus, kiuj laŭ avo Wilhelm estas anoj de lia adopta familio. Ili transdonas al li saluton de alia parenco nomata Mirjam.

"Bedaŭrinde ŝia sano ne permesas vojaĝi ĉi tien", diras Katrine.

La festo okazas en la salono de la avo, kvankam tie ja estas iom malmulte da spaco. La manĝo alvenas preta el restoracio. Filippa kaj ŝia vicpatrino Amanda kunhelpis aranĝi ĉion.

"Ĉu vi aŭdis ion de Erik?" Gunnar demandas sian patron kun iom embarasa mieno.

"Jes, li sendis leteron kun gratulo."

"Ĉu limakpoŝtan leteron? Ne retmesaĝon aŭ ion tian?"

"Ne, ne. Paperan. Mi ne scias, ĉu oni permesas al ili uzi Interreton."

"Kial ne? Nu, oni ja povus atendi kian ajn frenezaĵon de tia sekto. Kiom da infanoj li efektive havas? Ĉu kvar aŭ kvin? Kontraŭkoncipilon ili ne rajtas uzi, mi supozas."

"Estas kvin, kaj tio ja devos sufiĉi. Ili ambaŭ jam tro aĝas, ĉu ne?"

"Nu, li jes, sed la usonanino eble estas pli juna."

"Nu, iom. Mi ne scias precize. Tamen tro aĝa por plu naski, mi supozas."

Ili forlasas la temon, sendube relative enigman por pluraj el la gastoj, kiuj ne detale konas la historion de "la perdita filo".

Filippa invitis ankaŭ Kasimon al la festo, sed li ne volis veni. Tio iom elrevigis ŝin, precipe kiam ŝi vidas ke Oskar, Hannes kaj Elin vojaĝis sufiĉe longajn vojojn por gratuli la avon. Sed poste ŝi pensas ke pli kvieta okazo sendube estus preferinda por montri al Kasim kaj avo Wilhelm ke ili ambaŭ estas tute normalaj homoj.

Gunnar kaj Klaus faras mallongajn paroladojn pri la miranda vivopado de Wilhelm kaj proponas tostojn. La enbakita bovaĵa fileo estas vera frandaĵo, kaj la vino karesas la palaton. Poste same faras la deserto: kremgelatenaĵo kun mirteloj.

Postmanĝe Filippa klopodas iom paroli kun la danaj gefratoj por ekscii, kiel ili iam rilatis al Wilhelm.

"Ni estis nur infanetoj, kiam li estis adoleskulo", diras Katrine. "Sed kun niaj gepatroj ni ofte vizitis la maljunulojn, kiel ni nomis niajn geavojn, kiam li loĝis ĉe ili."

"Ha, do la gepatrojn de Willi, ĉu ne?"

"Ne, nia avino estis ŝia pli aĝa fratino Frederikke."

"Aha! Ĉu vi memoras Willin?"

"Kompreneble. Ŝi estis sufiĉe originala persono, iaspeca centro de la familio, kaj krome preskaŭ famulo."

"Kia famulo?"

"Nu, pro siaj romanoj siatempe sufiĉe popularaj. Kaj ankaŭ pro la gazetartikoloj, mi supozas."

Filippa notas enmemore ke ŝi iam demandu sian avon pri tiuj romanoj. Povus esti interese esplori, pri kio temas, eĉ se necesus legi ilin dane.

La du maljunaj gefratoj tamen sufiĉe frue reiras hejmen "por ne trafi en noktan tumulton survoje", kiel diras Klaus. Dum momento Filippa provas dediĉi sin al la frateto Oskar, petante lin rakonti pri sia vivo en Oslo, sed li preferas profundiĝi en sian telefonon. Eble li klaĉas kun iu norvegino. Kiam Elin vizitas la necesejon, Filippa uzas la okazon por kaŝe demandi sian fraton, ĉu la familio kreskos. Li sulkas la frunton.

"Ni rakontos pri tio je alia okazo", li murmuras.

Kaj tio ja pli-malpli signifas konfirmon.

La etoso en la apartamento iom post iom malvigliĝas. Baldaŭ avo Wilhelm komencas jen kaj jen dormeti sur sia fotelo, kaj oni interkonsentas ke jam okazis sufiĉe da festado kun la okdekjarulo.

"Ĉu vi aŭdis ke Svedio finfine rekonis Palestinon kiel sendependan ŝtaton?"

Jen la unuaj vortoj de Kasim, kiam li eniras en ŝian loĝejon vespere. Li pendigas sian jakon, kiun iom malsekigis la pluvo.

"Jes, mi scias. Sed mi ne certas, kion tio signifas konkrete."

"Tio signifas ke la cionistoj ricevis piedbaton al la pubo. La israela ambasadoro en Stokholmo tiel koleras ke li preskaŭ krevis."

"Nu, bone. Sed ĉu tio iel utilos al la palestinanoj? La okupado ja daŭras, la blokado de Gazao plu daŭras."

"Kompreneble. Sed ĉi tio estas kuraĝigo. Fakte la plej multaj landoj de la mondo jam rekonis Palestinon, nur en Eŭropo oni tro timas Usonon kaj Israelon. Sed nun eble aliaj eŭropaj landoj sekvos la svedan ekzemplon. Ili ne povos plu pretendi ke Palestino situas ekster la mapo."

"Nu, tio ja estus bona. Tamen Israelo verŝajne ne ŝanĝos sian politikon sed plu fragmentigos Palestinon, kreante novajn setlejojn kaj murojn kaj vojbarojn. Kaj sendube oni daŭre malpermesos al viaj parencoj reveni hejmen."

"Jes, sed gravas la internacia premo kontraŭ tiuj agoj de teroro. Jen kial la israelanoj tiel koleras. Ilia kolero pruvas ke la afero gravas."

"Bone. Envenu kaj sidiĝu. Mi faris vegetaran lasanjon, kiu kredeble baldaŭ pretos en la bakforno."

Filippa ne tre interesiĝas pri kuirado, kaj ŝia menuo estas sufiĉe limigita, sed tiu lasanjo estas unu el ŝiaj atutoj. Baldaŭ ili sidas ambaŭflanke de ŝia negranda manĝotablo, ĝuante la varmegan pladon kun salato kaj ruĝa vino, dum la aromoj de tomatoj, fandiĝinta fromaĝo, bazilio kaj eble ankoraŭ io plenigas la kuirejon.

"Vi restos ĝis morgaŭ, ĉu ne?" ŝi diras kaj replenigas lian glason.

"Certe. Morgaŭ mi laboros nur vespere. Do ni povos pasigi la tutan sabatan matenon enlite eĉ ĝis la tagmezo."

Ŝi ridetas.

"Dume ni aŭskultos la klakadon de pluvo sur la tegmentan ladon. Tio estas tre agrabla sono, kiam oni ne devas eliri."

"Espereble la pluvado ĉesos posttagmeze. Mi ne ŝatus denove malsekiĝi irante al la laborejo."

"Mi pensas ke pluvados dum la tuta tago. Vi povos anonci ke vi malvarmumas, kaj ni restos enlite ĝis dimanĉe."

"Ne, tio ne eblas. Mahmoud ne tolerus tion."

"Mi povus telefoni al li, dirante ke vi estas malsanega kaj perdis la voĉon."

"Li ne kredus vin."

"Domaĝe. Jen la malavantaĝo labori ĉe parenco. Ĉu pli da lasanjo?"

"Jes, donu iom pli, mi petas. Sed ne kritiku mian familion."

Ŝi ridas, ĉerpante pastoplatojn kun saŭcoj.

"Mi ne kritikis. Mi simple pensas ke li konas vin tro bone. Se vi laborus aliloke, vi povus diri ke vi malsanas kaj poste fajfi pri ĉio."

"Fakte ne. Se jes, oni nomus min pigra enmigrinto. Mi devas strebi duoble pli ol la blondulaĉoj."

"Stultaĵo!"

"Stultaj blondulinoj ne komprenas tion."

Ŝi faras grimacon de malkontento, duone ŝercan, duone seriozan, kaj pugnas liajn brakmuskolojn.

"Gardu vin! Mi eble elĵetos vin en la pluvon! Atentu ke mi estas nek blonda nek stulta."

"Ĉu estas pli da vino?"

"Ne. Vi jam tro drinkis, precipe estante islamano."

Malgraŭ ŝia rifuzo li kaptas la botelon kaj dividas la restantajn gutojn juste inter ambaŭ iliaj glasoj. Kaj jen ĉesas ilia rutina vortoskermado pro manko de brulaĵo, aŭ eble pro sateco.

"Ni lasu ĉion. Ni povos lavi kaj ordigi morgaŭ", li diras, malplenigas sian glason kaj kondukas ŝin en la dormoĉambron. "Estas tempo enlitiĝi por knabinetoj."

"Ha! Ne forgesu ke mi pli aĝas ol vi, knabeto!"

Li ne komentas tiun rimarkigon. Tamen li baldaŭ pli-malpli pruvas ĝin per sia impeto.

En la sekva ĵaŭdo ŝi denove vizitas sian avon vespere post la laboro. Survoje ŝi butikumis por li kaj nun malpakas la aĉetitajn varojn.

"Avo, kial vi neniam rakontis ke Willi verkis librojn? Ĉu vi posedas ilin?"

"Nu, ili ja devas kuŝi ie. Eble en la kela tenejo. Ne, ne, la tomatojn ne metu en la fridujon, knabineto. Tie ili perdus sian guston. Jen, en la korbon tie."

"Kiom da libroj estas?"

"Kvar aŭ kvin, se mi ĝuste memoras."

"Estus interese legi ilin, mi pensas."

"Bone. Sed ili estas en la dana, kompreneble."

"Mi ja scias legi dane! Almenaŭ mi supozas ke jes. Nu, fakte mi ne memoras iam ajn legi libron en la dana. Sed iu fojo ja devos esti la unua. Mi sufiĉe scivolas pri via onklino. Pri kio temas ŝiaj libroj?"

"Nu, pasis sufiĉe da tempo de kiam mi legis ilin, sed ili traktas diversajn temojn en romana formo. Parte romantiko kaj parte sociaj problemoj."

"Ĉu pri la milita tempo?"

"En la libroj ne, sed en siaj artikoloj ŝi verkis pri ĝi kaj pri la krimoj de la nazioj. Postmilite, kompreneble, ĉar dume tio ne eblis."

"Ĉu vi posedas iujn el ŝiaj ĵurnalistaj verkoj?"

"Jes, mi havas kolekton da eltondaĵoj. Mi povus serĉi ankaŭ ilin, se tio interesus vin."

# Atesto de trans barilo

## Willi, aprilo 1945

Fine de aprilo Willi ekscias ke alvenis al la regiono de Norrköping kelkaj centoj da polaj virinoj savitaj el la koncentrejo Ravensbrück per la blankaj aŭtobusoj de la sveda Ruĝa Kruco. La planon iniciatis la grafo Folke Bernadotte, nevo de la sveda reĝo, per stranga intertraktado kun Heinrich Himmler, la ĉefo de SS, parte pere de ties masaĝisto Felix Kersten, kiu havis personajn kontaktojn kun svedoj. Origine oni rajtis transporti hejmen el la koncentrejoj de Germanio nur ne-judajn skandinavojn, kiuj estis politikaj malliberuloj, sed iom post iom oni pli kaj pli neglektis tiun limigon, kaj el la polaj virinoj, kiuj nun alvenas, proksimume duono estas judinoj.

Jam en la antaŭa jaro oni kreis grandan rifuĝejon en la kamparo de Doverstorp, tridek kilometrojn okcidente de la urbo Norrköping. Tie oni unue loĝigis estonojn, kiuj fuĝis per ĉiaj boatoj kaj barkoj trans la Baltan Maron, kiam la Ruĝa Armeo konkeris Estonion. Sed nun venas tien savitoj el la koncentrejoj, kaj la rifuĝejo fariĝas kvarantenejo, ĉar multaj el la virinoj suferas pro tuberkulozo, tifo kaj aliaj malsanoj. Do ili estas provizore izolitaj de la ĉirkaŭa socio.

Willi tuj antaŭvidas la eblon verki artikolojn. Lastatempe rakontoj pri la teruraj kondiĉoj en la germanaj koncentrejoj komencis aperi en svedaj gazetoj. Pli frue la eldonistoj mem cenzuris tiajn raportojn por ke la publikaĵo ne estu tuj konfiskita de la ŝtato. Tiaj konfiskoj okazis plurcentfoje por ne riski la rilaton inter Svedio kaj Germanio. Willi eĉ aŭdis ke kelkaj eldonintoj estis malliberigitaj, ĉar ili malkaŝis verojn pri la nazia Germanio. Sed nun, kiam la Tria Regno alfrontas kolapson, oni ne plu timas tiajn konsekvencojn.

Sed kiel do kontakti tiujn virinojn, kiuj ne rajtas renkonti svedajn civilulojn? Ŝi veturas al Doverstorp kaj komence parolas kun loĝantoj en la proksimaj bienetoj.

"Mi kutimas promeni preter la barilo por rigardi ilin", diras junulo, ridetante oblikve. "Kelkaj estas sufiĉe belaj sed terure maldikaj. Sed pro la malsanoj oni ne rajtas eniri, kaj ili ne rajtas eliri."

Li rigardas ŝin suspekteme, kvazaŭ por decidi, ĉu ŝi fidindas. Ŝajne li ĝojas pro la okazo fari paŭzon en sia fosado de tera kavo, kies celon Willi ne povas diveni.

"Ĉu vi parolis kun ili?" demandas Willi.

"Mi provis, sed tio ne eblas. Ili ne scias la svedan. Sed mi donis dolĉaĵojn tra la dratbarilo. Estas precipe unu..."

"Mi komprenas. Aŭskultu, mi ŝatus paroli kun ili, se iuj el ili parolas germane. Ĉu vi montros, kie eblas fari tion senĝene?"

"Certe. Eble vi povas traduki por mi?"

Willi ridas.

"Kompreneble. Sed dum ili restos en kvaranteno vi devos kontentiĝi nur paroli kun ŝi, ĉu ne?"

"Ne gravas. Estas ekscite nur imagi."

Li lasas la fosilon kaj ekiras. Sendube li trovas la vivon en la kamparo enua, kaj la lokajn knabinojn jam tro konataj kaj malinteresaj. Fremdulinoj ĉi tie estas io rara kaj alloga. Li kondukas ŝin al arbara altaĵeto, sub kies arboj hepatikoj kaj orsteloj lumas en la svedaj koloroj sur bruna tapiŝo el velkintaj folioj de kverkoj, betuloj kaj avelujoj. Willi preskaŭ volupte enspiras la arbaran aeron spicitan per fruprintempa verdaĵo. Jen sur deklivo ĉe la granda lago Glan staras ampleksa aro da barakoj kun veraj stratoj inter si. Estas preskaŭ urbeto ĉirkaŭata de dratbarilo.

"Ĉi tie laŭ la flanko mi kutimas paŝi. Sed nun neniu proksimas tie."

Baldaŭ tamen kolektiĝas kelkaj virinoj trans la barilo. Kelkaj ŝajnas koleraj, ĉar ili krias al Willi kaj la junulo, kredeble pole. Aliaj venas al la barilo por serĉi kontakton. La tero laŭlonge de la barilo estas kota ĉe ilia flanko, sed tio ŝajne ne ĝenas ilin.

"Ĉu vi parolas germane?" demandas Willi.

Denove koleraj mienoj. Unu krias germane:

"Ĉu vi pensas ke ĉi tio estas zoo?"

"Mi estas dana ĵurnalisto", klarigas Willi. "Ĉu iu volas rakonti pri la koncentrejoj? Mi verkos, por ke la homoj eksciu, kion faris al vi la germanoj."

Tiam unu mezaĝa virino alvenas paroli. La junulo ne interesiĝas pri ŝi, certe ĉar ŝi estas tro maljuna por li, do li iras flanken por serĉi siajn preferatojn.

"Mi povas rakonti", diras la virino en zorga germana lingvo kun akĉento, kiun Willi ne povas identigi. "Sed ĉu vi rekompence povus fari ion por mi?"

"Certe, se mi kapablas."

"Mi estas esperantisto. Ĉu ekzistas ĉi tie lokaj esperantistoj, kiuj volus helpi min foriri de ĉi tie post la kvarantena tempo?"

"Mi serĉos en la urbo. Ĉu do ne estas bona situacio en la rifuĝejo?"

"La rifuĝejo estas en ordo, sed regas malkonkordo inter la virinoj ĉi tie. Oni miksis polinojn kaj judinojn, kaj nun kelkaj el la polinoj ne toleras tion. Ili ne volas loĝi kaj manĝi kun ni. Sed la svedoj ne komprenas tion. Por ili ni ĉiuj estas simple polinoj."

Willi estas ŝokita ke laŭ la virino la genta malamo do daŭras eĉ inter la viktimoj de la nazia persekutado.

"Mi trovos iun, kiu volos helpi vin. Do, vi estas judino, ĉu? Mi mem havas judan patron, jen kial mi estas en Svedio. Mia nomo estas Willi Singer. Vi venis ĉi tien el Ravensbrück, ĉu ne?"

"Jes, kaj antaŭe Aŭŝvico. Mi estas Edwarda Kamińska. Mi havas ne-judan edzon kaj filinon Halina, sed mi ne scias, kie ili nun estas, aŭ eĉ ĉu ili plu vivas. Oni kaptis min en 1943, sed tiam oni ne tuŝis ilin. De Varsovio oni veturigis min kun centoj da aliaj per brutvagono al Aŭŝvico. Mi jam antaŭe multe aŭdis pri tiu loko, sed la plenan veron mi ne imagis. Sana menso ne kapablas koncepti tion."

"Sinjorino, ĉu vi povus rakonti pri via alveno en la koncentrejon?"

"Certe. Unue ni devis kuŝi dum tuta nokto sur malpura planko, ĉasante pulojn, cimojn kaj pedikojn. Dormi ne eblis. Matene oni tatuis nin. Mi fariĝis numero 55 034, kiel vi vidas jen. Oni fortranĉis niajn harojn, ĉar ilin oni bezonis por la militindustrio. La bonajn vestojn oni forprenis de ni kaj kompense donis ĉifonajn kaj aĉajn. Kaj triangulan signon mi ricevis. Judajn virinojn oni apartigis de nejudaj. El la barako mi aŭdis kriojn kvazaŭ de sovaĝuloj. Mi proteste diris ke tie ja ne povas esti loko por homoj normalaj, ke prefere mi mortigos min. Bategoj sur mian kapon estis la tuja respondo. Kiam mi volis forviŝi la sangon, la gardistino ekkriis: 'Kia sinteno! Staru kun la manoj ĉe la flankoj! Ne imagu al vi ke vi venis en sanatorion!' Kiel puno mi devis genue stari tenante la brakojn super la kapo. En tiu pozo mi devis resti dum du longaj horoj sen kaphararo, vestita en ĉifona robo, sen ŝuoj, sur malseka kota tero."

Dum momento sinjorino Kamińska kvazaŭ malaperas en alian mondon. Willi atendas iom kaj poste petas:

"Bonvolu rakonti, kiel vi devis loĝi tie."

"Vi ne povas imagi. Nia dormejo similis kaĝojn por kunikloj. Ĝi havis tri etaĝojn, el kiuj ĉiu unuopa entenis dek homojn – tio estas: se ni kuŝis dense unu apud alia. La kaĝoj estis tiel malaltaj, ke oni neniel povis rekte sidi. Malsato malfortigis nin, sed eĉ pli turmentis nin la manko de akvo. Ni suferis pro soifo kaj ni suferis pro la malpuro kaj la parazitaj insektoj. Dum tuta semajno ni ne povis lavi nin. Tiel dense pakitaj ni estis en niaj kaĝoj, ke ni ne povis movi nin.

Baldaŭ nia sano estis rompita, la korpoj malfortaj. La plej multaj iĝis viktimoj de ĉiaj malsanoj. Ekestis epidemioj, kaj la medicina helpo estis nur minimuma. Lakso furiozis. Al la necesejo estis marŝo de tuta kilometro. Povis okazi ke ĝi estis tiom multe frekventata, ke oni devis atendi antaŭ ĝi kaj batali por sukcesi eniri.

Amasiĝis homoj el plej diversaj nacioj, vera Babilono, kie unu ne komprenis la alian, sed kie oni insultis ĉiun kaj kverelis pro la privilegio unue veni en la necesejon."

"Kian manĝon oni donis al vi?"

"Post la ĉiutaga nomvokado frumatene po kvin inoj ricevis duonan litron da io, kio gustis kiel medikamento, sed nomiĝis teo. Tio estis plej ofte la tuta manĝo ĝis la 16-a, kiam oni disdonis saman abomenan fluidaĵon. Post la kontrol-kolektiĝo oni pelis nin sur iun kampon, kie la herbo delonge ne plu kreskis. Somere senindulga suno varmege brilis sur la nudan argilon, kaj ni ege soifadis pro manko de akvo. Soifo, malsato kaj suferoj – ni pli similis al bestaĉoj ol homoj. Kelkfoje ni tamen ricevis supon je la 14-a, duonan litron da maldensa supo, pri kiu oni povis kontentiĝi, se oni en ĝi sukcesis trovi peceton da terpomo. Kuleron ni kutime ne havis, kaj la supo estis tiom aĉa kaj mia naŭzo tiom granda, ke nur la danĝero de morto pro malsato kapablis supervenki mian senton de abomeno. Post ioma tempo ankaŭ mi englutis ĉion manĝeblan kiel la aliaj. La vespera manĝo konsistis el eta peco da pano kaj kelkaj glutoj da abomena teo."

Ŝi paŭzas dum momento sed baldaŭ reprenas la fadenon.

"Plej terura travivaĵo en la unua tempo estis la selektado por la fornoj. Oni aŭdis fajfosignalon. La judinoj, kiuj jam de pli longe vivis en la koncentrejo, ekkondutis strange. Ĉiuj komencis farbi vangojn kaj lipojn por havi etan ŝancon trovi gracon kaj savon antaŭ la ekzamenaj okuloj de la ekzekutistoj. Tute senvestaj ni devis vic-marŝi preter la kontrolantoj, SS-viro Tauber kaj ties kunulino Drexler. 'Ni estas tute sanaj', vokis la bedaŭrindulinoj, kiuj devis paŝi flanken, 'ni volas vivi'.

Mi memoras epizodon: Dekkvin-jara knabino vidis, ke oni selektis ŝian patrinon por la gasĉambro. Ŝi kuris al sia patrino, ĉirkaŭbrakis ŝin kaj diris kvietige: 'Panjo, ne timu. Mi sekvos vin. Oni ja ne povas vivi eterne.' SS-estro Tauber volis reteni la knabinon, la patrino petis ke ŝi reiru, sed la filino nur eĉ pli kroĉiĝis al ŝi kaj sekvis la ceterajn al ilia mortbarako."

Willi febre notas en sia notlibro, esperante ke sinjorino Kamińska havos forton plu rakonti tra la dratbarilo. Nu, se konsideri, kion ŝi jam travivis, ŝi kredeble eltenos pli longe ol Willi mem.

"Ĉu vi sukcesis eviti malsanon?"

"Tute ne. En la aŭtuno komenciĝis teruraj epidemioj, tifo kaj diareo. Ne multaj restis sanaj. Ekmalsaniĝis ankaŭ mi je tifo, sed malgraŭ febro mi devis porti pezajn ŝtonojn sur vojo longa. Estis vera krucvojo plena de sango kaj larmoj por multaj, kiuj tie falis por neniam leviĝi. Ankaŭ mi preskaŭ subiĝis al la danĝero rezigni, sed venkis mia volo al la vivo. Jam mi estis elĉerpita kaj ĝismorte laca, kiam pola kuracistino al mi konata metis min en liton kune kun tri aliaj malsanulinoj. Sen ĉemizoj, sen litotuko, sen kuseno mi jen kuŝis sur nia pajlosako – sen ia prizorgo, helpo, medikamento. Aroj da grandaj pedikoj pinĉis niajn korpojn."

"Kio okazis al tiuj, kiuj ne plu povis labori?"

"Fariĝis pli da loko en la malsanulejo. El ĉiu barako oni prenis ĉirkaŭ okcent el la plej malsanaj virinoj, lasante nur dudek aŭ tridek. Oni tutsimple ĵetis la nudajn korpojn sur ŝarĝoveturilojn. Mortotime la virinoj kriis: 'Ni volas vivi. Ni estas sanaj. Kial vi volas mortigi nin? Dio, kie vi estas? Savu nin senkulpulojn.' Poste ni perceptis la fetoron de niaj bruligitaj kamaradinoj…"

Willi jam preskaŭ plenigis sian notlibron per la atesto de sinjorino Kamińska, dum ili staris ambaŭflanke de la barilo. Ŝi jam estas lacega, same fizike kiel spirite. Rigardante ĉirkaŭen, ŝi konstatas ke la junulo jam malaperis kaj same la plej multaj el la virinoj trans la barilo.

"Prefere ni ĉesu por daŭrigi alifoje", ŝi diras. "Ĉu ni povas interkonsenti pri renkontiĝo samloke post du tagoj? Intertempe mi serĉos esperantistojn en la urbo. Mi supozas ke ekzistas kelkaj."

"Bone. En ordo."

Kun la kapo plena de pensoj Willi malrapide repaŝas sur gruza vojo al la proksima haltejo de la etŝpura relbuso. Reveturante urben post duonhoro da atendado, ŝi sentas ian kapturnon pro la rakonto de sinjorino Kamińska kaj apenaŭ rimarkas la printempan naturon, kiu eksplodas en folioj kaj floroj laŭlonge de la trako. Hejme ŝi rapidas netigi la notojn. Ŝi ne havas forton babili kun siaj familianoj, kiuj estas konstante ekscititaj pro la espero pri baldaŭa militfino kaj eblo revojaĝi al Kopenhago. Ronĝas ŝin la ideo ke ŝi demandu sinjorinon Kamińska, ĉu ŝi ie renkontis judojn el Vieno. Iun kun la nomo Gerber aŭ Halder. Sed tio ja estus ridinda. Kiel eblus memori fremdan nomon inter centmiloj da malfeliĉuloj?

Kiam ŝi revenas al la rifuĝejo je la sama horo post du tagoj, sinjorino Kamińska staras atendante ĉe la barilo. Willi elpoŝigas slipon, kiun ŝi traŝovas inter la dratojn.

"Mi trovis familion nomatan Roos, kiu volonte renkontos vin, kiam tio eblos. Jen mesaĝo de ili, kiun mi ne scias legi. Estas geedzoj kun tri plenkreskaj gefiloj. Verŝajne ili povos gastigi vin ĉe si."

"Dankon, sinjorino. Vi estas tre bonkora."

Ŝi studas la slipon kaj poste zorge faldas ĝin.

"Do, vi jam rakontis al mi pri Aŭŝvico. Sed poste vi venis al Ravensbrück, ĉu ne?"

"Jes, sed unue pasis la plej malfacila tempo en Aŭŝvico. En tiu tempo mi ege suferis haŭtmalsanon, skabion. Sekve oni registris ankaŭ mian numeron – mi estu gasumita kaj bruligita. Sed mi decidis pendigi min; mi pretigis ŝnuron – viva ili min ne havu, kiel besto mi ne mortu. Okazis tamen vera miraklo: La pola kuracistino sukcesis savi min el la faŭko de la morto. Sed mi, kuŝanta en la nun malplena barako, sentis riproĉojn, ĉar mi rajtis vivi, dum aliaj – knabinoj pli junaj, kiuj ankoraŭ ne rajtis ĝui la vivon – devis suferi la morton en la gasumejoj."

"Feliĉe vi eskapis tiel teruran morton. Kio poste?"

"Majon 1944 alvenis longaj trajnoj – transportoj el Hungario. Centmiloj da viroj, virinoj kaj infanoj – freŝaj, sanaj, vivemaj kaj – ho Dio! Kiom nesciaj pri sia tuj sekva sorto. Tage kaj nokte funkciadis gasumejoj kaj fornoj. La infanojn oni ĵetis vivantajn en fosegojn aparte, kaj dume iliaj gepatroj gasumiĝis kaj brulis en kvin kamenoj. Por ni en la barakoj tiam estis inferego. Mi timis freneziĝi, la nervoj jam nenion plu toleris.

Oktobron 1944 oni transportis nin al alia koncentrejo, Ravensbrück. Ekestis tempo kun novaj suferoj. Hodiaŭ mi miras pri tio, ke homo eĉ povas elporti tiom multe.

Je la tria horo nokte – meze en malvarma vintro – ni devis kolektiĝi por nomvokado kaj kalkulado. Mizere vestitaj, sen ŝtrumpoj, ni staradis dum horoj dekope. Frostegis al ni. Multaj el ni estis malsanaj. Jen iu kaj iu teren falis, mortis. Neniu bedaŭris, neniu ploris, tiel ni jam kutimiĝis vidi kadavrojn ĉirkaŭ ni. Sur ŝarĝveturilojn oni ĵetis ilin, mortintojn kaj duone vivantajn sen diferenco.

Regis tiam terura malsatego. Manĝi kaj vivnutri min per terpomŝeloj mi jam delonge konis. Sed mi ankaŭ lernis serĉi manĝaĵon en forĵetaĵ-amasoj, ekskrementaĵoj. Ni estis tiom malfortaj, ke ni apenaŭ povis nin movi. La okuloj brulis febre en siaj kavoj. Ni estis komplete apatiaj koncerne kaj vivon kaj morton. Ni eĉ ĉesis kvereli kaj batali pro la manĝo."

"Fine tamen alvenis la blankaj busoj al Ravensbrück, ĉu ne? Ĉu tuj oni povis savi vin de tie?"

"Jes, subite alvenis la sav-ekspedicio de Sveda Ruĝa Kruco sub gvido de grafo Bernadotte. La blankaj aŭtobusoj manĝon alportis al ni. Manĝon! Fine sataj ni fariĝis. Mi vidis maljunajn virinojn, kiuj mortis tenante bonfarajn donacojn en siaj manoj – ili mortis tamen kun feliĉa rideto, ĉar jen ĉe ĉiuj revenis la kuraĝo por la vivo. Ree ni revis pri ebloj de liberiĝo. Iun matenon poste la estraro de la koncentrejo deklaris, ke ni rajtas foriri per la blankaj aŭtobusoj de Ruĝa Kruco al Svedio. Je la kvara frumatene ni lastan fojon devis enviciĝi, kaj tiam malfermiĝis al ni la pordoj al la libereco. Multmiloj da virinoj judaj, polaj, francaj, nederlandaj, belgaj, grekaj trovis azilon en Svedio post la inkuba tempo en Auschwitz-Birkenau kaj Ravensbrück."

Sinjorino Kamińska eksilentas trans la dratbarilo. Subite eblas aŭdi pepadon de paruoj kaj fringoj el la apuda arbareto, kaj sentiĝas freŝa brizo de la lago. Tiu ĉirkaŭa idilio faras malrealecan kontraston kun la rakonto de la sinjorino. Willi dankas ŝin pro la kuraĝo rakonti siajn terurajn travivaĵojn.

"Mi promesas sendi ĉi tien iun el tiu esperantista familio. Se necese mi mem akompanos ilin."

"Dankon. Mi tre antaŭĝojas."

Reveturinte al la urbo ŝi sentas, kvazaŭ ŝi iom post iom vek-iĝus el premsonĝo, tamen ne komplete, ĉar denove necesos netigi la notojn kaj do ankoraŭ restadi en la terora mondo de la naziaj koncentrejoj. Poste ŝi klopodos por trovi gazeton, ĉu tuj ĉi tie en Svedio, ĉu poste en Danlando, kiu volos publikigi tiel mornan ateston pri la ĵus pasintaj krimoj de la nazioj. Ŝi ne scias, ĉu tio estos facila. Povas esti ke redaktoroj hezitos ĝeni la bonan humoron de la legantoj kaj ties esperplenajn antaŭsentojn pri la longe atendata paco. Se oni mem evitis la teroron, eble legi pri tiuj, kiuj suferis en tia neimagebla infero, povus doni ian malbonan konsciencon aŭ senton ke oni ne plene meritis eskapi netuŝite. Kaj ankaŭ al Willi mem sendube necesos longa tempo por digesti la rakonton kaj por retrankviliĝi.

Precipe ŝi demandas sin, kiaj homoj do laboris en tiuj koncentrejoj kaj neniigejoj. Unu afero estas forsendi homojn al kruela sorto, kies efektivigon oni mem ne devas vidi. Sed partopreni ĉiutage en tia planita amasbuĉado de kunhomoj! Kiaj torditaj mensoj kapablas plenumi tion?

Ŝi verkas sian artikolon sed ne trovas respondon al la demando, kiel eblis igi homojn realigi tian abomenan krimon. Kian senfundan malamon necesis planti en iliajn mensojn por ebligi tion?

Dum tagoj ŝi cerbumas pri tiu enigmo, dum ŝi atendas respondojn de la gazetoj, al kiuj ŝi proponis la artikolon. Kio fine rompas ŝian depriman cerbumadon, tio estas la dramaj eventoj en ŝia hejmlando. La germana kapitulaco kaj la baldaŭa eblo reveni hejmen espereble helpos ŝin lasi la ateston de sinjorino Kamińska kaj pluiri, rekomencante normalan vivon.

# Teroro najbaras

## Filippa, februaro 2015

Estas dimanĉo tagmeze. Ili planis – aŭ pli ĝuste ŝi proponis – viziti la Modernan Muzeon por rigardi ekspozicion kun pentraĵoj de Nils Dardel, kiu interesas ŝin, kaj poste tagmanĝi en restoracio. Sed nun ŝi sidas ĉe kruda tableto en la falaflobutiko, dum Kasim staras malantaŭ la bufedo, servante klientojn. Antaŭ horo Mahmoud vokis lin telefone, por ke li tuj venu labori, ĉar Said, la dua dungito, ial ne aperis, kiam li devus, nek respondas alvokojn.

Do, jen ŝi sidas en la odoro de varmega fritoleo, kiu ĉiam plenigas la butikon, kun papera telero plena de falafloj kaj peklitaj legomoj, kiujn ŝi senentuziasme enbuŝigas per plasta forketo. Ŝi tute ne malŝatas frititajn kikerbulojn, sed ĉi tio estas nek la plado, nek la medio, kiujn ŝi antaŭvidis por la komuna dimanĉa tagmanĝo. Nu, ŝi ja komprenas ke Kasim devas labori, kiam io malhelpis la kolegon.

"Kompreneble vi manĝos senpage", diris al ŝi Mahmoud, dum Kasim ekis pri la kikerpasto. Iam ankaŭ la edzino de Mahmoud kutimis helpi en la butiko 'Ora Falaflo', kiam tio estis bezonata, lasante la filineton ĉe la geavoj. Sed antaŭ monato ŝi naskis la duan infanon, do ŝi ne plu same facile povas deĵori tie.

Envenas konato de Kasim. Filippa rekonas lin sed ne memoras lian nomon. Li alpaŝas al la bufedo kaj fervore ekparolas arabe jam antaŭ ol atingi ĝin. En lia vigla diskuto kun Kasim ripetiĝas la nomoj 'Filks' kaj 'Kubinhaghin'. Post kelka tempo ŝi laŭtigas sian voĉon, petante ke Kasim klarigu, pri kio temas. Tiam la ĵusa veninto turnas sin al ŝi kaj ekparolas svede.

"Estis atenco en Kopenhago. Oni pafis al la fiulo Vilks per mitraleto sed maltrafis lin. Poste la policistoj mortigis la pafinton."

"Ĉiam tiu damnita Vilks!" grumblas Kasim. "Tiu hundo, tiu blato, kiu desegnis la profeton kiel hundon. Sed kial en Kopenhago? Li estas svedo, ĉu ne?"

"Jes, sed oni invitis lin tien por paroli kaj disvastigi sian mal-amon kontraŭ islamanoj. Fakte iu alia mortis pro la pafado, sed Vilks eskapis."

"Domaĝe", diras Kasim. "Kion vi manĝos? Ĉu rulaĵon?"

Filippa ne povas resti sidanta, dum ŝi plu parolas al sia kor-amiko.

"Kion vi celas?" ŝi diras, stariĝante kun malkvieta sento en-stomake. "Oni mortigis iun homon, kaj vi bedaŭras ke oni ne murdis plian, ĉu? Ĉu vi tute freneziĝis?"

"Trankviliĝu, Filippa. Mi ne subtenas murdojn, sed jam de-longe tiu viro staras al mi en la gorĝo. Se eblus iel silentigi lin, tio estus bona afero. Li estas fiulo kaj rasisto, ĉu ne? Kial li desegnis la profeton kiel hundon, se ne por kraĉi sur nin?"

Nun aperas Mahmoud el la kuirejo.

"Vi ambaŭ estas idiotoj", li elsputas al Kasim kaj la alia viro. "Ĉu vi ne komprenas, kio sekvos el tio? Nur pli da malamo, pli da atakoj kontraŭ islamanoj."

La tri viroj rekomencas diskuti en la araba, kaj precipe la gasto, kiu ankoraŭ nenion mendis por manĝi, estas ege ekscitita. Filippa ne scias, ĉu resti kaj provi paroli kun Kasim, aŭ simple foriri. Ŝi maĉas kaj glutas ankoraŭ pecon da manĝaĵo.

"Kasim", ŝi poste provas, "ankaŭ mi ne ŝatas la agadon de Vilks, sed murdatenco estas ago de teroro, tion vi devas rekoni! Precipe se mortis iu alia, tute senkulpa persono."

"Mi ne diris ke oni mortigu lin, sed kial li senĉese estas invitata ĉien por akuzi islamanojn, arabojn, ĉiun ajn? Por kies bono li faras tion?"

Dum li parolas al Filippa, Mahmoud kaj la gasto plu kverelas arabe, kriante unu al la alia trans la bufedon.

"Mi ne scias, Kasim", diras Filippa. "Sed mi pensas ke vi nur hipokritas, parolante pri via profeto. Normale vi tute ne zorgas pri Muhamado, ne pli ol pri Jesuo aŭ mi-ne-scias-kiu. Ĉiuokaze mi ne plu restos ĉi tie. Ni interparolu poste."

"En ordo. Sed komprenu ke kiam tiaj fiuloj insultas la profeton kaj desegnas lin kiel hundon aŭ teroriston, tio estas por moki kaj ofendi ĉiujn islamanojn kaj montri ke laŭ ili ni estas malplivaloraj. Jen kial mi koleras. Ĉu vi nun iros hejmen?"

"Mi supozas ke jes."

"Do, ĝis poste, Filippa."

"Ĝis."

Ŝi paŝas al la subtera stacidomo, sed atinginte ĝin, ŝi ŝanĝas sian intencon kaj anstataŭe telefonas al sia avo. Pasas pli da tempo ol kutime, kaj ŝi eĉ komencas cerbumi, kien li povus iri, kiam li fine respondas.

"Saluton, Avo! Kiel vi fartas?"

"Bone, bone. Normale. Kaj vi?"

"Nu, en ordo. Ĉu vi estis survoje ien?"

"Ne, tute ne. Kien do? Mi ĵus iom dormetis, jen kial mi ne rapidis respondi."

"Ho, ĉu mi vekis vin? Mi pardonpetas."

"Male, mi dankas. Se mi dormus tro longe, mi kuŝus sendorma dumnokte. Ĉu vi volas veni vizite?"

"Jes, se tio ne ĝenus vin. Mi estas iomete konfuzita. Okazis io en Kopenhago, kaj mi..."

"Jes, mi aŭdis per la matenaj novaĵoj de la radio. Terure. Sed ne timu, knabineto. Venu ĉi tien."

Do ŝi ekiras. La buso, kiu portos ŝin orienten al la kvartalo de la avo, turniĝas dekstren sur la straton Föreningsgatan. Tie ĝi tuj preterpasas la pompan sinagogon de Malmö, konstruitan antaŭ pli ol jarcento en la tiel nomata maŭra stilo, kiu tiam estis populara ĉi tie. Ŝi neniam vizitis ĝin, sed nun ŝi ekpensas ke estus interese rigardi ankaŭ ĝian internon. Eble kun avo Wilhelm. Aŭ ĉu ŝi prefere proponu al Kasim fari viziton tie? Ankaŭ moskeon ŝi ne vidis de interne, kaj cetere eĉ neniun el la kristanaj preĝejoj de Malmö. La romanikan katedralon de Lund ŝi kompreneble plurfoje vizitis por rigardi la astronomian horloĝon kaj la giganton Finn, kiu brakumas kolonon en ĝia kripto.

Plu veturante, ŝi cerbumas, kial avo Wilhelm diris "ne timu, knabineto", sed li ja ĉiam zorgas pri ŝia bonfarto kaj sekureco. Ŝi scivolas, ĉu li denove prezentos danan buterpanon, kaj se jes, do kun kio. Bedaŭrinde ŝi jam plenigis la stomakon per falafloj. Dum la mallonga promeno de la haltejo ŝi frostas en la humida vento el la markolo kaj antaŭĝojas veni en la varmon de lia apartamento.

"Ni sidiĝu en la kuirejo. Ĉu vi bonfartas? Hodiaŭ mi ne scias, kion proponi sur la buterpano. Ni rigardu, kio troviĝas en la fridujo."

La avo atenteme parolas, dum ŝi demetas la jakon kaj la ŝuojn.

"Mi ĵus manĝis, do ne zorgu. Eble mi povus trinki tason da kafo sen io."

"Kompreneble. Mi tuj faros. Estis timiga afero pri la sinagogo, ĉu ne?"

Dum momento ŝi sentas kapturnon. Kiel li povas scii ke ŝi ĵus pensis pri vizito al la sinagogo? Ĉu li telepatias? Poste ŝi pensas ke ŝi eble misaŭdis.

"Kia sinagogo?"

"De Kopenhago. La pafado."

Bone, do li parolas pri la najbara terorago. Tamen li sendube miskomprenis ion.

"Ne estis sinagogo, Avo. Estis ia kunvenejo, kie parolis la artisto Lars Vilks."

"Jes, mi scias. 'La Pulvobarelo' en Østerbro. Ankaŭ tio estis terura. Sed poste tiu teroristo pluiris al la sinagogo de Kopenhago, kie okazis bar-micvo kun aro da familioj kaj junuloj, kaj ekster ĝi li murdis judan gardiston, sed poste li forkuris. Fine la polico pafmortigis lin."

"Ho! Tion mi ne sciis. Sed kial do? Vilks ja havas neniun rilaton al sinagogo aŭ judoj."

"Eĉ male, li insultas ĉiujn. Sed por mense konfuzita teroristo kompreneble la judoj ĉiam kulpas pri ĉio. Tio neniam finiĝos."

Avo Wilhelm sidiĝas apud ŝi, atendante ke la kafaparato pretigu la kafon. Filippa sidas silenta. Ŝi cerbumas, kia estos ŝia diskuto kun Kasim pri tiu atako, kiam ili denove renkontiĝos. Ŝi sentas fortan ambivalencon. Unuflanke ŝi bedaŭras ke ŝi forlasis la butikon kaj volas tuj telefoni al li. Aliflanke ŝi timas, kion li dirus pri la afero, kaj preferas resti en paco dum kelka tempo. Cetere li ne povas interparoli telefone, dum li servas klientojn.

"Kion vi diras, knabineto? Pri kio vi pensas?"

"Mi ne scias. Mi trovas la tutan aferon nekomprenebla."

"Nu, la mondo ĉiam estadis freneza, sed oni ja ŝatus kredi ke ĝi iom post iom plisaniĝas. Tamen tio ŝajnas duba."

Li metas la brakon ĉirkaŭ ŝiajn ŝultrojn, kaj ŝi klinas sin al li. Iel ŝi volus plori, sed tio ja estus ridinda. Ŝi certe ne plu estas knabineto, kvankam la avo ŝatas nomi ŝin tiel.

El la kafaparato aŭdiĝas raslaj sonoj, kvazaŭ ĝi stertorus. Sendube ŝi devus baldaŭ helpi la avon senkalkigi ĝin. La akvo ĉi-sude en Skanio ja estas terure kalkoza, ŝi pensas. Tamen alŝvebas al ili plaĉa aromo de freŝa kafo.

"Sonas, kvazaŭ la kafo jam pretas", li diras, stariĝante kun eta ĝemo. "Ni trinku iom. Tio kutime helpas. Ĉu vi esceptokaze eĉ ŝatus etan konjakon kun la kafo?"

Ŝi restas ĉe la avo dum la posttagmezo, interparolante kun li pri la ĵusa kaj aliaj teroraj agoj, kiuj lastatempe plagas la mondon.

"Pasis nur monato de la terura atako kontraŭ karikaturistoj de Charlie Hebdo en Parizo", ŝi diras. "Verŝajne ankaŭ ili desegnis ion ofendan kontraŭ Islamo, sed estas freneze reagi per amasmurdo. Mi ne komprenas, kiel tio povos iam ajn ĉesi. Evidente malamo naskas malamon kaj venĝo sekvas venĝon en senfina vico. Sed aliflanke ne eblas ja lasi teroragon sen reago."

Avo Wilhelm malrapide kapjesas kaj pale ridetas.

"Nu, eble ni lasu la reagon al la aŭtoritatoj kaj intertempe estu feliĉaj ke ne ni devos solvi la aferon."

"Tamen ja gravas, kio estas ĝusta kaj bona sinteno. Ne eblas lasi la moralon al la aŭtoritatoj!"

Ŝi ne povas forgesi la vortojn de Kasim, kvankam pro honto ŝi ne volas mencii ilin al la avo. Oni devus silentigi la artiston Vilks, laŭdire. Ne per murdo, sed kiel do? Evidente ŝi devos denove postuli de sia koramiko ke li precizigu, kion li celas. Sed ĝuste nun ne estas bona okazo. Ŝi devas unue iom trankviliĝi. Prefere ŝi reiru hejmen. Eble ŝi provu renkonti iun el siaj amikinoj por ne resti sola kun siaj pensoj dum la dimanĉa vespero. Kaj morgaŭ matene ekos nova laborsemajno.

Do ŝi adiaŭas sian avon kaj paŝas ĝis la proksima placo de Värnhem por hejmeniri buse tra la vintra posttagmeza mallumo. Vespere ŝi efektive sukcesas persvadi sian amikinon Hanna akompani ŝin al kinejo. Ili elektas la lastan filmon de Roy Andersson, kiu ĵus premieris. Ŝi antaŭvidas interesan kaj amuzan vesperon, malgraŭ ĝia kurioza titolo 'Kolombo sidis sur branĉo, pensante pri la ekzistado'. Kompreneble la filmo estas eĉ pli stranga ol la titolo, sed la absurdismo de Andersson ĉiam efikas pozitive al Filippa. Ial ĝi redonas al ŝi bonan humoron, kvankam ĝi vere montras la absurdecon de la realo. Tra lia lenso ĉio aperas pale flavgriza, iom ridinde teatreca, stulta sed ofte iel pardoninda.

Postfilme Hanna kaj ŝi longe diskutas kaj revokas en si la diversajn scenojn de la filmo, ridante super glasoj da biero en urbocentra taverno.

"Mi povus preni la bieron", recitas Hanna, aludante scenon en la filmo, kie viro en trinkejo proponas sin por transpreni la bieron de alia kliento ĵus mortinta pro apopleksio.

Ili renkontas konatojn, al kiuj ili rakontas pri tiu kaj aliaj scenoj kaj entute ĝuas la kunestadon, ĝis Filippa subite ekrimarkas ke restas nur kvin horoj, antaŭ ol ŝi devos ellitiĝi por rekomenci la realan ĉiutagan vivon, absurdan aŭ ne.

Nur post kelkaj tagoj ŝi denove havas okazon renkontiĝi kaj interparoli kun Kasim. Intertempe la amaskomunikiloj jam rakontis ke la kopenhaga teroristo estis 22-jara ano de krimula bando, kiu ĵus pasigis tempon en malliberejo pro aliaj perfortaj krimoj. Kial li elektis la du celojn de siaj atakoj restas sufiĉe nebula, kaj ĉar li mem estis mortigita, li ne povas prezenti sian motivon. La polico tamen serĉas komplicojn, kiuj eble klarigos la aferon.

"Ĉu vi imagas, kial Said ne venis labori kiel li devus en la pasinta dimanĉo?" ekkrias Kasim, kiam ili renkontiĝas en Malmö sabate posttagmeze.

Said estas la junulo, kiu forestis de la falaflobutiko de Mahmoud, tiel ke Kasim devis neplanite deĵori.

"Ne, kiel mi povus scii tion?"

"Li iris al Kopenhago por meti floron sur la straton, kie la polico pafmortigis tiun Omar El-Hussein. Ŝajne amaso da homoj faris tion. Kaj hieraŭ oni entombigis lin, kun kelkaj centoj da funebrantoj. Ankaŭ Said volis iri, sed Mahmoud diris ke tiuokaze li devus serĉi por si alian laboron."

"Tiu knabo devas esti tute freneza."

"Kredeble vi pravas. Sed ankaŭ Mahmoud pravis, dirante ke sekvos pli da malamo kontraŭ islamanoj. Hieraŭ matene oni trovis ke iu fia damnulo ĵetis kapon de porko antaŭ la enirejon de moskeo apud Malmö, kaj sur la muron oni skribaĉis iujn insultojn per ruĝbruna farbo aŭ eble porka sango."

Filippa gapas al li konsternite kaj spiregante.

"Ĉu vi estas serioza?"

"Certe. Oni sendube devis tre labori por purigi post tio."

"Kiu do entute povas akiri kapon de porko? Mi supozas ke ne eblas aĉeti tion en ajna butiko. Oni ja devos trovi la farinton. Ĉu oni denuncis tion al la polico?"

"Mi supozas ke jes. Sed la policistoj certe nenion faros por trovi la kulpulon. Eble ili mem aranĝis la aferon."

"Ĉesu, Kasim! Vi estas freneza! Ĉu vere okazis tio, aŭ ĉu vi simple fantazias?"

"Kial mi fantazius? Mi aŭdis de Mahmoud, kaj li kutime ne fantazias. Cetere la samo jam okazis plurfoje antaŭe en aliaj urboj."

"Ĉu tiu moskeo ne havas gvatkameraojn?"

"Mi pensas ke la aŭtoritatoj ne permesis tion. Oni certe ne volas kapti tiajn fiajn rasistojn. Tiuj porkoj mem ja estas rasistoj."

Filippa sentas naŭzon. Ŝajne la mondo nur pli kaj pli absurdiĝas. En ŝia imago la porkokapo miksiĝas kun la kapoj de policistoj, kiujn Kasim nomas porkoj. Ŝi viŝas siajn okulojn kaj klopodas ekpensi pri io alia, io pli normala.

"Kasim, ĉu vi laboros morgaŭ?"

"Ne, tiam Said devos deĵori, se li volas plu konservi sian laboron."

"Ĉu vi do venos al mia hejmo kaj restos ĝis morgaŭ?"

"Certe, en ordo. Ĉar vi plu rifuzas transloĝiĝi ĉi tien, mi ja devas."

Tiel ŝi do povas retrankviliĝi kaj forviŝi el sia menso la imagon de porka kapo, kiu naŭzis ŝin. Sed dum la sekva hejma vespero kun la koramiko daŭre hantas ŝin la pensoj pri teroristoj, kaj pri homoj, por kiuj la teroristoj estas herooj, kiuj meritas florojn.

La regionaj televidaj novaĵoj rakontas ke en Malmö oni ĵus fondis svedan sekcion de *Pegida*. Filippa neniam antaŭe aŭdis tiun nomon, sed oni klarigas ke ĝi estas lastatempa germana movado de ekstremaj dekstruloj "kontraŭ islamigado de la Okcidento". Ĝi jam de kelka tempo organizis grandajn anti-islamajn manifestaciojn en germanaj urboj, precipe en la orienta parto de la lando. La svedan sekcion nun fondis du laŭdire konataj Malmö-anoj, sed al Filippa ankaŭ iliaj nomoj vekas malmulte da asocioj. Ŝi supozas ke Kasim indignos kontraŭ ili, do por fari al si propran ideon jam antaŭ ol paroli kun li, ŝi guglas la nomojn kaj vere trovas interesajn informojn.

La unua el ili estas la artisto Dan Park, pri kiu ŝi legas ke li estas plurfoje kondamnita de tribunaloj, lastfoje al sesmonata malliberigo pro instigo al etna malamo. Oni mencias vicon da tiel nomataj artaj instalaĵoj de lia mano. Antaŭ ses jaroj li metis skatolon kun la surskribo *Zyklon B* plus hokokruco apud la ejon de la juda komunumo de Malmö. *Zyklon B* estis la nomo de insekticido, per kiu la germanaj nazioj gasumis precipe judojn en siaj neniigejoj. Pro tiu instalaĵo Park estis akuzita en tribunalo, sed tiufoje oni absolvis lin. Plurfoje li kreis bildojn pri konataj nigrahaŭtaj svedoj kun la surskribo "nia negra sklavo forkuris", kaj pro tio li estis malliberigita dufoje. Ankaŭ kontraŭ romaoj kaj feministoj li kreis verkojn de malamo.

La dua fondinto de tiu sveda anti-islama movado estas Henrik Rönnquist, posedanto de art-galerio en centra Malmö. Tie li ekspoziciis verkojn de multaj marĝenaj artistoj, laŭdire por defendi la liberecon de esprimo, interalie la bildojn de Lars Vilks pri Muhamado kiel hundo, kaj de Dan Park pri nigrahaŭtaj personoj kun maŝo ĉirkaŭ la kolo kaj teksta instigo ke oni linĉe pendigu ilin. Tiun lastan ekspozicion la polico fermis post malmultaj tagoj, kaj Park kaj Rönnquist ambaŭ estis kondamnitaj de tribunalo al malliberigo al. Por la galeriisto la verdikto tamen estis kun kondiĉa prokrasto.

Baldaŭ montriĝas ke la arta duopo ne vere scias organizi la amasojn. Al Pegida-manifestacio en Malmö venas ok bravaj defendantoj de la Okcidento. Kaj en la urbo Linköping alvenas kvaropo, kiujn ĉirkaŭas tricento da kontraŭ-manifestaciantoj.

Kiam Filippa fine parolas kun Kasim pri tiuj homoj, li eĉ ne aŭdis pri ili.

"Sed se ili montris la bildojn de Vilks, ili vere estas fiuloj, kiuj devus iri en malliberejon", diras Kasim. "Kaj tiun galerion oni devus fermi. Ĉu vi scias, kie ĝi situas?"

"Mi legis en la reto ke ĝi ne plu ekzistas. Sed antaŭ jaro, kiam oni ekspoziciis la hundojn de Vilks, homoj vicostaris por aĉeti tiujn bildojn."

"Fiuloj! Ankaŭ ili devus iri en malliberejon."

Filippa ridas.

"Se la mondon regus vi, ĉiuj estus en malliberejo."

"Tute ne. Nur la teroristoj kaj rasistoj. Kaj mi plene fajfas pri tio, ĉu ili teroras ĉi tie aŭ ĉe la najbaroj en Kopenhago. Ili iru en malliberejon aŭ en inferon!"

## Oka ĉapitro
# Ion gemutan
### Willi, majo – junio 1945

Post la gaja festado kaj preskaŭ delira ĝojo en la kvina de majo, la familianoj diversmaniere preparas sin por reveni hejmen el la ekzilo. La maljuna sinjoro Singer estas senpacienca por reunuiĝi kun sia malsaneta edzino en Kopenhago. Sed plej ekcitita kaj senpacienca kredeble estas Willi, kiu volas tuj ekverki raportojn pri la liberiĝo por la danaj ĵurnaloj, kiuj nun denove povos ĝui presliberecon. Dum la milito ja aperis amaso da subgrundaj bultenoj kaj gazetoj en milionoj da ekzempleroj, sed ŝi havis nek kontakton kun ili nek informojn, kiujn indus dividi en ili.

En Kopenhago la bofrato de Willi sukcesis savi la ŝtofbutikon de la familio Singer. La vasta apartamento de la familio ĉe la strato Adelgade tamen jam de jaro estas luigata por kompensi la malkreskon de enspezoj el la butiko, kaj la patrino de Willi transloĝiĝis al eta loĝejo en la kvartalo Østerbro kun sia flegistino. La bofrato tamen plu vivas en sia propra domo en Fuglebakken kun la plej aĝa filo Laurits, dum la filino Margrethe, la plej aĝa nevino de Willi, jam edziniĝis kaj estas graveda je sia dua infano. Laurits kaj Margrethe, estante nur kvaronjudoj, neniam konsideris forlasi Danlandon, kiam la germanaj okupantoj en 1943 komencis sian persekutadon de la danaj judoj.

Do, la iama familia loĝejo, kien Willi ĉiam povis rifuĝi, ne plu estas disponebla. Kie ŝi do loĝu? La patro instalas sin en la nova apartamento de la edzino, sed tie ne estas spaco por Willi. Provizore ŝi ekloĝas ĉe la bofrato, kvankam li evidente ne tre aprezas tion. Krom la dudekkvinjara filo loĝas tie ankaŭ Marie, servistino proksimume tridekjara, kaj Willi baldaŭ eksentas ke eble ekzistas kroma motivo, kial ŝia fratino Frederikke kaj la plej juna nevo Morits ne rapidas reveni al Kopenhago.

Unue ŝajnas al ŝi ke ŝi revenis tro malfrue, kvankam pli frue ja ne eblus. Evidentas ke la fino de la germana okupado de Danlando estis sufiĉe drama, kvankam nun ŝi trovas la etoson en la urbo tute trankvila. Antaŭe ŝi pensis ke la mirinda operaco aŭtune de 1943, kiam granda aro da danoj engaĝis sin por savi preskaŭ ĉiujn danajn judojn, transportante ilin en Svedion, estis la plej drama momento. Eble ĝi iasence ja estis tio, sed se temas pri perforto kaj nombro de mortintoj, ĝi estis nur la komenco de pli drama fino. En 1944 la rezistomovado ege aktiviĝis kaj plenumis multajn agojn por saboti transportojn kaj produktadon, kiuj servis al la okupantoj kaj al la germana militado. Britaj aviadiloj paraŝutis amason da armiloj kaj eksplodaĵo por la sabotantoj. Kiam alproksimiĝis la militfino, eĉ Svedio konsentis kontrabandi iom da armiloj al la rezistomovado, kvankam oni ĝis tiam tre timis fari ion ajn, kio povus ofendi la nazian Germanion. Tiuj svedaj armiloj tamen finfine ne atingis la verajn rezistantojn sed restis ĉe subgrunda grupo da danaj oficiroj, kiuj timis komunistan puĉon, kiam malaperos la germana armeo.

Dum la lastaj monatoj la raportoj el Kopenhago, kiuj atingis la ekzilulojn en Norrköping, estis samtempe timigaj kaj esperigaj. Ŝajnas al Willi ke ĉi-vintre ekregis kaoso en ilia hejmurbo; la okupantoj jam de kelka tempo plene malesperis pri la glora fina venko de la Tria Regno, kaj la danaj nazioj, kiuj subtenis ilin kaj profitis de la okupado, same antaŭvidis malvenkon kaj decidis fini per pli da teroro kaj arbitra perforto. Dume la rezistomovado intensigis siajn sabotajn atakojn kaj ankaŭ plimultigis la eliminadon de perfidantoj kaj denuncantoj.

Nun Willi renkontiĝas kun redaktoro de la liberala kopenhaga ĵurnalo *Politiken*, al kiu ŝi iam multe kontribuis. Li rakontas ke la du plej famaj ekzekutistoj de la rezistomovado Holger Danske, konataj per siaj kaŝnomoj Flamo kaj Citrono, mortis jam en la pasinta oktobro, sed proksime al la fino de la okupado aliaj daŭrigis iliajn ekzekutojn.

"Ŝajnas ke kelkaj eliminoj okazis post decido aŭ verdikto de la unuigita rezistomovado, dum aliaj estis pli spontanaj venĝoj", li diras. "Responde al tio la germanaj okupantoj kaj la bandoj de danaj nazioj plenumis pliajn arbitrajn murdojn."

"Mi komprenas. Do ĉio daŭris en senfina serio da venĝoj kaj revenĝoj ĝis la kapitulaco, ĉu ne?"

"Sendube. Kaj lastatempe en tiun kaoson miksiĝis ankaŭ privataj murdoj sen tre klara ligo al la batalo por libereco kaj kontraŭ la okupado. Homoj, kiuj dum kvin jaroj kuraĝis nenion, subite montris sin fieraj anoj de la rezistado. Junaj virinoj, kiuj havis amrilatojn kun germanaj soldatoj aŭ eble nur ŝatis ilian admiradon, estis trenataj laŭ la stratoj kun razitaj kapoj, portante ŝildojn kun la teksto 'soldatmatraco'."

"Mi volonte intervjuus iun el ili por ekkoni ilian koncepton pri la liberiĝo. Sed certe neniu el ili akceptus aperi antaŭ ĵurnalisto, kaj cetere nek vi nek alia gazeto publikigus tian intervjuon."

La redaktoro ne respondas sed faras ironian grimaceton.

"Ĉu la rezistantoj do efektive mortigis multajn okupantojn?" Willi plu demandas.

"Ne, tion oni evitis por ne provoki reprezaliojn kontraŭ la civila loĝantaro. Oni mortigis precipe danojn, kiuj helpis la germanojn. Samtempe niaj danaj nazioj formis bone armitajn murdistajn bandojn, kiuj plenumis teroron pli kruelan ol la germanoj mem, verŝajne ĉar ili jam antaŭvidis la malvenkon de Germanio kaj komprenis ke atendos ilin severa sorto. Eĉ en la kvina de majo, tuj post la sciigo pri germana kapitulaco, danaj nazioj snajpere pafmortigis hazardajn civilulojn, kiuj festis la liberiĝon surstrate."

"Terure! Ĉu vi scias, kiom da perfiduloj estis mortigitaj de la rezistomovado?"

"Entute kelkaj centoj, el kiuj la plej multaj dum la lasta vintro. Eĉ post la kapitulaco okazis dudeko da tiaj eliminoj. Eble tial, por eviti pluan privatan venĝadon, la parlamento nun rapide decidis reenkonduki mortopunon pro certaj krimoj, kiuj okazis favore al la okupantoj, kaj fari tion eĉ retroaktive."

"Ĉu tio vere eblas?"

"Nu, tio kompreneble rompas la ĝisnunajn bazojn de la jura sistemo."

"Ha! Mi supozas ke la politikistoj nun volas forlavi de si la senton de malpuraĵo kolektita sur iliaj manoj dum la tri jaroj da kunlaboro kun la okupantoj inter 1940 kaj 1943."

Denove la redaktoro senvorte grimacetas, aŭ eble ridetas iro-
nie. Willi rimarkas ke li ŝatas denove interparoli kun ŝi post la
pasintaj jaroj, kiam tio ne eblis. Sed dum tiu tempo li ŝajne fariĝis
pli singardema.

Ŝi jam scias ke en oktobro de 1943 dum kelkaj semajnoj sep mil ho-
moj kaŝe transiris la akvon al Svedio. Tio estis preskaŭ ĉiuj danaj
judoj. Dum la antaŭaj tri jaroj kaj duono la okupantoj lasis ilin
plejparte en paco, sed subite la germanoj decidis kapti ĉiujn por
transporti ilin al koncentrejoj en Germanio. Iu likis averton pri
tiu decido, kaj la granda savado estis organizita en kelkaj tagoj.
Dume, la kelkaj centoj da judoj, kiuj pro diversaj kialoj ne eskapis
al Svedio nek sukcesis daŭre kaŝi sin, estis kaptitaj kaj senditaj
al la koncentrejo Theresienstadt en Bohemio. Nun montriĝas ke
eĉ el ili transvivis granda plimulto, interalie dank' al paketoj kun
nutraĵoj senditaj el Danlando.

Aliaj danoj – rezistantoj, komunistoj, ĉe la fino eĉ policistoj – estis
komence enfermitaj en Danlando mem, sed poste plu transportitaj
al germanaj koncentrejoj kiel Neuengamme kaj Stutthof. Inter la
unuaj artikoloj, kiujn Willi sukcesas vendi, unu baziĝas ĝuste sur
intervjuo kun komunista laboristo, la forĝisto Egon Christensen,
kiu spertis tian transporton. La intervjuo okazas en junio, kiam li
estas flegata en hospitalo pro vundoj kaj malsanoj, kiuj trafis lin
dum la mallibereco kaj pena vojo hejmen.

"Vi certe jam scias ke la germanoj komencis persekuti komu-
nistojn en Danlando tuj post kiam ili atakis Sovetunion en
1941", li diras. "Do ni devis tute transiri al subtera agado, kion
ni kompreneble jam delonge planis. Sed tiam la dana registaro
kaj polico ja ankoraŭ plene servis la okupantojn. La germanoj
postulis ke oni arestu okdekon da komunistoj, kies nomojn ili
konis, kaj la polico, kiu evidente disponis proprajn listojn, arestis
kaj malliberigis plurajn centojn. Tiufoje mi tamen eskapis, kaj post
kelka tempo en kaŝejo mi eĉ povis reveni al mia laboro. Sed en
kvardek du oni kaptis min kaj malliberigis min."

"Ĉu tiam oni tuj sendis vin al germana koncentrejo?"

"Ne, unue mi estis kun aliaj politikaj malliberuloj en la Okci-
denta Prizono de Kopenhago. Poste en Horserød ĝis kvardek tri."

"Kio estas Horserød?" scivolas Willi.

"Ĉu vi vere ne konas ĝin?" surprizite diras Christensen. "Ĝi estis dana koncentrejo apud Elsinoro, kreita de la dana ŝtato. Sed en oktobro kvardek tri, post la demisio de la kunlabora registaro, la germanoj transprenis ĝin kaj sendis nin al Stutthof."

"Do al Germanio, ĉu ne?"

"Prave. En Orienta Prusio, ĉe Dancigo."

"Kiaj estis la kondiĉoj tie?"

Egon Christensen klopodas rektigi la dorson de sia duonkuŝa pozicio sur la lito kaj rigardas ŝin kun rigida mieno. Post kelka tempo li silente skuetas la kapon kaj refalas sur la dorsan kusenon.

"Vi ne povos kompreni", li diras lace. "Ne eblas priskribi. Malsanoj, peza laboro, puloj, malpuraĵo, nenia vera manĝo. Poste oni alkonstruis gasumejon kaj kremaciejon kaj komencis grandskale gasumi kaj bruligi, ĉefe judojn, polojn kaj rusojn. Ni ĉiuj flaris ilin, kiam oni bruligis la kadavrojn."

Willi klopodas digesti liajn vortojn. Post la pola judino, kiun ŝi intervjuis ĉe la barilo de sveda rifuĝejo, li estas la dua persono, kiu povas vizaĝo al vizaĝo rakonti al ŝi, kiel li spertis kaj iel transvivis tiajn neimageblajn aferojn.

"Kiel vi povis reveni el tiu infero?"

Li enspiras.

"En januaro de kvardek kvin la Ruĝa Armeo jam alproksimiĝis, kaj la SS-anoj komencis evakui la koncentrejon. Do oni pelis nin, dudek mil homojn apenaŭ vivantajn, en marŝo okcidenten. Ni ne sciis kien sed supozis ke oni kondukas nin al alia koncentrejo. Ni marŝis dum naŭ tagoj en vintra malvarmo antaŭ ol atingi la koncentrejon Nawitz, kiu estis filio de Stutthof, situanta en Pomerio. Dum tiu marŝo ni ricevis panon unufoje, supon dufoje kaj terpomojn unufoje. La supo kompreneble estis la ĉiama grizeta akvo. En Nawitz oni permesis al la lokaj poloj porti al ni iom da supo kaj pano. Post monato tie la marŝo plu ekiris, sed mi kaj cent kvindek aliaj, kiuj suferis de epidemia tifo, estis forlasitaj en Nawitz, kaj jam en la sekva tago alvenis tien Ivan."

"Kiu alvenis?"

"Ivan. La rusoj. Estis soveta kiras-trupo, kaj dank' al tiu ni ricevis medicinan kuracadon. Post kelka tempo oni ordonis al ni iri al Varsovio, sed ni devis unue marŝi cent kilometrojn al Bytów. En nia stato ni bezonis pli ol semajnon por tio, sed de Bytów ni pluiris trajne al Chojnice. De tie ni akompanis sovetan kompanion, kiu iom post iom avancis okcidenten tra Germanio."

"Ĉu vi do estis ĉe la fronto, fakte?"

"Ne vere, sed ni senĉese aŭdis la krevadojn. Ni laboretis laŭ kapablo por la kompanio, kaj nur en Rostock, la deksesan de majo, ni eksciis ke la germanoj jam kapitulacis."

"Kiel vi revenis de tie en Danlandon? Ĉu ŝipe?"

"Ne ŝipe, sed laŭ ia zigzaga vojo. Interalie per ĉevaltirata veturilo tien-reen tra norda Germanio, poste per aŭto al la brita zono kaj plu al Hamburgo, de kie la dana Ruĝa Kruco transportis nin norden per la blankaj aŭtobusoj. De Rostock al Danlando ni vagis dum precize unu monato."

Willi havas seriozan problemon vere digesti la historion de Egon Christensen. Interalie ŝi ne povas ne cerbumi pri tio, kio kredeble okazis al ŝia Louise. Tamen ŝi verkas artikolon surbaze de lia rakonto kaj sukcesas vendi ĝin al sia malnova ĵurnalo, kvankam la redaktoro plendetas ke ĝi ne similas ŝian iaman leĝere ironian stilon. Fakte ŝi ne scias, kiel ŝi povus retrovi tiun, verkante en kaj pri la nuna mondo.

En majo kaj junio revenas iom post iom al Kopenhago ankaŭ tiuj kvarcent danaj judoj, kiuj transvivis malliberecon dum jaro kaj duono en la koncentrejo de Theresienstadt en Bohemio. Ili estis liberigitaj la 15an de aprilo kaj transportitaj tra la disfalanta germana regno per la blankaj aŭtobusoj de la sveda Ruĝa Kruco. Post tri tagoj ili alvenis en Malmö, kie oni poste tenis ilin en kvaranteno pro malsano. Nun Willi renkontas kaj intervjuas la maljunan sinjorinon Hannover, kiu ĵus revenis al sia hejmo en Kopenhago.

"En Theresienstadt nia ĉefa problemo estis la terura denseco de homoj", ŝi rakontas. "Oni loĝigis nin en kelkajn malnovajn domojn po dekoj en ĉiu ĉambro. La urbo konsistis plejparte el malnova fortikaĵo kun kazernoj, kaj nun ĝi rolis kiel trapasejo por judoj el Aŭstrio, Hungario kaj aliaj landoj. Ni danoj havis pli bonan situacion, almenaŭ dum ni sukcesis teni iom da higieno kaj pli-malpli eviti malsanojn, sed ni ne sciis, kiel longe tio daŭros."

"Ĉu vi do renkontis judojn el Vieno?" scivolas Willi.

"Certe, kvankam oni ĝenerale tenis nin aparte. Sed ni ja vidis ilin alveni kaj poste malaperi per transportoj. Precize kien, oni ne diris, nur 'orienten', sed ja furoris teruraj onidiroj pri la koncentrejoj en Pollando. Iam oni forsendis aparte multajn kaj klopodis beligi la urbon antaŭ vizito de la Ruĝa Kruco, kaj oni eĉ faris propagandan filmon pri la feliĉa koncentrejo. Post la filmado oni forsendis orienten ankaŭ la homojn, kiujn oni devigis aktori en ĝi. Ni sentis ke oni uzas nin en makabra teatraĵo kaj atendis nur la finon de ĝi."

"Sinjorino Hannover, ĉu vi aŭdis pri iuj vienanoj nomataj Gerber aŭ Halder?"

"Ni ne vere ekkonis iujn el aliaj landoj, kaj entute estis tro multaj malliberuloj tie. La urbo estis superŝtopita. Ĉiuj, kiuj povis labori, devis fari tion aŭ en la koncentrejo mem, aŭ en eksteraj fabrikoj, eĉ subteraj. Sed la solaj aferoj, pri kiuj ni povis pensi, estis kiel eviti malsanojn, kaj kiam venos plua pakaĵo kun manĝaĵoj de la Ruĝa Kruco, kaj kompreneble kiom el ĝi forŝtelos la SS-gardistoj."

"Ili do priŝtelis la malliberulojn, ĉu?"

"Kompreneble, sed tio estis nenio kompare kun la ĉiutaga turmentado kaj humiligado. Ni miris ke oni trovis tiom da fiuloj – viroj kaj virinoj – kun tute torditaj sentoj kaj moralo por deĵori en tia loko. Kaj supozeble estis eĉ pli kruelaj diabloj en Aŭŝvico, Treblinka kaj ĉiuj aliaj koncentrejoj, pri kiuj ni aŭdis nur onidirojn. Nun mi ĵus legis ke oni planas proceson kontraŭ la naziaj gvidantoj pro iliaj militkrimoj. Sed laŭ mi oni devus puni ankaŭ iliajn fidelajn subulojn, kiuj realigis la teroron. Se ili ne obeus, la gvidantoj ja estus senpovaj."

Ankaŭ ĉi tiun intervjuon Willi prezentas en artikolo, sed la redaktoro rifuzas ĝin.

"Niaj legantoj avide deziras legi ion pozitivan, ion pri la paco kaj la hela estonteco. Oni jam tediĝas de rakontoj pri koncentrejoj kaj teroro. Ni lasu tion malantaŭ ni, ĉu ne? Klopodu trovi ion gemutan, pri kio verki, kiel vi kutimis antaŭ la damna milito!"

Willi sentas fortan bezonon perlabori por povi forlasi la domon de sia bofrato kaj trovi propran hejmon. Intertempe li maldungis la servistinon Marie, kaj revenis Frederikke kun Morits kaj Wilhelm, sed la etoso inter ŝiaj fratino kaj bofrato ne estas tre amoplena.

Do ŝi serĉas novajn temojn de artikoloj. Unue ŝi pripensas, ĉu verki pri la ekzekutoj de danaj nazioj, kiuj estas kondamnataj al morto pro gravaj krimoj dum la okupado. Sed ili okazas tute nepublike en sekretaj lokoj, kaj krome la redaktoro certe ne rigardus ilin kiel "ion gemutan". Do ŝi klopodas rekontakti artistojn kaj aktorojn, kiujn ŝi iam konis, kaj pri kiuj ŝi verkis leĝerajn raportojn antaŭ la milito, aŭ eĉ en la komenca tempo de la okupado. Sed nun jam aperas nova generacio de famuloj, kiujn ŝi ne konas de antaŭe, kaj eĉ pli grave: grego da pli junaj ĵurnalistoj, kiuj verkas en nova stilo, pli frapa, pli populara kaj facile digestebla. Ŝajne ili evitas frazojn kun pli ol dek vortoj same kiel rezonadon kun pli ol unu ebla konkludo. Willi, kiu iam havis famon kiel aŭdaca, iom provoka modernulo, intertempe maljuniĝis kaj nun ŝajnas eksmoda snobo. Tio estas doloriga sperto. Kiel tio povis okazi, kaj kial ŝi ne rimarkis tiun ŝanĝon antaŭ ol fariĝis tro malfrue?

Ŝi pripensas, ĉu rekomenci sian verkadon de romanoj. Sed tio dumlonge ne donus tujan enspezon, kaj eĉ finfine tre malcertan sukceson. Prefere ŝi serĉu novajn ĵurnalismajn defiojn.

Unu tagon ŝi ekscias ke la filmreĝisoro Bjarne Henning-Jensen, kiun ŝi antaŭlonge konis kiel aktoron, ĵus verkis scenaron surbaze de la romano 'Ditte Homido' sed havas malfacilaĵojn trovi financanton por realigi la filmadon de tiu romano. Antaŭ preskaŭ dudek jaroj Willi intervjuis ĝian aŭtoron Martin Andersen Nexø en lia tiama loĝejo en suda Germanio. Nun ŝi kontaktas la reĝisoron kaj efektive verkas artikolon pli-malpli en sia iama ironia stilo, kie ŝi komparas la profesiajn problemojn de la reĝisoro kun la malfacila vivo de la knabino Ditte, la juna protagonisto de la verko. Tion ŝi spicas per kelkaj aludoj pri la verkisto, kiu dum la germana okupado de Danlando estis malliberigita, estante konata komunisto, sed kiu poste eskapis al Svedio kaj plu en Sovetunion, de kie li aperis en danlingvaj radioelsendoj direktataj al la okupita

Danlando. Iel ŝi sukcesas krei tekston, kiun la redaktoro trovas sufiĉe gemuta por publikigi.

Dank' al la konataj personoj kaj verko, ŝia artikolo vekas iom da atento, kaj post kelka tempo ŝi ekscias ke la dana filmkompanio *Nordisk Film* decidis realigi la filmon. Espereble ankaŭ por ŝi aperos novaj taskoj kaj mendoj de la sama aŭ aliaj gazetoj.

# Falaflo en maco

## Filippa, majo 2015

Dum la printempo Filippa trapasas etan krizon. Ĉio en ŝia vivo ja estas tute bona – la laboro, la amo, ŝiaj aliaj homaj interrilatoj, ŝia loĝejo, entute ĉio. Malgraŭ tio ŝi komencas senti malkontenton. Ĉu ĉio restos senŝanĝe ĉi tia jaron post jaro, ĉiam plu? Ŝi forte sentas ke io nova devos okazi al ŝi, alie ŝi mortos pro enuo. Sed ŝi ne scias, kio mankas al ŝi. Kio do okazu?

En antaŭaj jaroj la printempo estis la plej amuza tempo en ŝia laborejo. Oni liveras ornamajn plantojn el la forcejoj de la urba ĝardeno por planti en la parkoj kaj sur la placoj de la urbo. Ĉiujare oni kultivis ion novan. Sed ĉi-jare ŝi trovas tion pli-malpli vana strebado. Ĉu la urbanoj entute atentas, kio floras en la parkaj bedoj? Ĉu fakte indas planti ion ajn belan, kio restos nur dum la mallonga norda somero – aŭ eĉ pli efemere? Tio nun ŝajnas al ŝi sizifa klopodo.

Ankaŭ ŝia amrilato al Kasim komencas iomete tedi ŝin. Nu, eble ne vere tedi, sed mankas al ŝi ekscito kaj evoluo. Ŝi sentas ke ilia interrilato stagnas. Ĉu ŝi jam spertas la fifaman tridekjaran krizon, kvankam restas du monatoj ĝis ŝia dudeksepa naskiĝtago? Ŝi malkontentas, kaj plej ĝene estas ke ŝi ne sukcesas elpensi, kio efektive mankas en ŝia vivo.

Ŝi faras semajnfinan vojaĝon al sia frato en Västerås, kies koramikino Elin ĵus naskis ilian unuan filon. Sed tie ŝi sentas sin eĉ pli superflua, kiam ambaŭ junaj gepatroj estas tute absorbitaj de sia eta Elias. Reirante hejmen per rapida trajno, ŝi ankoraŭ demandas sin, kion ŝi faru el sia vivo. La eta nevo ja estis dolĉa, precipe kiam li dormis, sed ŝi tute ne povas vidi sin mem kun bebo, kiu postulus ŝian atenton tage kaj nokte.

Kiam Kasim telefonas al ŝi por proponi rendevuon, ŝi sentas fortan impulson respondi: "Hodiaŭ ne eblas, ĉar mi renkontos mian amanton, sed volonte morgaŭ." Tamen ŝi kompreneble ne diras tion. Certe li bonvole ridus, trovante tion amuza ŝerco. Sed poste eble ia penso ekĝermus en li, ia semo, kiu povus evolui en veran ĵaluzon. Prefere ŝi ne risku veki tiajn suspektojn. Se ŝerci aŭ iel defii lin, ŝi devus trovi alian temon.

Ŝi faras provon komenci taglibron. Ie ŝi legis ke tio estas bona maniero analizi sian vivon kaj eltrovi, kion oni volas ŝanĝi en ĝi. Sed la provo plene fiaskas. Kiam ŝi sidiĝas por verki pri la pasinta tago, ŝi trovas ke okazis al ŝi nenio. Certe nenio menciinda en taglibro.

Anstataŭe ŝi ekverkas fantazian rakonteton pri knabino, kiu ekiras de sia malriĉa hejmo por serĉi sian fortunon. Ĝi fariĝas fabelo, en kiu la knabino renkontas diversajn strangajn figurojn. Sorĉistino diras al ŝi ke ne indas esti timema kaj bonkonduta. "Rektigu la dorson", diras tiu sorĉistino. "Prenu tion, kion vi volas, ĉar neniu donos ĝin al vi." Sed maljuna trolo male petas ŝin silenti kaj obei. "Venu kun mi en la groton", li diras. "Mi montros al vi mian oran trezoron." La knabino tamen ne sekvas lin. Ŝi pluiras tra arbaro kaj trans montojn. Fine ŝi trovas mirinde belan princon, kiu loĝas en altega palaco, kies turopintoj atingas la nubojn. Ŝi frapetas sur la pordo, sed kiam la princo malfermas, li montriĝas senviva manekeno, kiu diras nenion, kaj ankaŭ la knabino tute ne scias, kion diri. Ŝi simple restas staranta tie, kaj ili gapas unu al la alia senvorte, senage kaj senkomprene. Kaj post tio Filippa ne sukcesas elpensi daŭrigon. Entute ŝi ne komprenas, kial ŝia taglibro fariĝis stulta fabelo.

Tiam revenas al ŝi la ideo ke ŝi iam verku pri sia familio, kaj eble pri la dana adopta familio de avo Wilhelm. Sed por fari tion ŝi bezonus ekscii ege pli multe pri ili. Sen tio ankaŭ el tiu verkado rezultus nur fabelo. Do la unua ŝtupo devus esti kolekti materialon, kaj tiun ŝi povos ricevi preskaŭ nur de la avo.

La lastan dimanĉon ŝi vespermanĝis ĉe la gepatroj de Kasim. Merkrede ŝi estis kun Jonas sur lia dormomato en la vitrodomo de Alnarp, kaj nun ŝi renkontas Kasimon en la falaflobutiko, kie li deĵoras ĝis la kvara. Ŝi sentas sin iom spirite disa kaj eĉ cerbumas, ĉu eble ŝia avo pravis, dirante ke ŝi devus rompi kun Jonas. Tamen, ŝi pensas, ŝiaj merkredaj rendevuoj kun li ne estas vera amrilato sed io simila al regula vizitado al fizioterapiisto por masaĝo aŭ al psikologo por analizo. Temas tutsimple pri iomete pli profunda speco de terapio, kaj ŝi eĉ ne devas pagi por ĝi. Almenaŭ ne per mono.

Nu, nun estas sabato, kaj la apuda vendoplaco plenas de homoj, kiuj butikumas, aĉetante fruktojn kaj legomojn plejparte importitajn, ĉar en Svedio ankoraŭ estas nur printempo. Ankaŭ en la butikon 'Ora Falaflo' jen kaj jen venas klientoj. Tamen la plej urĝa tempo tie ĉiam estas la vesperoj.

Ŝi pripensas, ĉu viziti la avon. Eble ŝi aĉetu ion sur la placo kaj preparu ĉe li salaton, legomsupon aŭ ian frukto-deserton. Bedaŭrinde ŝi ne estas lerta kuiristo. Eblus alporti al li falaflojn, sed ŝi tute ne certas, ĉu li aprezus tion. Verŝajne estus pli sekure resti ĉe liaj danaj buterpanoj.

"Kasim", ŝi subite ekkrias. "Ĉu vi ŝatus akompani min al mia avo post la laboro?"

"Ĉu li invitis nin?"

"Ne vere, sed mi povus demandi lin. Mi jam konas viajn gepatrojn, sed la miaj ja loĝas en Gotenburgo, krome ne plu kune, do ne same facilus viziti ilin. Prefere mi prezentu vin al mia avo. Tio estus deca."

"Bone. Sed unue demandu, ĉu li akceptas tion."

"Kial li ne akceptu?"

Kasim nur murmuras ion nedistingeblan, sed ŝi sufiĉe bone intuas lian dubon. Ĉu ŝia avo aprezos viziton de ŝia palestina koramiko? Nu, ŝi telefonas. Kiel kutime li respondas per sia telefonnumero. Iam ŝi devus demandi lin kial. Sed ne nun.

Avo Wilhelm tuj akceptas kaj proponas ke li preparu manĝon, sed ŝi diras ke tio ne necesos. Ŝi eliras por aĉeti fruktojn kaj baldaŭ revenas kun plena sako da.

Kiam alproksimiĝas la kvara horo, Kasim demandas:

"Ĉu via avo ŝatas falaflojn?"

"Mi ne scias. Verŝajne li neniam gustumis ilin."

"Tamen ni alportu triopon da rulaĵoj, ĉu ne? Mi jam faros."

Kaj li tuj ekformas bulojn el la kikerpasto per la speciala bul-
igilo kaj mergas ilin en la varmegan fritoleon. Samtempe alvenas
lia kolego Said, kiu deĵoros vespere. Evidente Mahmoud ankoraŭ
ne maldungis lin. Espereble tio signifas ke Said retrovis sian
prudenton, pensas Filippa.

Ili invadas la etan apartamenton kun sako da frukto kaj tri grandaj
falaflo-rulaĵoj zorge pakitaj en aluminia folio kaj papero.

"Saluton, Avo! Do, jen Kasim, jen avo Wilhelm. Diable, Avo,
kial vi surmetis kravaton?"

"Nu, mi devus iom klopodi por aspekti dece, ĉu ne? Bonvenon,
Kasim!"

"Bonan tagon, sinjoro, kaj dankon!"

"Ni unue manĝu la rulaĵojn, dum la falafloj varmas", atentigas
Filippa. "Poste mi faros frukto-salaton."

"Bone, sed ne necesus alporti manĝon, knabineto! Ja la gast-
iganto ĉi tie devus esti mi, ĉu ne?"

"Ne stultumu, Avo. Ni elpaku ilin. Ĉu vi jam gustumis ĉi
tiajn?"

"Ni vidu..." murmuras Wilhelm, dum li malvolvas sian pak-
eton. "Ha, bele! Jen falafloj en maco! Jes, mi konas tion. Fakte mi
manĝis falaflojn kelkfoje, kiam mi vizitis Erikon antaŭ pluraj jaroj.
Pli ofte sur telero, tamen."

Filippa estas konsternita.

"Kion vi diras, Avo? Ĉu en maco?"

"Jes, ĉi tiu maldika pano estas pli-malpli la sama kiel mola
speco de maco."

"Ni nomas ĝin lavaŝo aŭ simple maldikpano", diras Kasim.

"Nu, ĉiu havas sian nomon, sed similaj ja ekzistas preskaŭ
ĉie en la mondo. Iomete malsamaj, sed ne tre. En norda Svedio
oni bakas ilin el hordea faruno, mi pensas. Kaj en Norvegio el
terpomoj."

"Do vi jam konas falaflojn, Avo?"

"Certe, sed ĉi tie en Malmö mi ankoraŭ ne manĝis ilin. Sed ni
sidiĝu, ĉu ne?

Ili ĉiuj sidiĝas ĉirkaŭ la kuireja tablo, kaj la avo turnas sin al
Kasim.

"Unu el miaj filoj ekloĝis en Jerusalemo", li klarigas. "Ne la patro de Filippa, kompreneble, sed la pli juna. Fakte mi konstatis ke la israelanoj manĝas ĉi tiajn kikerbulojn amase, kaj la judoj kaj la araboj. Jen eble la sola afero, pri kiu ili akordas. Do, jen bona ideo ke ni manĝu ilin kune!"

Li prenas grandan maĉaĵon de la rulaĵo.

"Mmm, bona", li murmuras, maĉinte iom. "Sed tro granda. Kiel maljunulo mi ne plu havas tiel fortan apetiton."

Filippa vidas ke Kasim ĵetas al li iom apartan rigardon, tamen nenion dirante. Tio trankviligas ŝin. Dum momento ŝi timis ke Kasim ekparolos pri Israelo kaj la palestinanoj, pri Gazao aŭ Orienta Jerusalemo, aŭ pri Jafo kaj Tel-Avivo. Pri la cionista teroro. Sed li restas silenta, manĝante sian falaflo-rulaĵon. La falaflojn en maco, laŭ ŝia avo. Do ankaŭ ŝi sufiĉe longe maĉas, glutas kaj, laŭ la sveda diraĵo, 'lasas la manĝaĵon silentigi la buŝon'. Same faras la junulo kaj la maljunulo ambaŭflanke.

Tre longe ŝi tamen ne povas silenti.

"Nu, Avo, kion vi preferas?" ŝi fine diras nervoze, provante trovi neŭtralan paroltemon. "Ĉu ĉi tion aŭ viajn danajn buterpanojn?"

La avo ekridas kaj demetas la duonmanĝitan rulaĵon.

"Mi preferas varion", li diras diplomate. "Ĉiutage manĝi la saman aferon ne estus tre plezure. Sed por la momento mi estas plene sata kaj bedaŭrinde ne povas finmanĝi ĉi tiun porcion. Sed taso da kafo postmanĝe sendube estus bonfara. Ĉu vi ambaŭ deziras tion?"

"Atendu, mi faros ankaŭ fruktosalaton!"

"Bone, sed ĉu ni povus iomete prokrasti tion? Mi estas ŝtopita."

Baldaŭ la aromo de ĵus infuzita kafo ŝvebas en la kuirejo, kaj ĉe la kafotasoj la konversacio fluas pli glate. Ili parolas pri ĉiutagaj aferetoj. Interalie Kasim mencias ke li estas dungita de sia kuzo, kiu posedas la butikon.

"Sed fakte li ŝajnas al mi pli multe kiel pli aĝa frato ol ĉefo."

Avo Wilhelm ridetas kaj kapjesas komprene.

"Do, bone ke vi havas familianojn ĉi tie en Malmö."

"Jes, sed ne tre multajn. La gepatrojn, la onklon kaj lian edzinon, kaj du kuzojn. Ambaŭ miaj gefratoj jam transloĝiĝis al Stokholmo."

"Mi komprenas. Miaflanke mi havas nur Filippan ĉi-proksime. Ankaŭ mi entute ne havas multajn, se ne paroli pri la kvazaŭaj parencoj en Kopenhago. Krom tiu filo, pri kiu mi parolis, la aliaj familianoj loĝas en Gotenburgo kaj Västerås. Sed Filippa revenis ĉi tien, aŭ almenaŭ al la regiono, kaj tio tre feliĉigas min. Kiam oni havas malgrandan familion, oni ŝatus ke ili restu en kontakto, ĉu ne?"

"Kompreneble", diras Kasim. "Mi havas avinon, geonklojn kaj aliajn gekuzojn en Bejruto, sed ilin ni renkontas tre malofte."

Avo Wilhelm kapjesas kaj trinkas kafon. Subite Filippa eksentas ke estas strange eviti la temon de ŝia onklo nur pro tio ke li elektis elmigri al Israelo. Ŝi turnas sin al la avo.

"Avo", ŝi diras, alĝustigante sian kafotason sur la subtaso. "Kiam vi do vizitis Erikon? Ĉu plurfoje vi iris tien?"

"Nur unufoje, en 1995, post la morto de Marta. Li ne venis al la entombigo, kaj mi devis sufiĉe longe petadi ke li akceptu renkonti min."

"Strange. Ĉu vi malkonsentis pri politiko?"

"Ne, temis pri tio ke li interagas nur ene de sia ortodoksa sekto."

"Ĉu tiam li jam havis edzinon kaj infanojn?"

"Certe. Ili iris tien kune, la usonanino kaj li. Kiam mi vizitis ilin, la unua filo estis dujara, kaj ŝi estis denove graveda."

Filippa pripensas lian diraĵon. Tio signifas ke ŝia plej aĝa kuzo estas kvin jarojn pli juna ol ŝi, kaj la dua sep aŭ ok. Do ili estas iomete pli aĝaj ol ŝi imagis ilin.

"Ĉu vi loĝis ĉe Erik dum la vizito?"

"Tion li ne permesis. Sed mi ja povis viziti lin en la hejmo, kio estis escepta komplezo. Li loĝas en norda Jerusalemo, en la kvartalo Mea Ŝe'arim, kien mi eĉ ne rajtus eniri, se mi surhavus ŝorton aŭ senmanikan ĉemizon. Bonŝance mi ne kutimas vesti min tiel. Kaj lia loĝejo estas en malnova, preskaŭ senkomforta domo. Jen li do akceptis min, sed ni jam estis fremduloj unu antaŭ la alia. Fakte mi pli facile interparolis kun lia edzino, kiu estis babilema, kiel tipa novjorkano. Mi tamen kompatis ŝin, ĉar ŝi devis ĉion lavi, kuiri kaj purigi sen moderna ekipaĵo, kvankam ŝi estis videble graveda. Kaj mi ne rimarkis, ke Erik faras ian mastruman laboron. Du monatojn poste mi ricevis sciigon pri la naskiĝo de filino. Sed Erik ĉiam rifuzis pluajn proponojn pri novaj aŭ reciprokaj vizitoj."

"Nu, vi almenaŭ povas viziti Israelon. Tio ne eblas por la familianoj de Kasim, kiuj devenas de tie."

La avo penseme kapjesas.

"Mi komprenas. Estas multaj strangaj aferoj en la mondo, kaj mi bedaŭrinde jam delonge perdis la ambicion ŝanĝi ilin."

"Ĉu vi iam havis tion?"

Avo Wilhelm ridetas kaj rigardas ŝin kelkatempe.

"Ankaŭ mi iam estis juna. Mi estis sufiĉe okupata de la ĉiutaga vivo. Sed mi ja fariĝis instruisto, kaj tio iel signifas fari provojn plibonigi la mondon. Eble miaj fakoj, fiziko kaj matematiko, ne multe rilatas al la socio, sed ja al logika pensado, ĉu ne? Nu, kiam mi estis en via aĝo, naskiĝis via patro, kaj ekde tiam la familio kaj la perlaborado rabis la plej gravajn zorgojn. Kredeble ankaŭ vi iam spertos tion."

Ŝi faras grimacon kaj turnas sin al Kasim, kiu silente aŭskultis ilian interparolon.

"Nu, prefere ne tro baldaŭ", ŝi diras. "Unue Kasim devos decidi, ĉu li kuraĝos iam transloĝiĝi for de sia panjo, kaj ĉu li dumvive fritados falaflojn aŭ eble finfine ekstudos ion."

Kasim glutas kafon kaj paŭtas.

"Kiam mi transloĝiĝos, mi ĉiuokaze ne intencas malpermesi vizitojn de miaj gepatroj. Eĉ se ni kelkfoje malkonsentas pri politiko aŭ kiel vivi aŭ io ajn alia, mi neniam rompus la kontakton. La familio tre gravas al mi."

Dimanĉe posttagmeze, post kiam Filippa disiĝis de Kasim, ŝi denove vizitas la avon. Ŝi volas ekscii pli multe pri kiel okazis, kiam ŝia onklo rompis kun sia familio.

"Mi memoras liajn vortojn sufiĉe bone", diras Wilhelm super taso da kafo. "Unue li asertis ke se la familianoj forlasis la kredon de siaj patroj, ili ne plu restas familio. Mi klopodis preni la aferon leĝere, dirante ke se oni ne mensogis, mia patro estis katoliko, kvankam kredeble ne tre religiema. Verŝajne lia vera kredo estis la socialismo. Nu, kompreneble Erik ne celis precize mian patron, sed la prapatrojn. Cetere decidas inter judoj la kredo de la patrino, do esence temis pri la prapatrinoj. Li volis honori la kredon de Abrahamo, li diris. Li imagis vicon da patroj kaj filoj tra jarmiloj. Laŭ li estas hontinde rompi tiun vicon kaj lasi sin konvertiĝi."

"Per tio li do celis Avinon, ĉu ne?" diras Filippa.

"Kompreneble. Mi memorigis al li ke ŝi estis nur dujara, kiam oni baptis ŝin, kaj ke se tio ne okazus, li entute ne ekzistus. Mi aldonis ke kion precize kredis Abrahamo, ŝajnas al mi sufiĉe nebula. Sed tio kompreneble ne imponis al li."

"Mi komprenas. Fakte, Kasim iam menciis ke li estas grava islama profeto, sub la nomo Ibrahim. Sed ĉu vi jam ofte antaŭe disputis pri religio?"

"Nu, tio ne estis la unua fojo, sed tre ofte tio ne okazis. Post kiam Erik revenis el Usono, kie li planis daŭrigi sian studadon de ekonomiko sed efektive pasigis pli multe da tempo inter la anoj de esotera ortodoksa sekto en Novjorko, la disputoj tamen fariĝis ĉiutagaj. Li rompis kun sia stokholma ŝikse kaj ekloĝis denove ĉe ni."

"Pardonu, kun kiu li rompis?"

"Ha, kun sia ŝikse. Tio estas malestima jida vorto por nejuda knabino. Jen esprimo, kiun li sendube lernis en Novjorko. Temis pri Moa, la junulino, kun kiu li kunvivis dum li studis ĉe la Ekonomika Altlernejo de Stokholmo. Marta provis persvadi lin ne forĵeti siajn kvar jarojn da studoj. Ŝi tre maltrankvilis, per kio li vivtenos sin. Sed tio laŭ li estis nur monda zorgo. Pli gravis la spirita vivo. Li intencis estonte studi pli gravajn aferojn por kompreni, kiu li vere estas."

La avo verŝas al ili ambaŭ pli da kafo. Ŝi glutas buŝplenon kaj sentas ĝian amaron kiel ian akompanon de lia rakonto.

"Strange, ĉu ne, ke li kaj mia patro estas tiel malsamaj", ŝi diras.

"Vi pravas. Gunnar tiam jam estis ekzamenita diplominĝeniero kaj laboris ĉe Volvo en Gotenburgo. Li vivis tie kun viaj patrino kaj frato, kaj en la venonta somero ili atendis sian duan infanon, do vin. Dume Erik en la aĝo de dudek kvin jaroj havis nek studlokon aŭ laboron, nek propran loĝejon, nek plu sian koramikinon. Reveninte el Usono li do provizore ekloĝis en sia iama ĉambro ĉe Marta kaj mi, dum li klopodis por 'kompreni, kiu li vere estas'. Ŝajne grava parto de tiu klopodo estis aĉeti tute novajn kompletojn da potoj kaj patoj, kaseroloj, teleroj, manĝiloj – apartajn por viandaĵoj kaj laktaĵoj, kaj rifuzi manĝi la pladojn de sia patrino. Anstataŭe li ekzercis sin mem kuiri por si. Per la juda komunumo ĉi tie en Malmö li povis laŭ mendo aĉeti viandaĵojn el bestoj koŝere buĉitaj ie en Danlando, sed ĉar tio estis iom komplika, li vivis plejparte el laktaĵoj kaj *parve*, do ĉefe vegetaĵoj, ovaĵoj kaj fiŝaĵoj."

"Strange. Mi apenaŭ povas imagi, kiel estus fari al si tiom da zorgoj pri kuirado. Fakte mi tute kontentas, se mi sukcesas kuiri ion ajn."

"Ankaŭ por Marta kaj mi tio estis ideoj novaj kaj fremdaj. Laŭ mia scio eĉ kuzo David kaj lia edzino Elise ne faris al si tiom da zorgoj pri koŝera kuirado. Cetere, krom la aferoj ligitaj al religio, ankaŭ la ekonomio kaŭzis malkonsentojn. Precipe temis pri liaj longaj interparoladoj telefone kun sia rabeno en Novjorko. Tio ja estis antaŭ la tempo de poŝtelefonoj, kaj la kosto de transatlantika telefonkonekto estis altega. Erik evidente trovis nature debeti nian telefonfakturon per tio. Li regule vizitis la malnovan sinagogon, la *Malmö Ŝul*, kie okazis diservoj, kiujn oni titolis ortodoksaj, kvankam laŭ Erik ili tute ne plenumis liajn postulojn pri pureco. Por la pli liberalaj judoj de la urbo oni aranĝis diservojn en la domo de la juda komunumo, sed tie li neniam ĉeestis."

"Kiom pli juna ol mia patro li estas? Ĉu du jarojn?"

"Preskaŭ tri. Sed iel la distanco inter ili ĉiam ŝajnis pli granda. Gunnar neniam havis paciencon pri sia pli juna frato, kaj iliaj malkonsentoj eĉ kreskis en la adoleska aĝo. Marta kaj mi ne sciis, kiel sinteni al ilia malegala konkurado. Neniu el ni ja havis propran sperton de gefratoj, kaj eĉ la rilato inter gepatroj kaj infanoj estis iomete fremda tereno por ni, ĉar ni ambaŭ kreskis kiel zorgatoj en novaj familioj. Dum Martan oni edukis sufiĉe severe kaj strikte, mia vivo en la familio Singer estis pli libera. Ni ambaŭ miris ke la du knaboj ne bone akordas.

Dum la gimnazia tempo Gunnar evoluis en trankvilan, celkonscian junulon, sed Erik ŝajnis pli malkvieta. Li provis diversajn sportojn sed ne longe restis ambicia pri ili. Dum kelka tempo li kutimis drinki kaj malzorgi la lernadon, sed poste lia konduto ŝanĝiĝis, kaj li komencis studi pli ambicie. Kiam Gunnar jam foriris al la teknika altlernejo de Gotenburgo, Erik pasigis du jarojn, dum kiuj li provis kelkajn okazajn laborojn en magazenoj kaj tenejoj. Unu laboron en ĉiovendejo li perdis, ĉar li akiris tatuon sur la kolo, kiu povus fortimigi klientojn, laŭ supozo de lia ĉefo. Tiam okulfrapaj tatuoj ankoraŭ estis nekutimaj. Post tio li tamen surprizis nin per neatendita decido studi ekonomikon en Stokholmo.

Dum siaj du jaroj en Stokholmo li eĉ kunloĝis kun tiu koramikino Moa. Poste sekvis nova surprizo decido studi dum jaro en Usono. Kaj reveninte de tie, li aperis kiel tute nova persono kun barbo kaj longaj haroj, en vesto, kiu pensigis pri la antaŭa jarcento. Krome li ĉiam surhavis ĉemizon kun alta kolumo, kredeble por kaŝi sian tatuon. Ni ĉiuj demandis nin, kiel longe daŭros ĉi tiu nova versio de Erik, kaj kion li faros, se li efektive ne rekomencos siajn studojn de ekonomiko."

"Kiel longe li fakte restis ĉe vi?"

"Preskaŭ tri monatojn. Poste li anoncis ke li reiros al Novjorko por eble edziĝi. Tio tute konsternis Martan. Ŝi demandis, kial li ne rakontis ke li havas novan koramikinon. Li respondis ke li nenion diris, ĉar li havas neniun. Li ne konis la eventuale ontan edzinon, sed la rabeno bone konis ŝin, kaj li trovis ŝin konvena por Erik, kiu do fidis lian prijuĝon, kvankam li aldonis ke kompreneble ili mem fine decidos. Aŭdante tion, Marta estis tute senkapabla paroli, kaj ankaŭ mi tre ŝokiĝis. Mi demandis, pri kio li intencas labori en Usono, aŭ ĉu li revenos ĉi tien kun tiu edzino. Li respondis ke nek nek. Se ĉio iros laŭplane, ili faros *alija-on*."

"Kion?" demandas Filippa kaj trinkas iom el sia duonvarma kafo.

"Nu, la samon diris mi, sed ĉefe pro konsterniĝo. *Alija* estas hebrea vorto por supreniro, kaj tiel oni nomas migradon al Israelo. Mi demandis, ĉu li vere seriozas, kaj li konfirmis tion. Laŭ lia rabeno, tiu juna virino en Novjorko tre volis migri tien, kaj ankaŭ Erik mem. Ili havos eblon ekloĝi en Jerusalemo inter la aliaj anoj de sia komunumo tie. Por mi tio estis pura frenezaĵo, des pli ĉar li eĉ ne konis tiun virinon, al kiu li eble edziĝos. Je mia demando, kiel ŝi nomiĝas, li respondis ke ne gravas, ĉar ili ambaŭ ĉiuokaze alprenos novajn nomojn. Fakte mi kaj Marta estis en kvazaŭa paralizo, kiam li aldonis ke unue li devos formale konvertiĝi, ĉar kiel filo de baptita patrino, li ne estas vera judo."

Filippa aŭskultas kaj klopodas digesti la rakonton de sia avo.

"Se ĉi tio okazis en la jaro, kiam mi naskiĝis, mi supozas ke jam daŭris la unua intifado de la palestinanoj en Gazao kaj Cisjordanio, ĉu ne? Ĉu li ne timis iri al Israelo dum tiu tempo?"

"Ankaŭ pro tio Marta aparte maltrankvilis. Tiu ribelo komenciĝis en la antaŭa decembro, kaj ĝi renkontis severe perfortajn reprezaliojn de la israela flanko. Sed Erik asertis ke li tute ne enmiksiĝos en tion. Laŭ li la homoj de lia komunumo havas nenian rilaton al la cionista ŝtato. Ili vivas pace kaj sendepende en Jerusalemo. Cetere li ĉiuokaze ne intencis 'supreniri' tiujare, ĉar necesos iom da tempo por preparoj. Kaj li supozis ke tiuj tumultoj baldaŭ ĉesos. Entute nenio, kion ni dirus, povus malhelpi lian decidon. Ni devis tutsimple akcepti ke li faros laŭplaĉe. Mi atentigis ke kie ajn li loĝos, li devos iel vivteni sin, do mi demandis, pri kio li laboros, se li ne trapasos sian ekzamenon pri ekonomiko. Sed li kompreneble petis min ne zorgi pri tio. Lia komunumo zorgos pri la siaj kaj donos al li taskon. Cetere li bezonos ankoraŭ longe studi Toraon kaj Talmudon. Ĉar ni jam disputis pri mono, mi ne volis demandi, kiel li pagos la studadon kaj vojaĝojn unue al Novjorko kaj poste pluen. Marta tamen demandis pri tio, kaj li simple klarigis ke oni pruntos al li."

Dum kelka tempo Wilhelm silentas, trinketas sian kafon kaj ŝajne plu serĉas en siaj memoroj. Ekster la fenestro la printempa brizo iomete svingas la pintojn de la arboj sur la korto, kaj tra la fendo de la aeruma fenestreto penetras la varia melodio de flutanta merlo.

"Do ŝajnas ke li tute kaptiĝis en tiu sekto, ĉu ne?" diras Filippa, turniĝante denove al la avo.

Li rektigas la dorson, rigardas ŝin kaj daŭrigas la rakontadon.

"Mi supozas ke jes. Marta kaj mi plu dediĉis multe da klopodoj por persvadi Erikon rekonsideri siajn planojn. Unufoje mi eĉ telefonis al lia eksulino en Stokholmo por eble ekscii ion pri lia ŝanĝo de vivocelo, sed ŝi povis nenion klarigi pri tio. 'Mi ne volas revidi lin', ŝi diris en amara tono. 'Li forlasis min kaj eĉ nenion diris al mi.' Do ni devis tutsimple rezigni kaj akcepti ke ni neniel plu povos influi la vivon de nia filo. Restis nur esperi ke li estos feliĉa en sia plua serĉado de vivosenco, aŭ ke li denove tute ŝanĝos sian decidon. Sed tian ŝanĝon ni ne spertis. Efektive ĉio okazis laŭ la antaŭdiro de Erik. Li reiris al sia Novjorka sekto, kaj aŭtune, post kelkaj monatoj, alvenis letero kun sciigo pri lia edziĝo. Post ankoraŭ duonjaro sekvis informo pri lia *alija*, la 'supreniro' al Jerusalemo. Ĝi estis subskribita per lia nova nomo Ariel Baruĥ. Evidente li volis viŝi ĉiom el sia origina memo kaj iel renaskiĝi kiel alia persono.

Kiam mi parolis kun Gunnar pri la afero, li amare ekridis kaj diris ke li efektive ne tiom surpriziĝas. Laŭ li Erik ĉiam estadis iom aparta kaj havis fortegan bezonon elstari en alia maniero ol ĉiuj aliaj. Li memorigis al mi ke jam studante ekonomikon, Erik faris tion. Nun li trovis ion eĉ pli apartan. Gunnar diris ke laŭ li Erik iam apartigos sin ankaŭ de sia sekta vivo kaj ekserĉos ion novan. Eble li fariĝos monaĥo en Nepalo aŭ hipio en San-Francisko. Aŭ io eĉ pli memdetrua. Nu, pri tio Gunnar tamen misaŭguris. Fakte ni eksciis tre malmulte pri la plua vivo de Erik aŭ 'Ariel', sed laŭ la koncizaj mesaĝoj sendataj per poŝtkartoj je Ĥanuko kaj Pasko, li plene kontentis pri sia estado en Jerusalemo. Pri la intifado, kiu ankoraŭ daŭris kaj eĉ iĝis pli perforta de ambaŭ flankoj, li menciis nenion.

Dume ĉi tie en Malmö Marta suferis pli kaj pli ofte pro periodoj de deprimo. Ŝajnis al mi ke ŝi konsideras Erikon kiel perditan, kvazaŭ li estus ankoraŭ unu pereinta familiano. Se li almenaŭ permesus al ni viziti lin, Marta sendube pli facile akceptus la situacion. Ni povus vojaĝi tien, kaj samtempe ŝi povus viziti lokojn konatajn el la vivo de Jesuo. Aŭ se li mem bonvolus viziti nin en Svedio. Sed tion li absolute rifuzis. Li povus same bone elmigri al alia planedo."

"Terure", diras Filippa. "Kaj vi iam diris ke post la morto de Avino li eĉ ne venis al ŝia entombigo, ĉu ne?"

"Vi pravas. Sed eĉ se li venus, tio ja estus tro malfrua. Se oni volas ripari homan rilaton, necesas fari tion dum la homo vivas."

Filippa pripensas dum kelka tempo.

"Ĉu viaj danaj familianoj konis onklon Erik?"

"Jes, sed precipe kiam Gunnar kaj li estis knaboj."

"Kaj Willi?"

La avo pale ridetas.

"Ŝi mortis jam kiam Erik estis bebo."

"Tamen Paĉjo renkontis ŝin, ĉu ne?"

"Jes, sed tion li kredeble ne memoras."

"Kia ŝi efektive estis?"

"Mi jam ofte rakontis pri ŝi, mi pensas. Ŝi estis originala persono, kiu respektis neniujn devigajn regulojn."

"Ŝi estis kvazaŭ via vicpatrino, ĉu ne?"

"Nu, en praktika senco eble sinjorino Singer, kiun mi nomis Avinjo, estis pli proksima al tiu rolo en la komenco. Poste eble onjo Frederikke. Onjo Willi ofte forestis, vojaĝante por raporti pri diversaj aferoj por gazetoj en Danlando aŭ Svedio. Sed ŝi estis la ligo al mia deveno. Ŝi rakontadis al mi pri mia patrino, kiam mi mem nenion plu memoris. Kaj kiam mi estis dekdujara, ŝi eĉ vojaĝis en la ruinaj Germanio kaj Aŭstrio por serĉi spurojn de ŝi."

"Kaj... ĉu tiam ŝi eksciis, kio okazis al via patrino?"

"Jes. Ankaŭ al mia patro, kiun mi neniam konis."

Filippa hezitas, ĉu demandi plu. Kelkajn aferojn li jam rakontis, eble eĉ ripete, sed ŝi ne memoras la detalojn tre bone. Kiam ŝi estis adoleskulo, tio tute ne interesis ŝin, ne pli ol detaloj el la vikinga epoko. Kaj nun ŝi ne scias, ĉu prefere lasi la historion resti historio por ne grati la vundojn de sia avo.

"Do... Ĉu ŝi poste rakontis al vi detale pri tiu vojaĝo?"

"Nu, komence eble iom koncize. Sed fine pli detale. Krome ŝi ja estis ĵurnalisto, kiu verkis artikolojn, kaj ŝiajn gazet-eltondaĵojn mi poste heredis, aŭ pli ĝuste ricevis de kuzino Margrethe."

Evidente li forgesis ke li jam promesis serĉi tiujn artikolojn kaj la romanojn de Willi. Aŭ eble li tiam ne vere kredis ke Filippa serioze interesiĝas pri ili.

"Ĉu vi povus trovi tiujn, por ke ankaŭ mi legu ilin?" ŝi do memorigas lin. "Eble mi prefere komencu per ili, ol per ŝiaj libroj. Mi supozas ke tio pli facilus."

"Povas esti ke jes. Ŝi ja verkis kaj pri leĝeraj temoj, kaj pri pli seriozaj kaj pezaj aferoj, tamen kutime en ironia tono. Bone, mi serĉos ilin en la pelmelo, kaj espereble mi retrovos ilin."

Ekster la fenestro la merlo plu kantas kaj ŝajne renkontis konkuran koncerton de rivalo. Ĉe la tablo Filippa profundiĝas en pensojn, dum ŝi eltrinkas sian jam malvarman kafon. Ĉu ŝi eĉ povus uzi la artikolojn de Willi kiel bazon por iam mem verki ion pri sia familia historio? Sed kiu do interesiĝus pri tio? Ĉiuokaze ŝi scivolas, kiel agis Willi por serĉi spurojn de la familianoj de avo Wilhelm.

# Deka ĉapitro
# Odiseado tra ruinoj
## Willi, novembro – decembro 1946

La ĵurnaloj jam publikigis ampleksajn raportojn pri la Nurenberga proceso, sed post la ekzekuto de la ĉefaj naziaj gvidantoj en oktobro, la dana gazetaro ne tre interesiĝas pri la hodiaŭa vivo de la venkitaj germanoj. Verŝajne oni preferus neniam plu aŭdi aŭ legi la nomon Germanio. Post pluraj provoj Willi tamen sukcesas veki almenaŭ moderan intereson ĉe loka ĵurnalo de Malmö, kaj ĝi eĉ pretas doni al ŝi etan antaŭpagon por povi realigi la vojaĝon. Tio signifas ke ŝi provos verki svede, kaj poste redaktoro korektos ŝiajn erarojn.

Sekvas iom da formalaĵoj por vojaĝi al Hamburgo, kiu estos la unua etapo, kaj por rajti labori kiel ĵurnalisto en la brita zono. La fakto ke ŝi laboris en Hamburgo jam en 1922 evidente ne imponas al la britoj, kaj nun la afero prokrastiĝas ĝis la mezo de novembro.

Atendante la permesojn, ŝi faras provon verki pri la germanaj rifuĝintoj en Danlando. En la fina parto de la milito, kiam la Ruĝa Armeo konkeris orientan Prusion, pli-malpli ties tuta germana loĝantaro fuĝis aŭ estis pelataj okcidenten. Multaj el ili ne povis iri surtere, ĉar ili jam estis ĉirkaŭataj de sovetaj trupoj. Tiam oni organizis ege ampleksan evakuadon per ŝipoj el la havenoj restantaj sub germana regado. Pluraj miloj da rifuĝantoj dronis en la Balta Maro, kiam iliaj ŝipoj estis bombataj, sed centmiloj da aliaj sukcesis atingi Danlandon, dum ĝi ankoraŭ estis sub germana okupado. Nun pri tiuj homoj respondecas la libera dana registaro.

Willi serĉas eblon kontakti iun el tiuj germanoj por intervjuo, sed ŝi ekscias nur ke ĉia kontakto inter danaj civiluloj kaj la germanaj rifuĝintoj estas strikte malpermesita. Ŝi povas paroli nur kun oficisto en la administracio de tiuj rifuĝejoj.

"Mi estas ĵurnalisto, kiu volas raporti pri la rifuĝintoj. Kial vi ne permesas tion? Kion vi kaŝas?"

"Nenion, sed necesas eviti kontaktojn pro pluraj kialoj. Unue por ne disvastigi malsanojn. Due por la sekureco de ambaŭ flankoj. Estas kvaronmiliono da germanoj, kaj la plej multaj danoj volas nur forpeli ilin. Ni deziras kiel eble plej malmulte da atento al la rifuĝintoj."

"Sed ĉiuj kopenhaganoj ja scias ke situas grandega rifuĝejo en Kløvermarken sur Amager. Kial mi ne povas viziti ĝin?"

"Ni simple ne volas veki koleron ĉe la dana loĝantaro, kiu ja devas pagi por vivteni tiujn homojn."

"Do, kial oni ne resendas ilin al Germanio?"

"Preskaŭ ĉiuj venis el Orienta Prusio, kaj tien ne eblas resendi ilin. Neniu el ili akceptus tion, kaj nun Sovetunio kaj Pollando loĝigas tie siajn proprajn homojn. Kaj la Aliancaj ŝtatoj ne permesas al ni sendi ilin al la okcidentaj okupaj zonoj, ĉar tie regas malsato kaj manko de loĝejoj. Do, provizore ili devas resti ĉi tie, kie ni povas loĝigi ilin en lignaj barakoj donacitaj de Svedio."

"Malantaŭ pikdratoj, do."

"Tio necesas por garantii la sekurecon. Kaj vi ne rajtas alproksimiĝi al tiuj bariloj."

"Ĉu la rifuĝintoj iam rajtas eliri el la rifuĝejo en la urbon?"

"Neniam. Nur en okazo de tia grava malsano, kian la propra malsanulejo ne povas kuraci, oni transportas iun al la Ŝtata Hospitalo, sed tio estas esceptoj. Cetere, kion ili farus ekstere? Ili ne rajtas posedi danan monon, do ili povus fari nenion laŭleĝan ekster la rifuĝejo. Krome ili riskus provoki venĝemon de la dana loĝantaro. Ili devas tutsimple atendi ke la situacio pliboniĝos en Germanio."

Willi do devas rezigni pri tiu afero, ĝis fine alvenas la necesaj dokumentoj kaj ŝi povas ekiri en sia vojaĝo per trajno al Hamburgo.

La kamparo de Holstinio ne ŝanĝiĝis multege kompare kun ŝia antaŭa vojaĝo ĉi tie en 1936. La stacidomoj tamen estas nur ruinoj, kaj ankaŭ aliloke videblas spuroj de la bombado, sed multaj bienoj ŝajnas similaj kiel antaŭ dek jaroj. Jen kaj jen ŝi vidas grupojn da ĉifonuloj, kiuj piediras laŭ la fervojo, kaj kiam la trajno haltas aŭ iras malrapidege, kio okazas multfoje, kelkaj homoj alproksimiĝas al la vagonoj por almozi. Ne eblas vidi laŭ la vestoj aŭ la palaj, malgrasaj vizaĝoj, ĉu ili estas germanoj aŭ alilandanoj, ĉu lokaj loĝantoj aŭ rifuĝantoj. Ŝi havas nenion por doni al ili, krom la vojaĝkaso, kaj tiun ŝi devas avare konservi ĉe si.

La unua vera ŝoko okazas, kiam la trajno eniras la antaŭurbojn de Hamburgo, aŭ tion, kio iam estis antaŭurboj. Dum duonhoro ŝia vagono malrapide treniĝas tra luna pejzaĝo el brikamasoj, gruzo, ŝtonoj, feraj stangoj kurbe elstarantaj, duonaj muroj, sur kiuj pendas radiatoroj, kiuj ne plu havas ĉambron por hejti; kaj ĉie amasiĝas polvo, griza, bruna kaj nigra polvo. Ne eblas vidi la stratojn, aŭ eĉ distingi, kie ili iam estis. Ĉio estas same kovrita de rubo. Jen kaj jen en tiuj ekskvartaloj iras homoj, fosante, gratante, piedbatante, pikante en la gruzo kaj inter la brikpecoj. Kion ili serĉas tie nun, jaron kaj duonon post la militfino? Ne eblas kompreni. Ĉu pecetojn da karbo aŭ ligno por varmigi sin en la novembra humido? Sed kie ili loĝas? Ĉu restas loĝeblaj keloj sub la rubamasoj? Willi ne povas imagi. Neniu alia vojaĝanto, ĉu civila, ĉu en brita uniformo, rigardas eksteren tra la vagonfenestroj. Eble iuj eĉ preferus, se oni kovrus ilin.

Fine la trajno atingas la urbocentron, la lokon, kie oni komencis rekonstrui stacidomon. Ankaŭ tie estas ruinoj, evidente, sed la stratoj estas liberigitaj, kaj oni ĉie rekonstruas. Homoj mane plukas brikojn el la rubamasoj, klopodas forbati de ili la malnovan morteron, kaj apude aliaj homoj masonas novan muron per ili. Evidente malruinigi postulas multoble pli da tempo kaj peno ol ruinigi.

Donante la permeson fari ĵurnalistan laboron, oni indikis al ŝi la hotelon Reichhof proksime de la ĉefstacidomo. Kiam ŝi alvenas tien, renkontas ŝin ŝildo kun la teksto 'Germanaj civiluloj ne allasataj'. Ĝi estas bone konservita, sendube iam luksa hotelo, kie loĝas plejparte britaj oficiroj. Dumtage Willi sendube estas la sola virino tie, sed vespere ŝi rimarkas ke la malpermeso ŝajne ne validas por civilaj germaninoj en akompano de brita oficiro. Je noktomezo ŝi aŭdas ritmajn grincadon kaj ĝemojn el la ambaŭ flankoj ĉirkaŭ la ĉambro. Kelkan tempon post la ĉeso de tiuj sonoj, ŝi iras al la fenestro kaj rigardas suben. Surtrotuare staras du magraj palulinoj en maldikaj vestoj, fumante cigaredojn, kiuj sendube estis parto de la pago. Ĉu ili atendas novan klienton?

Ŝi devus subeniri por proponi al ili el siaj cigaredoj kaj intervjui ilin. Aŭ eble ne. Necesas pensi iom pri sia propra sekureco. Antaŭ dudek jaroj ŝi certe provus tion, sed la jaroj pasis ankaŭ por ŝi. Kaj Hamburgo estas nur etapo survoje al Vieno.

Dum tagoj ŝi vagas laŭ la stratoj de Hamburgo en ia tusiga nebuleto konsistanta el malvarma humido de la rivero Elbo kaj fetora fumo de malbonkvalita karbo, torfo aŭ io ajn alia, kio povas bruli. Baldaŭ ŝi lernas eviti la rigardojn de almozantaj infanoj surstrate. Ŝi serĉas sian iaman laborejon, la ĵurnalon *Bergedorfer Zeitung*, sed ŝi ekscias ke ĝi ĉesis aperi iam dum la milito kaj ankoraŭ ne povis reaperi. Ŝi trovas redaktoron, kiu laŭ siaj propraj vortoj pasigas la tagojn pledante ĉe diversaj reprezentantoj de la britaj okupantoj, por ke ili asignu al li iom da papero por almenaŭ ebligi provizoran eldonon, sed ili ĉiuj plusendas lin al alia instanco.

"Fakte ili tute ne volas ke io ajn aperu germanlingve. Verŝajne laŭ ili sufiĉas aŭskulti la germanajn elsendojn de BBC."

"Kial la ĵurnalo ĉesis aperi dum la milito?" Willi demandas. "Ĉu pro ia kritika sinteno?"

"Kompreneble ne, kiel tio do eblus? Sed necesis koncentri ĉiujn fortojn al la fina venko de la Regno, kaj krome oni bombis nian presejon. Kaj nun la angloj evidente preferas ke ĝi restu eterna ruino."

Entute ŝi trovas en la urbo neniun hamburganon, kiu kulpigas la naziojn pri la nuna mizero. Kulpas la angloj, kies ĉefa celo estas teni Germanion sub la rego de la okupantoj. Efektive oni ĵus aranĝis elekton de urba parlamento, unuafoje en dek kvar jaroj, aranĝitan laŭ brita modelo kun unupersonaj elektodistriktoj, kaj la rezulto estis grandega plimulto de socialdemokratoj. Sed laŭ la redaktoro tiu parlamento estas ĉefe por ornamo.

Baldaŭ tamen komenciĝos en Hamburgo juĝproceso de brita milita tribunalo kontraŭ gvidantoj, gardistoj kaj gardistinoj de la porvirina koncentrejo Ravensbrück. Oni antaŭvidas ke la proceso daŭros dum monatoj, do Willi povas nur verki iom pri la planoj kaj atendoj de du el la britaj oficiroj, kiuj juĝos la akuzatojn. Kiam ŝi intervjuas ilin en la hotelo Reichhof, ŝi trovas ilin surprize indiferentaj al la tasko, kiu atendas ilin. Nur kiam unu el ili mencias ke ankaŭ kelkaj britaj agentinoj estis murditaj en Ravensbrück, ŝi rimarkas en ili iom da indigno kaj eble venĝemo. Ŝi pensas pri la rakonto de sinjorino Kamińska kaj demandas sin, ĉu tiu viktimo de la nazia teroro povus atesti en la venonta proceso. Sed certe oni jam havas sufiĉe da atestantoj pli proksimaj, ŝi supozas.

Per plua vicatendado ŝi akiras la necesan permesilon por la usona okupa zono kaj do povas pluiri suden. La trajno estas plenŝtopita, plejparte de malsatantaj urbanoj, kiuj iras en la kamparon por trovi ion manĝeblan aŭ bruligeblan, aŭ revenas ien kun tio, kion ili sukcesis aĉeti aŭ ŝteli. Sakoj da terpomoj ŝajnas esti la ĉefa predo reportata en la urbojn.

Post du tagoj kaj pluraj ŝanĝoj de trajno ŝi jam estas en Bavario, en la usona zono. Tuj alvenante en Munkenon, ŝi pli-malpli stumblas sur trajno atendanta sur flanka trako kun var-vagonoj plenaj de homoj – aŭ pli precize, la plej multaj homoj svarmas ĉirkaŭ la trajno por klopodi akiri nutraĵojn, akvon kaj iun personon, kiu pretas aŭskulti ilian plendadon. Willi scivole alproksimiĝas kaj trovas ŝildon sur la plej proksima vagono: 'Netaŭga por transporto de sentemaj varoj, ĉar ne imuna kontraŭ malseko'. La homoj estas germanoj el la Ruhr-regiono, plejparte virinoj, infanoj kaj maljunuloj, kiuj dum la milito estis evakuitaj al Bavario for de la plej intensa bombado. Nun oni ekzilas ilin de ĉi tie kaj volas resendi ilin al la originaj hejmoj per tiuj vagonoj, kiuj ne taŭgas por pli sentemaj varoj ol homoj. Sed en ilia hejma regiono neniu pretas akcepti ilin, kaj ankaŭ ili mem ne volas reiri tien.

"Tie ĉio estas ruinoj, kaj mankas ĉio, nutraĵoj, loĝejoj, ĉio! Ĉi tie ni vivis dece, sed nun oni forsendas nin, ĉar alvenas homoj el la oriento."

Fakte, la usona zono ricevis plimulton el tiuj milionoj da germanoj, kiuj fuĝis aŭ estis forpelitaj okcidenten el la orientaj provincoj, kien nun kompense alvenadas poloj, rusoj kaj aliaj el regionoj eĉ pli fore oriente. Ankaŭ Ĉeĥoslovakio en ĉi tiu jaro ekzilis du milionojn el siaj propraj civitanoj, ĉar ili estas germanlingvaj, sendante ilin plejparte al la usona zono de Germanio. Kaj eble tiu celo estas bone elektita, ĉar Bavario ŝajnas al Willi pli bonstata ol la nordaj regionoj, kiujn ŝi jam vizitis.

Ankaŭ ĉi tie ŝi tamen vagas inter ruinoj kaj vidas similajn scenojn de rekonstruado kiel pli norde. Malgraŭ tio la urbo Munkeno frapas ŝin kiel malpli ruinigita aŭ jam pli energie rekonstruata ol Hamburgo. Ĉi tie ŝi ne konas personojn por kontakti, sed ŝi trovas ĵurnalon, kiu eĉ estas eldonata, kaj unu ĵurnalisto tie akompanas ŝin en tribunalon, "kiun vi sendube trovos amuza", li diras.

Ŝi iras tien kun li, sed la proceso pli konsternas ol amuzas ŝin. Temas pri akuzo kontraŭ viro laŭaspekte sesdekjara, kiu posedas fabrikon de tekoj, mansakoj kaj aliaj ledaĵoj. Efektive la fabriko ja apartenis al judo, kiun oni sendis al neniigejo, baldaŭ post kiam sinjoro Grinzenberger transprenis de li la firmaon. Ankaŭ la judaj laboristoj estis maldungitaj kaj "malaperis orienten". Anstataŭ ili venis laboristoj ne faklertaj el Hungario kaj Rumanio, sed Willi ne sukcesas kompreni, ĉu tiuj estis devigitaj aŭ iris propravole por labori en Germanio. Eble la diferenco inter devigo kaj propra volo ne estis aplikebla en la milita tempo.

Oni sciigas ke la nova posedanto Grinzenberger mem estis nazia partiano de 1933.

"Tio ja necesis por savi la firmaon", li klarigas.

Ke la transpreno krome riĉigis lin, li ne mencias. Pri la maldungoj kulpas ne li sed la nazioj – tio estas la veraj nazioj, la altranguloj. Li montras al la juĝisto kelkajn dokumentojn, laŭ kiuj li estas honestulo, kiu faris nur tion, kion oni devigis lin fari, interalie unu ateston de transvivinta judo, certigantan ke la sinjoro siatempe estis deca persono, kiu traktis siajn judajn najbarojn kun respekto.

La munkena ĵurnalisto subridas kaj flustras al Willi:

"Tiajn atestojn oni vendas kontraŭ po ducent markoj. Bona negoco por ambaŭ; la eksnazio ŝajnas bona homo, kaj la judo enspezas. Ĉiuj scias ke ĉi tiuj sennaziigaj procesoj estas teatraĵoj por kontentigi la usonanojn."

La germana juĝisto, kiu ĝis antaŭ jaro kaj duono sendube faris tute aliajn verdiktojn, tuj decidas pri punpago de du mil markoj, kaj jen estas tempo por la sekva eksnazio. Oni laboras efike en Munkeno.

Willi poste trinkas bieron kun la kolego.

"En Hamburgo mi aŭdis nenion pri tiaj procesoj", ŝi diras.

"Kompreneble ne. La angloj fajfas pri tio, ĉu la ordinaraj germanoj estas nazioj aŭ demokratoj. Gravas nur ke ni restu sur la plej suba fundo kaj konsciu tion. Al la francoj gravas ĉefe ke neniam denove ekzistu unuiĝinta germana regno. Sole la usonanoj zorgas pri sia sennaziigado, sed nur en ĉi tia ridinda formo. Kaj neniam kontraŭ la veraj graveguloj, ĉar tiujn ili bezonas por la regado de la zono. Nu, la bona afero estas ke ili almenaŭ deziras ke la lando estu rekonstruata. Pri tio ne zorgas la angloj, kaj la rusoj volas nur melki sian zonon je mono kaj maŝinoj."

Willi mencias la venontan procesen en Hamburgo kontraŭ la gvidantoj de Ravensbrück, dirante ke almenaŭ tiom faras la britaj okupantoj.

"Nu, tio estas alia afero", respondas la munkena kolego. "Tie temas ne pri sennaziigado, sed pri punado pro militkrimoj kontraŭ civitanoj de la Aliancaj ŝtatoj, plej multe polinoj kaj francinoj. Pro tio la procesen okazigas la britoj, kvankam Ravensbrück ja situas en la soveta zono."

Willi povas nur noti liajn asertojn. Por prijuĝi, kiom ili pravas aŭ estas maljustaj, ŝi bezonus multe pli da tempo en la diversaj partoj de la venkita Germanio. Sed nun ŝi devas pluiri.

En Mauthausen oriente de Linz ŝi devas transiri el la usona okupa zono en la sovetan. Atendante kelkajn stampojn de la soveta administracio, ŝi iom babilas kun enuanta usona oficiro, dum ŝi fumas esceptan cigaredon kaj tretadas surloke por teni sin varma en la decembra humido.

"Ĉi tie estis koncentrejo, ĉu ne?" ŝi diras.

"Eĉ pluraj kaj grandegaj. Estis ŝtonminejoj, kaj en la roka grundo oni kreis grotojn por veraj fabrikoj de militmaterialo, eĉ de aviadiloj. Tie estis plejparte politikaj malliberuloj el la Regno kaj el la okupitaj landoj, ankaŭ rusaj militkaptitoj."

"Ĉu ne judoj?"

"Eble kelkaj, sed ne multaj, mi pensas. Ilin oni prefere sendis orienten."

"Ĉu vi pensas ke eblus ekscii, ĉu iu specifa persono estis malliberigita ĉi tie?"

"Ĉi tie ne. Eble en Vieno, sed mi dubas."

Ŝi ricevas siajn stampojn, kiuj rajtigas ŝin pluiri sen halti survoje al Vieno. Kaj kial ŝi haltus? La trajno ĉiuokaze tro malrapidas, kaj ĝi des pli malrapidiĝas, ju pli ŝi alproksimiĝas al la celo. Fine ŝi tamen staras surstrate ekster la riparata stacidomo de Francisko Jozefo kaj povas konstati ke ankaŭ ĉi tie svarmas ruinoj. Ŝajnas al ŝi ke ŝi navigas kiel Odiseo inter ruinoj. Sed tute certe ŝia Penelope ne atendas ŝin ĉi tie.

Denove en Vieno, do! Ĉi tie ŝi loĝis dum preskaŭ jardeko, ĝis oni ekzilis ŝin. Lastfoje ŝi estis ĉi tie por kelksemajna somera vizito antaŭ dek jaroj. Kaj nun, kion ŝi retrovos?

Ŝi instalas sin en la eta hotelo Flora proksime de Schottenring, lavas sin kaj ripozas iom post la peno de la vojaĝo. Poste ŝi eliras. La tramoj ankoraŭ – aŭ eble denove – ruliĝas kaj aspektas preskaŭ same kiel antaŭ la milito, kvankam ili nun veturas dekstraflanke same kiel la tuta trafiko. Supozeble la invadanta germana armeo en 1938 simple restis ĉe tiu flanko, kaj la aŭstroj devis adaptiĝi, same kiel ili lernis levi la dekstran brakon en la nazia saluto. Trovinte la ĝustan haltejon, ŝi ekiras per la konata linio D norden kaj plu promenas de la finhaltejo.

La domo ĉe Nussberggasse restas sama de ekstere, kun la nomo *Vilao Elise* en kartuŝo. Ekster la pordo staras du soldatoj, sendube usonaj. Ĉi tio estas la usona sektoro de la ĉefurbo Vieno. Ŝi aliras ĝis la soldatoj kaj alparolas ilin angle.

"*Hallo!* Ĉu vi povas diri, por kio estas uzata la domo?"

Unu el ili tute ne reagas, sed la alia rigardas ŝin preskaŭ amike.

"Por la komandanto de la usona sektoro."

"Ĉu kiel loĝejo?"

"Loĝejo kaj oficejo, sinjorino."

"Mi loĝis ĉi tie antaŭ la milito. Ĉu mi povas eniri?"

"Ne sen paspermesilo, sinjorino."

Ŝi ne trovas inde informi la soldaton ke la domo apartenis al ŝia edzo, ĝis la aŭstro-faŝista ŝtato konfiskis ĝin kaj sendis lin en koncentrejon. Tio ne koncernas la usonan soldaton. Kio okazis al

Johnny? Pasis dek du jaroj de lia arestiĝo, kaj la ŝanco ke li plu vivas devas esti preskaŭ nula.

Survoje reen ŝi haltas antaŭ la ĉefa pordego de *Karl-Marx-Hof*, kie dum kelka tempo loĝis Louise kaj ŝia edzo Franz, la patro de Wilhelm. La nomo de la loĝkvartalo estas ŝanĝita al *Heiligenstädter Hof*, kvankam iu almetis memfaritan provizoran afiŝon kun la malnova nomo. Sed la longega konstruaĵo estas severe vundita de bombado, pli grave ol post la batalo de 1934, kiu finis la tiel nomatan Ruĝan Vienon.

De la urbocentro ŝi pluiras al Leopoldstadt, 'la Maco-insulo', kiu iam estis la ĉefa juda kvartalo de la aŭstra ĉefurbo. Ĝi nun apartenas al la soveta sektoro, sed neniu haltigas ŝin por kontroli ŝiajn dokumentojn. Ĉe Taborstraße la fasadoj similas malbone zorgitan dentaron kun breĉoj de perditaj dentoj, sed la domo, kiun ŝi serĉas, ja restas pli-malpli integra, kvankam en la ŝtuparejo regas preskaŭ sama malvarmo kiel eksterdome. Sur la pordo de la gesinjoroj Gerber, la gepatroj de Louise, nun aperas la nomo Schulze. Neniu malfermas, kiam ŝi frapetas. Nek ĉe aliaj pordoj. Fine tamen unu maljunulino timeme rigardas ŝin tra pordofendo en la teretaĝo. El ŝia malluma apartamento venas forta odoro de kuirata brasiko.

"Ne, sinjorino, mi ne konas ilin. Ĉi tie restas neniu el tiu tempo."

Willi supozas ke verŝajne macoj jam estas raraĵo en la Maco-insulo. Ŝi reiras trans la Danuban kanalon al la unua distrikto, tio estas la urbocentro. Ĉe Seitenstettengasse kelkaj viroj laboras pri riparoj de la sinagogo.

"Jes, ni kolektas informojn kaj jam havas iom da. Tamen ankoraŭ ne pri ĉiuj, komprenable, sed jam pri sufiĉe multaj. Sed vi devas esti preparita ke nur malmultaj plu vivas."

Oni sendas ŝin al oficejo ĉe alia strateto. Deĵoras tie juna viro kun akĉento, kiun ŝi ne povas identigi, kaj kun komenco de tempiaj harbukloj, kiuj certe ne aĝas multe pli ol jaron. Sur lia nuda antaŭbrako videblas blua numero sescifera. Ŝi prezentas sin kiel Wilhelmine Singer el Danlando. La junulo helpas ŝin serĉi en sliparo, kies sistemo ne evidentas al Willi. La serĉado postulas iom da tempo, sed la junulo ne cedas. Atendante, ŝi ekzamenas ĉion: la ĉambron, la modestajn meblojn, la junulon mem, kiu elradias ian kuriozan kombinon de timemo kaj fiero.

Fine li trovas, kion li serĉis.

"Jen! Elisabeth Gerber, naskita en 1871. Al Theresienstadt en 1939. De tie al Aŭŝvico en 1942. Al tuja gasumado, laŭ ies atesto. Mi bedaŭras, sinjorino. Kaj jen Louise Gerber-Halder, naskita en 1899. Same al Theresienstadt en 1939 kaj plu al Aŭŝvico en 1942. Mortinta tie iam en 1943 aŭ 1944 pro nekonata kialo. Mi tre bedaŭras viajn perdojn."

"Kiel eblas scii tion?"

"Evidente iu transvivinto memoris ilin kaj rakontis. Ĉi tie ni ja kolektas tiajn atestojn pri anoj de nia komunumo."

"Ĉu povus esti eraro? Konfuzo de personoj?"

"Tre malprobable, mi timas."

Ŝi ja estis preparita. Almenaŭ ŝi supozis ke jes. Tamen trafas ŝin nereala sento. Ŝi ne plu scias, ĉu la pasinteco vere okazis aŭ estas nur fantazio. Oni mortigis ŝian amatan Louise kaj iel neniigis ankaŭ ilian komunan historion. Ŝi mem plu vivas, sed kiu ŝi do estas sen tiu historio? Ŝi sentas leĝeran kapturnon.

"Ĉu estas aliaj parencoj?" ŝi demandas.

"Se en Vieno, vi devos demandi en la urbodomo."

Willi maŝine dankas pro la informoj kaj reiras al sia hotelo. Dum unu nokto kaj unu tago ŝi kuŝas surlite en la ĉambro, tute paralizita. Fine ŝi sukcesas devigi sin eliri por ion manĝi.

En la sekva tago ŝi trovas ke la socialdemokrata partio denove regas la ĉefurbon Vieno, almenaŭ se temas pri la civila reĝimo. De arkivisto en la urbodomo ŝi preskaŭ tuj ekscias ke la patro de Wilhelm, Franz Halder, estis mortpafita de germanaj soldatoj en 1939 dum ia razio en Prago, kie li vivis en ekzilo, aktivante por sia partio. Do, la patron, kiun la knabo neniam vidis, li ankaŭ neniam vidos. Ĉi-okaze ŝi ne multe reagas. Fakte ŝi preskaŭ timis trovi ke Franz plu restas viva kaj postulos ke la filo venu al li, sed tiun timon ŝi apenaŭ volis agnoski eĉ al si mem. Pri parencoj de Louise oni povas konfirmi, kion Willi jam scias: ke Hedwig Prager, la kuzino de Louise, elmigris al Usono kun siaj edzo kaj filoj en la jaro 1934, nur monaton antaŭ ol Willi mem estis ekzilita el Aŭstrio.

Ĝis tiam ĉio okazis ege pli glate kaj rapide ol ŝi antaŭe atendis, sed kun absolute deprima rezulto. Restas Johnny, ŝia edzo. Estas strange pensi pri li tiel, ĉar temis pri pure formala ŝajn-geedziĝo. Sed kiel nun ekscii ion pri lia sorto? En la urbodomo oni ne povas helpi ŝin pri tiu afero. Sendube ne eblas nun retrovi respondeculon pri la iama koncentrejo Wöllersdorf – aŭ 'restigejo', kiu estis la oficiala termino uzata de la aŭstro-faŝisma ŝtato antaŭ la anekso de Aŭstrio al Germanio en 1938.

Ŝi decidas iri al la tiama loĝejo de lia patrino, la vidvino Weininger. La maljunulino kredeble ja ne povas plu vivi, sed eble iu tie scias ion. Temas pri solide burĝa kaj tiuepoke 'arja' domego ĉe la strato Ungargasse, do estas eblo ke iuj loĝantoj plu restas kaj povas rakonti ion, se almenaŭ la domo plu staras.

En ĉi tiu domo la ŝtuparejo evidente estas hejtata. Kun miro ŝi konstatas ke la familia nomo Weininger plu restas per latuna tabuleto sur la pordo. Ja ne eblas ke ŝia bopatrino plu vivas? Kredeble iu fora parenco transprenis la loĝejon. Aŭ iu nova loĝanto simple lasis la tabuleton por ial ne montri sian veran nomon.

Post ŝia sonorigo pasas minuto, ĝis malfermas nekonata maljuna viro. Ŝi komencas pardonpete demandi, ĉu eble...

"Willi!" ekkrias la viro, gapante al ŝi.

Ja ne eblas. Tio estas la voĉo de Johnny!

Li enlasas ŝin en la malluman apartamenton plenan de polvaj mebloj en stilo de antaŭ sesdek aŭ sepdek jaroj. Malhelruĝa pluŝo, oraj franĝoj kaj kvastoj. Kaj ankaŭ ĉi tie estas surprize varme.

"Vi eble alvenis por serĉi heredaĵon? Tro frue. Iom da pacienco, Willi!"

Estas nekredeble. Li aspektas kiel lia propra patro, kvankam de tiu ŝi vidis nur portreton, ĉar li mortis jam antaŭ ol ili renkontiĝis.

"Ne parolu tiel", ŝi balbute respondas. "Mi apenaŭ povas kredi ke vi estas vi."

"Nu, tamen ja, kvankam eble grajnon malpli eleganta kaj fortika. Sed mi estas kato kun sep vivoj. Ĉu mi rajtas proponi al vi glaseton da ŝereo el 1922?"

"Prefere ion pli fortan. Ĉu vi ne plu trinkas viskion?"

"La skota bedaŭrinde elĉerpiĝis. Haveblas nur usona."

"En ordo."

Li lamas al ŝranko kun boteloj kaj revenas iom ĝemante. Ŝi rigardas lin. Pasis dek du jaroj, sed li vere aspektas tridek jarojn pli aĝa.

"Kiel vi sukcesis elturniĝi, Johnny?"

"Jen longa historio, kaj ne tre edifa. Kiel vi eble memoras, mi ĉiam timis frenezulejon. Sed iel ironie, mi saviĝis unuafoje, ĉar mi venis de Wöllersdorf al la mensmalsanulejo *Am Steinhof* jam antaŭ la nazia anekso de Aŭstrio. Poste mi sukcesis kvazaŭ alterni inter sano kaj malsano, kaj tiel mi evitis la sorton de multaj aliaj, kiuj estis arestitaj pro la paragrafo 175. Mi ankaŭ ŝuldas dankon al mia delonge forpasinta parenco, Otto Weininger, kies famon konas ĉiuj psikiatroj. Oni devas esti sagaca por transvivi kiel frenezulo."

Li trinkas viskion kaj ektusas tiel forte ke Willi timas fatalan finon.

"Sed nun mi heredis ĉion. Nu, ne ĉion. *Vilaon Elise* mi ŝajne ne rericevos. La usona armeo konkeris ĝin de la nazioj, kiuj transprenis ĝin de la aŭstro-faŝistoj, kaj ke tiuj ŝtelis ĝin de mi, pri tio fajfas onklo Tom – pardonu, mi volis diri onklo Sam. Sed ne gravas. Mi vivas iele-trapele en ĉi tiu matraca tombo. La dua viena secesio delonge pereis. Kaj vi sendube baldaŭ heredos la rubon."

"Ne, Johnny, tion mi ne volas. Prefere ni aranĝu pri divorco de nia iama aranĝo, kiu ja ne plu estas bezonata. Sciu, mi ĵus eksciis ke ili mortis. Louise kaj ŝia patrino, kaj ankaŭ Franz."

"Kompreneble. Ĉiuj bonuloj mortis. Restas nur la feĉo."

"Vi eble ne scias ke Louise finfine naskis filon, kiu delonge vivas ĉe mi kaj miaj gepatroj en Kopenhago. Li aĝas dek du jarojn."

Johnny denove preskaŭ sufokiĝas pro tusado.

"Mi ĝojas", li sukcesas elraŭki.

"Ĉu vi konsultas kuraciston, Johnny? Vi bezonas flegadon."

Li grakas ion, kio eble estas rido.

"Tro malfruas. La pulmoj kolapsas."

"Ankaŭ mi suferis pro la pulmoj. Vidu, mi eĉ devis restrikti la fumadon. Sed ekzistas medicina flegado."

"Tion mi bezonus pli frue, sed en la frenezulejo oni ne atentis la pulmojn. Nek en la koncentrejo."

Willi forlasas sian hotelon kaj anstataŭe tranoktas sur tro mallonga kaj mola sofo en la polva sed varma apartamento de Johnny. Kune ili vizitas la urbodomon por peti divorcon, kvankam li asertas ke li tute ne volas forlasi sian matraco-tombon. Tamen ŝi sukcesas treni lin al restoracio, kie li iomete pli vigliĝas. Sed liaj fortoj baldaŭ elĉerpiĝas, kaj fine ŝi devas duone porti lin supren al lia hejmo.

Do ŝi sola pasigas kelkajn tagojn diversloke en sia iama loĝurbo por trovi ion, pri kio ŝi povos verki artikolon kaj tiel pravigi sian restadon tie al la sveda ĵurnalo. Ŝi ankaŭ pripensas, ĉu serĉi ankoraŭ iun ombron el la pasinteco. Sendube Dora devus esti retrovebla, se ŝi demandus ĉe la vienaj ĵurnaloj. Almenaŭ ia spuro de ŝi. Sed ial ŝi sentas obtuzan honton antaŭ la mortinta Louise, pensante pri sia iama rilato al Dora, do ŝi prokrastas kaj fine rezignas tiun ideon.

Fine estas tempo reiri norden tra la ruinoj de la Tria Regno. Ŝi adiaŭas sian edzon, certe la lastan fojon. La juĝistan decidon pri konsentita divorco ŝi devos atendi hejme en Kopenhago.

"Ĉu vi volas rericevi la ringon?" ŝi demandas.

"Prefere konservu ĝin kiel memoraĵon. La mia malaperis jam en la koncentrejo."

"Nu, eble mi plu portos ĝin en okazoj de bezono. Por virino ĝi povas kelkfoje esti utila."

"Kaj alifoje eble malutila? Sed tiam ja eblas detiri ĝin."

Ŝi ridas kaj iom mallerte glatumas lian brakon.

"Konsultu kuraciston, Johnny!"

Poste ŝi prenas sian valizon kaj foriras. Ŝi volas reiri en Danlandon, for el la ombroj, reen inter la vivantojn.

# Fuĝoj kaj rifuĝoj
## Filippa, aŭgusto – oktobro 2015

En sufoke varma tago fine de aŭgusto Filippa denove estas invitita al la familio Khouri por dimanĉa vespermanĝo. Jam alvenante ŝi flaras la spicodorojn venantajn el la kuirejo. Ĉi-foje la patrino de Kasim prezentas bongustan pladon el hakita viando, kikeroj, frititaj panpecoj kaj jogurta saŭco. Ĝuinte tiun dum vigla babilado pri ĉio kaj nenio, Filippa sentas la stomakon plenŝtopita kaj komencas timi ke sekvos plua satiga deserto aŭ kuko.

La sinjorino de kelka tempo parolis ĉefe pri la genepoj en Stokholmo, eble por aludi ke baldaŭ estos tempo ankaŭ por Kasim kaj Filippa alporti nepon. Sed nun ŝi reiras en la kuirejon, kaj en la salono la restantoj rekomencas suspiri pro la varmega vetero. Filippa pripensas, ĉu ŝi klopodu poste venigi kun si Kasimon al la urba strando por nokta naĝado. Ŝi forgesis kunporti bikinon, sed kiam mallumiĝos, sufiĉos la subvestoj.

Post kelkatempa plendado pri la vetero, oni iom interparolas pri la kreskanta fluo de rifuĝantoj el la milito en Sirio direkte al Eŭropo. En pluraj landoj tiu alfluo vekis grandan helpemon flanke de multaj homoj kaj organizaĵoj, sed ankaŭ timon, ŝovinismon kaj ksenofobion ĉe aliaj, inkluzive de pluraj registaroj. Evidente temas pri grandega homa katastrofo. Ĉi tie, ĉe la tablo de la familio Khouri, regas ĝenerala konsento ke pri la situacio kulpas ĉefe Baŝar al-Asad kaj lia senkompata militado kontraŭ la propra popolo. Tamen eĉ tiu tikla temo ne vekas fortajn emociojn, eble ĝuste pro la varmo.

"Paĉjo", diras Kasim. "Ĉu vi ne povus rakonti pri la fuĝo de la geavoj el Palestino? Mi jam diris al Filippa ke tio okazis, sed mi ne memoris la detalojn."

"Nu, mi jam multfoje klarigis al vi tion, filo, sed vi neniam aŭskultas. Tamen Filippa certe ne volas aŭdi pri pli da suferoj ĉi-vespere."

"Fakte mi volonte aŭskultus tion", ŝi diras kaj trinkas ankoraŭ iom el sia glaso da akvo.

"Bone do, sed mi ne scias precize kie komenci", diras sinjoro Khouri. "Eble mi klarigu unue ke mia familio de pluraj generacioj devenas de Jafo. Mia patro kaj avo ambaŭ estis tajloroj kaj havis butikon ĉe la strato al-Salahi en la urbocentro. Depost la granda ribelo en 1936, kiam la britoj ruinigis la domon de miaj geavoj, ili loĝis en la malnova urbo kun la geonkloj. En 1948 miaj gepatroj ĵus geedziĝis, kaj mia patrino estis graveda. La britoj jam anoncis ke ili forlasos Palestinon, kaj okazis iom da bataloj, parte kontraŭ la britoj sed ĉefe inter judoj kaj araboj. En Jafo mem ankoraŭ estis granda plimulto de araboj, sed en la novaj suburboj loĝis multaj judoj. Ekzistis pluraj judaj organizaĵoj de armita cionista teroro por forpeli arabojn kaj konkeri iliajn teron kaj domojn. Tiuj bandoj poste fariĝis partoj de la israela armeo, kaj ili havis gvidantojn kiel Begin kaj Ŝamir, kiuj poste fariĝis israelaj ĉefministroj. En la komenco de kvardek ok okazis atako kontraŭ araboj en Jafo fare de Lehi, la organizaĵo de Ŝamir. Tio estis la grupo, kiun oni kelkfoje nomis 'la bando de Ŝtern', kaj kiu poste murdis la parencon de via reĝo."

Filippa saltetas.

"Kiun parencon?"

Poste ŝi pripensas dum momento.

"Ĉu temas pri Folke Bernadotte?"

"Jes, jen lia nomo. Nu, pro tiu atako kontraŭ Jafo multaj homoj jam komencis forlasi la urbon por trovi pli sekuran loĝlokon. Sed en la fino de aprilo komenciĝis tio, kion ni nomas Nakba, la unua katastrofo. La Unuiĝintaj Nacioj kaj via Bernadotte volis dividi Palestinon, kaj en tiu plano Jafo apartenis al la araba parto. Sed tiam la pli granda terora armeo Irgun, la organizaĵo de Begin, atakis Jafon kaj la apudajn vilaĝojn, evidente kun la celo konkeri la urbon. La restantaj britaj trupoj faris nenion por protekti la loĝantojn, kaj sekve homoj fuĝis amase en ĉiuj direktoj. Tiam ankaŭ mia familio decidis foriri por savi la vivon."

Dum sinjoro Khouri parolas, la sinjorino prezentas baklavon, kaj la jam tute sata Filippa prenas pecon de la kuko saturita per

mielo. Enpense ŝi ankoraŭ kontemplas la nomon Folke Berna-
dotte. Tiu ano de la sveda reĝa familio unue savis kelkajn milojn
da judoj el la naziaj koncentrejoj, kaj poste li estis murdita de judaj
teroristoj, kiuj ne volis dividi Palestinon kun la arabaj palestinanoj.
Jen stranga sorto, ŝi pensas.

Post mallonga paŭzo por urĝi ŝin gustumi la kukon, sinjoro
Khouri rakontas plu pri la sorto de lia familio.

"Mia avo supozis ke estus danĝere fuĝi orienten al Ramallah
aŭ Nablus, ĉar necesus preterpasi la soldatojn de Irgun, kvankam
tiuj verŝajne ĉefe volis forpeli la arabojn el Jafo kaj do eble lasus
ilin trapasi. Sed li ne fidis je tio. Li konis fiŝiston kun propra barko,
do ili interkonsentis pri provo forlasi la urbon surmare. Mia patro
kutimis ĉiam ripetadi al mi kaj miaj gefratoj, kiel li portis nian
gravedan patrinon en la brakoj al la haveno. Nu, mi ne scias, ĉu
tio estas vera. Eble li iom troigis. La fiŝisto volis iri suden al Gazao,
sed mia avo pagis lin por male iri norden al Ĥajfo, kie estis pli da
britaj soldatoj. Alvenante al la haveno de Ĥajfo, ili tamen konstatis
ke ankaŭ tie regas kaoso kun pafado kaj eksplodoj. Do ili pluiris
norden. Sed estis malbona vetero kun blovado, kaj la navigado
estis malfacila. La barko terure ruliĝis kaj tangis dum tiu koŝmara
vojaĝo, kaj pro tio mia patrino abortis kaj perdis la infanon, kiu
estus ŝia unua. Patro ĉiam diradis ke li timis perdi ankaŭ ŝin, sed
fine ili albordiĝis en Sur, kiun vi nomas Tiro, kaj poste ili pluiris
al Bejruto."

Nun ankaŭ la sinjoro glutas iom da baklavo kaj poste viŝas la
gluecajn manojn, dum Filippa miras ke la avo de Kasim do fuĝis
per barko de fiŝisto, same kiel faris ŝia avo kun sia adopta familio
apenaŭ kvin jarojn pli frue.

"Do ili baldaŭ ekloĝis en la rifuĝejo Ŝatila, kie mia patrino
resaniĝis. Mia patro povis repreni sian profesion de tajloro, kaj
en 1950 naskiĝis mia fratino, en kvindek du ankaŭ mi, kaj post
kvar jaroj mia frato. En Jafo la familio estis bonstata, mi pensas,
sed en Bejruto ni vivis relative malriĉe. En Libano estas tiel ke la
socio konsistas el diversaj homgrupoj, kaj neniu el ili volas enlasi
la palestinajn rifuĝintojn en la socion. Do ni vivas kiel aparta nacio
ene de la lando, sen politikaj rajtoj kaj grandparte en rifuĝejoj, kiuj

fariĝis kvartaloj de Bejruto kaj aliaj urboj. Kiam mi plenkreskis, mi eklaboris kiel aŭtoriparisto kaj kontribuis al la enspezoj de la familio. Iomete antaŭ 1980, dum enlanda milito inter la diversaj libanaj grupoj, mi ekkonis mian edzinon, kiu venis tien kelkajn jarojn pli frue tra Jordanio kaj Sirio. Ni geedziĝis kaj ricevis la unuan filon, Ajman. Sed kiam li estis unujara, sekvis la dua katastrofo. En 1982 Israelo invadis Libanon. Ĝis tiam ni estis sufiĉe sekuraj malgraŭ la interbataloj de diversaj grupoj, dank' al la soldatoj de PLO, la Palestina Liberiga Organizaĵo. Sed nun Israelo devigis Libanon ekzili la gvidantojn kaj soldatojn de PLO, same kiel ili faris pli frue en Jordanio. Tuj post tio, kiam ni do estis sendefendaj, la israela armeo enlasis la tiel nomatajn falangistojn, kiuj estis kristanaj faŝistoj, en la palestinajn rifuĝejojn, kie ili murdis amason da civilaj loĝantoj. Miaj gepatroj kaj fratino estis murditaj, kaj la avino mortis, ĉar ne eblis akiri por ŝi insulinon el apoteko. La avo jam pli frue forpasis. Per aŭto, kiun mi ĵus riparis sed ankoraŭ ne povis liveri al ĝia posedanto pro la malsekura situacio, ni sukcesis eskapi al Damasko. Estis mi kaj mia edzino, la eta filo, la frato, geonkloj kaj unu kuzo. Kiel vi eble komprenas, la aŭto estis plenŝtopita de homoj, kaj ni apenaŭ sukcesis savi iajn posedaĵojn. Eĉ la ŝlosilo de nia domo en Jafo, kiun nia familio konservis dum pli ol tridek jaroj, restis en tiu domaĉo en Ŝatila. Nu, en Damasko ni vivis eĉ pli mizere, sed poste, en okdek tri, ni sukcesis veni al Svedio por peti azilon ĉi tie. Bonŝance ni ne restis en Damasko, kie nun okazas nova katastrofo."

Li paŭzas, rigardas ĉirkaŭ si kaj aldonas:

"Edzino, ĉu ni ricevos kafon? Mi sentas ke mia gorĝo bezonas tion."

Ankaŭ Filippa delonge sopiras ion por forigi la gluecan senton de sukero, kiun donis la baklavo, kaj eble krome por digestigi la rakonton de sinjoro Khouri.

La sinjorino iras kuirejen, kaj Kasim vokas ion arabe post ŝi. Filippa aŭdas ke li diras ŝian nomon, do ŝi rigardas lin demande.

"Mi memorigis al ŝi ne meti sukeron en la vian", li klarigas.

"Ĉu ne sukeron?" miras la patro. "Kafo devas esti varmega kaj dolĉa, ĉu ne? Svedoj tro timas sukeron. Necesas iom da dolĉaĵo en ĉi tiu amara vivo. Nu, kiel vi jam scias, mia filino Ĝamila kaj ĉi tiu bubo naskiĝis ĉi tie. Do ili estas indiĝenaj svedoj. Mi tamen ne povis labori kiel aŭtoriparisto ĉi tie, ĉar por tio necesis specialista sperto pri ĉiu aparta marko, do anstataŭe mi ekŝoforis taksion. Mi devis rapide lerni ĉiujn stratojn de Malmö kaj kompreni ilin kun diversaj akĉentoj, eĉ dane, do tio estis bona lingvolernejo. Nun mi eĉ posedas tri aŭtojn kaj havas dungitojn, nur palestinanojn. La du pli aĝaj idoj iam ŝoforis por mi, dum ili studis, sed ĉi tiu havas nenian ambicion."

"Kia ambicio, ŝofori ebriulojn dumnokte", diras Kasim malestime.

"Nu, ĝi estas bona kaj utila laboro. Oni lernas la lingvon kaj fariĝas psikologo. Ebriuloj ne estas problemo. Plej aĉaj estas la perfortuloj, kaj tiuj, kiuj ne volas pagi."

Revenas la sinjorino kun la densa, kardamom-odora kafo, kaj Filippa povas finfine liberiĝi de la sukerglua sento enbuŝe. Tamen restas la amaro de la rakonto, kvankam sinjoro Khouri elmontras bonan humoron, prezentante kelkajn el siaj taksiaj anekdotoj. Ŝi ja aŭdis ilin jam antaŭe, sed tion ŝi ne diras. Fakte la ripeto eĉ donas al ŝi senton de reveno al la ĉiutageco.

"Mi pensas pri la rakonto de via patro ĉi-vespere", diras Filippa, kiam Kasim kaj ŝi ripozas surstrande post la nokta naĝado. "Li parolis pri sia propra familio. Ĉu ankaŭ via patrino, aŭ ŝiaj gepatroj, travivis similan dramon?"

"Nu, Panjo devenas el vilaĝo apud al-Quds, kiu tiam apartenis al Jordanio, sed kiam ŝi estis infano, la familio fuĝis trans Jordanon pro la israela invado en la sestaga milito. Tamen estis ia problemo tie, kaj ili plu transloĝiĝis al Damasko, kaj poste de tie al Bejruto, sed tiam ŝi jam estis plenkreskulo. Dudekjara, mi pensas. Ŝi ne rakontis tre multe. Ŝi opinias ke estas pli bone ne tro multe pensi pri la pasinteco. Prefere provi forgesi. Eble ŝi spertis ion, kion ŝi ŝatus ne memori."

"Ĉu vi mem scias, pri kio temas?"

"Ne. Mi memoras ke kiam mia fratino foje demandis pri tio, Patro koleris kaj ordonis al ŝi lasi Panjon en paco. Ankaŭ mia onklo en Bejruto, ŝia frato, ne volas paroli pri Jordanio, kaj Avino ja estas iom demenca. Sed mi scias ke Israelo faris plurajn atakojn trans Jordanon kaj mortigis palestinajn rifuĝintojn, kaj poste okazis iaj bataloj inter palestinanoj kaj la Jordania armeo. Eble tiam okazis io, pro kio ŝia familio fuĝis plu al Sirio. Aŭ estis ia tute privata problemo."

Dum alproksimiĝas la aŭtuno, Filippa miras, vidante pli kaj pli kreskantan fluon de rifuĝantoj el Sirio, Afganio, Eritreo kaj aliaj landoj survoje al Eŭropo. La televido kaj ĵurnaloj pleniĝas de dramaj bildoj. Evidente Turkio tralasas milionon da homoj, kaj multaj elektas la plej facilan vojon al la Eŭropa Unio, la malvastan markolon inter la okcidenta turka bordo kaj la greka insulo Lesbo. Ili transiras la akvon per etaj boatoj ofte kadukaj kaj tro ŝtopitaj per homoj, kaj pluraj miloj el ili dronas en Mediteraneo, kiam boatoj renversiĝas kaj sinkas.

De Lesbo rifuĝantoj vojaĝas al la greka ĉeftero per normalaj pramoj, kaj poste ili pluiras norden per busoj, aŭtoj aŭ piede. Ŝajnas ke la celo de la plimulto estas Germanio aŭ Svedio, ĉar ili supozas ke tie estas plej granda ŝanco ke oni konsentos al ili azilon. Tial ili ne petas azilon en Grekio aŭ alia lando en suda aŭ orienta Eŭropo. Pro manko de vizo aŭ eĉ de ajna identigilo, ili ne povas iri per aviadilo. Anstataŭe komenciĝas amasa surtera migrado norden tra lando post lando, kaj baldaŭ ĉiu ŝtato tralasas ilin kaj eĉ helpas per transporto al la pli norda najbara lando. Tiu procedo do kaŭzas plenan fiaskon de la EU-sistemo, laŭ kiu ĉiu rifuĝanto devas esti registrita kaj peti azilon en la unua EU-lando, al kiu li venas, kio nun plej ofte signifas Grekion.

Laŭ tio, kion Filippa legas en ĵurnaloj kaj spektas per televido, Germanio kaj Svedio akceptas la alvenantojn sen tuja resendo, sed dum la paso de la aŭtuno lando post lando fermas la landlimon kaj ekpostulas validajn identigilojn de alvenantoj, kio iom post iom bremsas la alfluon de rifuĝantoj.

En la komenco de septembro ŝi ekvidas foton en ĵurnalo, kiu skuas ŝin. Estas la korpo de la trijara knabeto Alan Kurdi kuŝanta sur turka strando, droninte dum klopodo de lia familio transiri la maron al la Eŭropa Unio.

"Mi tute ne intencis legi la ĵurnalon", ŝi diras telefone al Kasim, "sed ĝi kuŝis sur tablo en la paŭzoĉambro de mia laborejo. Ne eblis ne vidi ĝin. Nun mi konservas tiun bildon kvazaŭ brulfiksitan sur la interno de miaj palpebroj. Kiam mi fermas la okulojn, mi vidas la korpon de tiu infano. Mi ne povas forgesi ĝin. Kaj mi sentas kulpon."

"Kial do? Estas neniu kialo. Kompreneble ne kulpas vi. Kulpas Asad kaj Merkel."

"Kion do faris Angela Merkel?"

"Nu, ĉiuj EU-papoj, kiuj ne permesas al homoj vojaĝi per sekura vojo, ja devigas ilin provi per tiaj duonputraj pneŭmatikaj boatoj. Jen la kulpuloj, kiuj devus esti en malliberejo."

"Mi ne scias, Kasim. Ĉio naŭzas min. Mi ne plu spektas la televidajn novaĵojn. Sed kion fari, kiam homoj lasas ĵurnalon tiel?"

Tamen, nur semajnon post tio ŝi ne povas rezisti denove spekti la novaĵojn, kaj nun atakas ŝin foto el la najbara Danlando. Amaso da rifuĝantoj sukcesis trairi Eŭropon de sudoriento al nordo kaj jam atingis Danlandon. Sed ilia celo estas Svedio, kie ili havos pli grandan ŝancon de azilo. Ŝi televidas ilin piediri laŭ aŭtovojo, dum aro da ĵurnalistoj, fotografistoj kaj lokaj scivoluloj gapas al ili deflanke kaj desupre, starante sur vojpontoj super la marŝantoj. Nun iu fotografisto sukcesis foti danan viron sur ponto, kiu kraĉas suben sur la rifuĝantojn kaj krias ke ili reiru hejmen. Denove Filippa naŭziĝas kaj sentas dolorpikon en la stomako. Ĉi-foje ŝi telefonas al avo Wilhelm.

"Jes, ankaŭ mi vidis tion", li diras. "Certe ja estas hontinde. Tamen ne estas novaĵo ke homoj povas konduti fie. Kiam ili ekhavas eblon senriske esprimi malestimon, malrespekton, eĉ malamon al aliaj homoj, surprize multaj personoj vere kaptas la okazon fari tion. Kial, ne facilas diri. Eble ili mem sentas sin senpovaj kaj nun trovas eblon montri ian superecon al aliaj, kiuj ne povas rebati."

"Mi ŝatus fari ion konkretan, sed mi tute ne scias, kion mi povus fari", plendas Filippa.

"Nu, vi laboras kaj pagas imposton", replikas la avo. "Tio signifas ke vi helpas kaj kontribuas."

"Sed tio ja estas devo, ne propra elekto. Kiam vi venis al Svedio, homoj helpis vin, ĉu ne?"

"Nu, kelkaj ja faris tion. Sed la plej multaj sendube fidis ke la aŭtoritatoj prizorgos tion, kio necesas."

Ankaŭ al Malmö nun alvenas pli kaj pli granda nombro da homoj, kiuj finfine atingis la celon de sia longa migrado. En la komenco multaj privatuloj kolektiĝas por doni ĉian helpon, alporti vestaĵojn, klarigi kien turni sin por peti azilon. Sed plej intense laboras policistoj, socialaj asistantoj kaj anoj de la ŝtata enmigra administracio, precipe por trovi konstruaĵojn uzeblajn kiel rifuĝejojn. Provizore oni ekuzas eĉ tendojn, kvankam la sveda aŭtuna vetero ne tre invitas al tendumado.

Ofte, kiam Filippa postlabore suriras trajnon en la Centra Stacidomo por reiri hejmen, ŝi nun vidas grupojn da rifuĝantoj, kiuj atendas pli long-distancan trajnon por pluiri norden en Svedio. Post iom da hezito ŝi komencas kunporti kelkajn brikojn da ĉokolado, kiujn ŝi donacas al infanoj inter ili. Kutime ili akceptas tion danke; nur unufoje plenkreskulo redonas ĝin, kriante ion koleran, kion ŝi ne komprenas. Kredeble ili ja bezonus tute aliajn aferojn, sed ŝi ne scias kion kaj apenaŭ povus alporti tion, kio mankas al ili. Per la ĉokolado ŝi provas montri iom da bonvolo, sed la plej grava signifo sendube estas iom moderigi ŝian propran aflikton.

Sed en oktobro komenciĝas timiga ĉeno da okazaĵoj. En iuj rifuĝejoj, kaj eĉ pli ofte en konstruaĵoj destinitaj al tia uzo sed ankoraŭ neloĝataj, komenciĝas bruloj, kiuj tute certe estas sekvo de ies ekbruligo. Ĉie en Svedio okazas dekoj da tiaj brulatencoj. Kelkaj anoj de la ekstremdekstra partio de nazia origino, kiu nun nomas sin Svediaj Demokratoj, publikigas liston de rifuĝejoj en Interreto, kaj en la semajno post tiu publikigo ĉiunokte brulas iu ejo sole en la plej suda provinco Skanio. Preskaŭ neniam la polico trovas la kulpulojn, ĉar ial tiuj konstruaĵoj tute ne estas gardataj, eĉ ne per gvatkameraoj.

Fine ankaŭ Svedio komencas kontroli vojaĝantojn ĉe la land-limoj, kvankam tio normale okazas nur ĉe la ekstera limo de la Eŭropa Unio. Al la urbo Malmö, kiu certagrade funkcias kiel antaŭurbo de Kopenhago, tio fariĝas ŝoko. Miloj da homoj loĝas sur la sveda bordo de la markolo sed laboras en la dana ĉefurbo, kaj ilia ĉiutaga vivo ŝanĝiĝas.

Kvankam Filippa ne estas rekte tuŝata de la limkontroloj, ŝi ja rimarkas la ŝanĝojn. Ofte ŝi iras per trajno, kiu venas de la dana flanko aŭ pluiros tien, kaj nun oni reduktas la nombron de trajnoj, tiel ke la plu veturantaj tute ŝtopiĝas. La pasaĝeroj el Kopenhago rakontas ke ili devas eliri sur la kajon en du lokoj, por ke ilia identeco estu kontrolata, kaj poste ili devas atendi sekvan trajnon por pluiri. Ĉio rabas tempon, malebligas planadon. La lokaj aŭtoritatoj de Malmö plendas ke la registaroj nek en Stokholmo nek en Kopenhago atentas iliajn problemojn kaj bezonojn.

Sed por la rifuĝantoj la decido pri sveda limkontrolo signifas malmulton. Ilia nombro reduktiĝas pro la fermo de landlimoj pli fore sude en Eŭropo. Iuloke oni eĉ rekonstruas la pikdratajn barilojn, kiujn oni forigis post la falo de komunismaj reĝimoj antaŭ dudek kvin jaroj. Tamen ne plu por enfermi la proprajn civitanojn, sed por forbari fremdulojn.

Por paroli pri la lastatempaj afliktoj, Filippa vizitas Avon Wilhelm, kiu laŭ sia kutimo klopodas konsoli ŝin per dana buterpano. Ĉi-foje kun rostbefo, peklitaj kukumetoj, kreno, remulado kaj rostita cepo. Ŝi ekmanĝas ĝin kaj perceptas la kombinon de gustoj. Normale ŝi ŝatus ŝerce komenti ke la regalaĵo espereble koŝeras, sed hodiaŭ ŝi ne estas en humoro de ŝercoj. Anstataŭe ŝi litanias pri la brulatencoj kontraŭ rifuĝintoj.

"Kiaj homoj faras tion?" ŝi demandas, kvazaŭ la avo povus klarigi tion. "Ĉu ili estas plenaj sovaĝuloj, kiuj fajfas pri homa vivo?"

"Povas esti", diras la avo kaj verŝas al ŝi ŝaŭmantan bieron. "Sed mi suspektas junulojn, kiuj ankoraŭ ne konscias la signifon de siaj agoj. Tamen povas esti ankaŭ plenkreskuloj, kiuj dumtage eble plenumas utilajn taskojn en la socio. Nokte ili transformiĝas kaj sentas emon disŝiri nian komunan socion."

"Kiel vi priskribas ilin, tio sonas kiel homlupoj. Sed kial?"

"Kiu scias? Eble ili estas homlupoj, aŭ simple similaj al la kraĉanta dano."

"Tamen bruligi domon, kie eble mortos homoj, ja estas pli terura ago ol kraĉi sur ilin."

"Vi pravas, knabineto, kaj mi estas stulta oldulo."

Finfine li sukcesas ridetigi ŝin, dum ŝi maĉas sian buterpanon.

"Mi daŭre nenion komprenas, do verŝajne la stultulo estas mi", ŝi konkludas.

Ŝi trinkas sian bieron en grandaj glutoj, tiel ke restas ŝaŭma rando sur la supra lipo. Ŝi pensas pri la tempo, kiam ŝi reale estis knabineto, kiu serĉis sekurecon en la sino de la avino. Ŝi ne memoras ke ŝi iam sidis sur la genuoj de la avo, sed ankaŭ li donas al ŝi senton de sekureco per siaj konsolaj kaj trankviligaj vortoj.

Pasas iom da tempo sen babilado. Filippa memoras la okazojn, kiam ili interparolis pri ŝia avino. Tio estus paroltemo pli trankviliga, ŝi pensas. Ambaŭ ŝiaj geavoj ja iam venis en Svedion kiel rifuĝantoj, sed tio okazis antaŭ sep jardekoj, kio ŝajnas al ŝi neimageble longa tempo.

"Jen tute alia afero, pri kiu mi scivolas, Avo", ŝi diras, provante leki sian supran lipon. "Kiel okazis ke vi renkontis Avinon? Ĉu viaj familioj estis amikoj jam en Vieno?"

"Ne, tute ne. Ni renkontiĝis unuafoje kiel infanoj dum la ekzilo en Norrköping. La geedzoj, ĉe kiuj ŝi loĝis tie, ja estis kristanoj, sed ili eble iom hontis pro tio ke oni konvertis la infanojn por povi venigi ilin al Svedio. Do ili kontaktis ankaŭ lokajn judajn familiojn, interalie tiun, ĉe kiu ni gastis dum kelka tempo. Poste mi revojaĝis tien plurfoje en la kvindekaj jaroj kaj renkontis ŝin denove. Tiam ŝi komence laboris kiel servistino, sed poste ŝi studis, same kiel mi. Verŝajne niaj similaj historioj kaŭzis ke ni sentis naturan emon interrilati."

"Ĉu Svedio devigis ŝin kaj la aliajn infanojn baptiĝi por akcepti ilin?"

"Mi ne certas. Verŝajne la ĉefa kaŭzo estis ke la organizaĵo, kiu pagis kaj prizorgis ilian transporton, postulis tion. Estis ia misia asocio por kristanigi judojn."

"Kiaj fiuloj! Ili do uzis la malesperon de judoj por konkeri iliajn infanojn al sia religio!"

"Nu, mi dubas, ĉu la vienaj judoj pensis tiel. La grava afero estis, ĉu eblis iel savi la vivon, almenaŭ de la infanoj. Krome oni plu revis pri eblo de la gepatroj iam postsekvi ilin. Kaj laŭ mia kompreno, en Vieno jam estis longa historio de konvertiĝoj pro ĉefe praktikaj kialoj, ekzemple por geedziĝi, aŭ por faciligi profesian karieron kaj eviti la tradician antisemitismon. Kutime temis pri katolikaj baptoj, komprenneble, dum Martan baptis iuj luteranoj. Nu, mi supozas ke la plej religiemaj homoj ne akceptis tian konvertadon."

"Kio do pri la gepatroj de Avino? Mi supozas ke ili ne transvivis?"

"Prave. Ili pereis same kiel ŝia pli aĝa frato."

"Sed Avino restis kristano ĝis la fino, ĉu ne? Ŝia tombo ja estas en la ordinara tombejo."

"Jes, ŝi ĉiam restis ano de la sveda eklezio. Kaj ŝi tre ŝatis la rakontojn pri Jesuo. Sed ŝi interesiĝis ankaŭ pri la juda kredo kaj kulturo, almenaŭ pli ol mi. Mi supozas ke ŝi tutsimple bezonis iom da religio por ne malesperi, kaj por ne senti sin perdita en la mondo tute sen parencoj. Sed poste la knaboj ja plenigis tiun truon, almenaŭ dum kelka tempo."

"La knaboj?"

"La filoj. Via patro kaj Erik. Dum ili restis etaj, ŝi pli bone eltenis la ekzistadon, verŝajne ĉar ŝi sentis ke ili nepre bezonas ŝin."

Filippa pripensas la vortojn de la avo, klopodante imagi sian patron kiel knabeton. Tio ne tre prosperas al ŝi. La seriozmiena, iom senemocia inĝeniero kiel petolema bubo – ne, tio ne ŝajnas ebla.

"Strange ke vi donis al ili tiel ĝisoste svedajn nomojn, ĉu ne? Aŭ ĉu danajn?"

"Nu, por Marta gravis ke ili ne distingiĝu de aliaj infanoj. Kaj ŝi absolute ne volis ke oni cirkumcidu ilin."

"Ĉu vi volis tion?"

"Ne, tute ne."

"Sed ĉu vi mem... Pardonu, tio ja ne estas mia afero."

Ŝi fakte ruĝiĝas, kaj la avo ridas pri ŝi.

"Jes, certe mi estas cirkumcidita. Mi ne vere scias kial, sed eble miaj geavoj aranĝis tion. Aŭ tio estis natura por mia patrino, kvankam laŭ Willi ŝi tute ne estis religiema. Kaj mia goja patro ne ĉeestis por diri sian opinion."

Dum momento Filippa nevole ekpensas pri siaj du amantoj, unu sen kaj unu kun prepucio. Sed por forigi tiujn bildojn el la kapo ŝi tuj rapidas reveni al la tempo, kiam ŝia patro estis infano.

"Do, Avino volis ke la familio estu tute sveda, ĉu ne?"

"Eble jes, almenaŭ la knaboj. Ŝi timis ke aliaj infanoj mokus ilin en la lernejo, se ili ŝajnus iamaniere fremdaj. Ĝenerale ŝi tamen nenion altrudis, nek al ili, nek al mi. Bone, ŝi ja igis bapti ilin, sed krom tio tre malmulte. Ŝi neniam devigis ilin preĝi aŭ akompani ŝin al la preĝejo. Mi pensas ke por ŝi la religiaj aferoj estis persona konsolo, kaj ŝi eble eĉ estis kontenta, se la ceteraj familianoj ne sentis bezonon de tia konsolo.

Filippa klopodas memori pli multe pri la avino, sed kvankam ŝi iam diris al li ke ŝi bonege memoras ŝin, tio ne estas tute vera. Plej forte ŝi memoras la senton de sekureco en la sino de Avino, kiam en la propra hejmo regis malkvieto kaj kvereloj inter Paĉjo kaj Panjo. Tio gravis, kiam la gepatroj subite rakontis ke ili disiĝos, kaj ke Hannes kaj Filippa loĝos alterne ĉe ili ambaŭ.

"Ĉu vi iam konsideris remigri en Aŭstrion?" ŝi demandas.

Avo Wilhelm kapneas.

"Tute ne. Mi memoris apenaŭ ion ajn, kaj Marta absolute nenion. Kaj al ni ambaŭ mankis parencoj tie."

"Aŭ al Usono, kie vi ja havis parencojn?"

"Ankaŭ ne. Mi estis tute kontenta pri nia kompromiso ekloĝi ĉi-urbe, kio iel signifis ŝvebi inter Svedio kaj Danlando, iomete kiel la rapidaj apogflugilaj ŝipetoj, per kiuj oni tiuepoke veturis trans la markolon. Marta sendube preferus resti en Norrköping. Eble ŝi ja estus pli feliĉa tie, almenaŭ komence, sed mi volis plu teni kontakton kun miaj kopenhagaj familianoj."

"Ĉu Avino ne bone rilatis al ili?"

"Jes ja, post iom da tempo ankaŭ ŝi ekŝatis renkonti ilin. Mi pensas ke ŝi aprezis la facilan, malstriktan etoson en la familio

Singer. Ŝi havis bonan rilaton precipe al Mirjam, kaj al Kristine kaj Klaus, sed ankaŭ la plej multaj aliaj plaĉis al ŝi. Do mi longe pensis ke ili fariĝis kvazaŭ adopta familio ankaŭ por ŝi. Tamen tio evidente ne sufiĉis. Verŝajne ŝia infanaĝo ŝiris en ŝi ian truon, kiun ne eblis fliki."

# Sveda plumamikino
## Wilhelm, oktobro 1954 – majo 1960

Aŭtune de 1954 la maljuna sinjoro Singer jam de kelkaj jaroj estas mortinta, kaj la sinjorino loĝas en maljunulejo, demenca kaj preskaŭ surda. Christian Falmose, la edzo de onjo Frederikke, nun estras la ŝtofbutikon kun helpo de sia filo Laurits, kaj li sendas Wilhelmon al Norrköping por negoci pri eblaj novaj kontraktoj. Oni serĉas precipe kotonajn ŝtofojn en novaj kvalitoj, koloroj kaj desegnoj.

La teksindustrio de Svedio nun laboras per plena forto. Jam delonge nenio plu baras la importadon de kotono al la ŝpinejoj kaj teksejoj, kaj la svedaj fabrikoj ja estas nedetruitaj. La ĉefa zorgo ĝis nun ŝajnas esti kiel trovi sufiĉe da laboristoj por kreskigi la produktadon. Sed en meza kaj norda Finnlando plu regas senlaboreco kaj relativa malriĉeco, do oni logas junajn virinojn de tie al pli bonstata vivo per penado ĉe la svedaj teksiloj.

Ankaŭ la urbo mem nun ŝajnas al Wilhelm pli vigla ol antaŭ naŭ jaroj, kun pli da aŭtoj sur la stratoj kaj pli da varoj en la butikoj. Tamen la alta konjunkturo eble ne daŭros por ĉiam. Baldaŭ li ekscias ke la loka teksindustrio komencas timi venontan konkuradon de produktoj el aliaj landoj, precipe Finnlando kaj suda Eŭropo, kie la laboristaj salajroj estas pli malaltaj. Li rigardas diversajn varojn kaj prijuĝas ofertojn, tamen li mem ne rajtas subskribi kontraktojn sed devas submeti ilin al posta decido de onklo Christian. Krome, li vizitos ankaŭ la finnlandan teksejan centron Tampere por espori, kion oni povas oferti tie.

Li ŝatus denove fari ekskurson en la vastan koniferan arbaron norde de la urbo, kie oni kelkfoje vizitis Willin en la sanatorio, sed li havas nek tempon nek veran kialon iri tien, kaj cetere la aŭtuna vetero ne tre invitas al arbara promeno. Tamen li ĝuas vagi laŭ la rivero, memorante kiel li kutimis rigardi ŝarĝadon de ŝipoj en la haveno, kiam li estis dekjarulo.

La maljunaj geedzoj Wahren invitas lin al teo en sia hejmo kaj pridemandas lin pri la plua sorto de la familio Singer, kiun ili helpis dum la milito. Wilhelm rakontas pri ĉiuj en la familio, kiujn ili eble povus memori. Pri onklo Georg, kiu ĵus emeritiĝis de sia ofico en la urba administrado de Kopenhago. Pri kuzino Leonore, kiu estas dommastrino kun edzo kaj du infanoj. Pri onjo Willi, onjo Frederikke kaj kuzo Morits. Kaj pri sinjoro Singer, kiu estis tre feliĉa revidi sian amatan Kopenhagon en paco kaj libereco, antaŭ ol li malsaniĝis pro kancero kaj mortis. Li mencias ankaŭ Avinjon, la maljunan sinjorinon Singer, kiu jam duone forlasis ĉi tiun mondon, kvankam ŝi restis en Danlando dum la tuta milito kaj neniam renkontis gesinjorojn Wahren.

Kiam la servistino enportas vaporantan teon kaj etajn sandviĉojn en la salonon, sinjorino Wahren haltigas ŝin dum momento, kvazaŭ por prezenti konaton.

"Wilhelm eble memoras la knabineton el Vieno, sed verŝajne ne eblas nun rekoni Martan."

La junulino kaj Wilhelm rigardas unu la alian embarasite.

"Jes, mi memoras", li fine balbutas, dum ŝi daŭre mutas kaj baldaŭ reiras al la kuirejo.

"Ŝi estis unu el la zorgatoj de pastro Perwe", diras la sinjorino post ŝia foriro.

"Nu, mi ja pensis ke ŝi estis baptita kaj loĝis ĉe kristana familio", li diras.

"Prave, sed tiu familio ne plu bezonas ŝin", respondas la sinjorino. "Do ni proponis al ŝi veni labori ĉe ni, kaj ŝi akceptis tion."

"Al ni ja tute ne gravas, ĉu ŝi estas juda aŭ baptita. Cetere, en la malnova tempo judaj familioj preferis havi kristanan servistinon, kiu povis labori ankaŭ sabate", diras la sinjoro kun embarasita mieno, verŝajne duone ŝerce, duone serioze.

"Marta tamen ja konscias sian devenon kaj interesiĝas ankaŭ pri la juda kulturo", aldonas la sinjorino kvazaŭ ekskuze. "Ni sentas respondecon montri kaj klarigi al ŝi kelkajn el niaj tradicioj. Ŝi eĉ foje akompanis nin al la loka sinagogo, kvankam ni mem tro malofte vizitas ĝin, kaj cetere la rabeno alvenas el Stokholmo nur de temp' al tempo por diservo. Sed ŝi estas ambicia knabino, do ni verŝajne ne povos konservi ŝin longe plu. Nuntempe ne estas facile trovi bonan mastrumistinon."

"Same diras mia onklino Frederikke, la edzino de direktoro Falmose", komentas Wilhelm. "Sciu ke la maljuna sinjoro Singer ĉiam memoris la jaron ĉi tie kun granda dankemo", li poste aldonas por forlasi la embarasan temon de la servistino Marta.

"Nu, ni dezirus fari multe pli en tiu terura tempo", diras la sinjorino Wahren. "Sed tio bedaŭrinde ne eblis."

"Sed estus plezuro, se ni nun denove povus fari negocojn kun nia malnova kliento en Kopenhago", diras la sinjoro.

"Mi esperas ke jes. Bedaŭrinde oni ne plu multege aĉetas lanan ŝtofon en la butiko. Superregas la kotono, kaj ankaŭ la sintezaj miksaĵoj komencas modiĝi."

"Mi scias. Oni demandas sin, kien survojas la mondo. La naturaj materialoj ja ĉiuokaze restos superaj, ĉu ne? Nu, mi ja komprenas ke la junaj virinoj preferas montri siajn sveltajn krurojn en nilonaj ŝtrumpoj, sed jakoj, ĉemizoj kaj pantalonoj el orlono, rajono kaj mi-ne-scias-kio, tio memorigas al mi la surogatojn el celuloza lano, kiujn ni devis uzi dum la milita tempo."

Antaŭ ol foriri Wilhelm sukcesas ŝteliri en la kuirejon por provi paroli kun Marta, kiu estas okupata preparante la vespermanĝon de la gesinjoroj.

"Odoras bone", li diras. "Kion vi kuiras por ili?"

"Bovidaĵon kun krena saŭco."

"Aha! Ĉu tio estas tipe sveda plado?"

"Eble."

Ne facilas paroligi ŝin, kaj ankaŭ li mem estas sufiĉe singena, sed fine li invitas ŝin viziti kun li restoracion aŭ kafejon, kiam ŝi estos libera.

"Nu, se jes, do kafejon", ŝi respondas. "Mi ja manĝas ĉi tie ĉiutage."

"Bone. Kiam do? Ĉu morgaŭ?"

"Ne eblas pro la laboro. Sed merkrede mi estos libera post la tria horo."

Tiel li do rekonatiĝas kun la knabino kun malhelbruna hararo kaj nature ruĝaj lipoj sufiĉe dikaj, kiujn li memoras de kiam ŝi estis knabineto. Li prenas ŝin al bela kafejo ĉe urbocentra strato nomata Reĝina Strato, kvankam ŝi proponis pli simplan laboristan kafejon en la norda kvartalo. Ili ambaŭ mendas 'kafon kun kukoporcio', kiu konsistas el cinambulko, peco da spongokuko kaj du kuketoj. Bedaŭrinde la kafo estas pli hele rostita kaj malpli forta ol li preferus. Li memoras ke Willi plendis pri la sama afero antaŭ dek jaroj, sed tiam sendube temis pri surogato. Nun li pensas ke tio tutsimple estas kafo laŭ sveda gusto.

"Ĉu vi trovas la kafon tro malforta?" li demandas Martan, kiu ĵus verŝis iomete da kremo el la miniatura kremujo en sian kafon.

Ŝi kapneas energie.

"Tute ne. Ĝi estas bona."

Poste li ne scias, kion diri. Jen ili do sidas vizaĝo al vizaĝo, rigardante unu la alian en embarasa silento super kafotasoj kaj kukoj, dum lokaj kafumantoj diversaĝaj vigle babilas ĉe la ĉirkaŭaj tabloj, kaj fumo de cigaroj kaj cigaredoj ŝvebas sub la plafono, igante Martan kelkfoje tuseti. Li trovas ke ŝi intertempe fariĝis belulino. Kaj estas io fascina en tio ke ili ambaŭ estas denaskaj vienanoj, kvankam li memoras tre malmulte kaj ŝi nenion ajn el tiu tempo. Tion li ekscias iom post iom, per unusilabaj respondoj al liaj disaj demandoj. Ankaŭ sian gepatran lingvon ŝi jam tute forgesis, ĉar ĉi tie neniu parolis al ŝi germane. Male la kopenhaga familio zorgis flegi la denaskan lingvon de Wilhelm, kaj postmilite en la liceo li povis ankaŭ lerni ĝin pli formale. Sed kun Marta li do devas reaktivigi sian laman svedan lingvon por ekigi same laman konversacion. Kiam ŝi ekridas pri lia klopodo svedigi siajn danajn vortojn, ŝanĝante ĉiun 'e' al 'a', li iomete embarasiĝas, sed samtempe ŝia ĉarma rido ekscitas lin.

Li demandas, kion ŝi kutimas fari en liberaj horoj, kaj ekscias ke ŝi multe legas kaj en merkredoj kelkfoje promenas aŭ vizitas kafejon kun amikinoj.

"Tamen plej ofte pli malmultekostan", ŝi aldonas.

Poste ŝi klarigas ke ĝuste merkrede vespere multaj servistinoj estas liberaj, tiel ke oni eĉ nomas ĝin 'servistina sabato'.

"Ĉu vi vizitas ankaŭ kinejon?" li scivolas.

"Iufoje. Ne tre ofte. Se oni prezentas ion ne tro stultan."

Li baldaŭ rimarkas ke Marta havas karakteron sufiĉe seriozan kaj ne tre frivolan. Tio plaĉas al li. Li fantazias ke tio estas viena trajto, kvankam li ja konscias ke mankas motivo de tia supozo. Pri sia origino ili tamen ne vere interparolas, ĝi simple subkuŝas kiel ia ne menciata bazo de ĉio, kion ili diras aŭ faras. Iom pli multe ili parolas pri siaj estontaj vivoj.

"Mi ŝparas monon, kaj la venontan aŭtunon mi esperas ekstudi en ĉi-urba lernejo por fariĝi flegistino", klarigas Marta.

"Tio estas bona ideo. Vi certe sukcesos pri tio. Miaflanke mi jam studis du semestrojn en la universitato. Matematikon kaj fizikon. Sed intertempe mi devas labori en la butiko por pagi la pluan studadon."

"Kian oficon vi aspiras?"

"Nu, mi ne scias precize. Kredeble de instruisto. Krom se mi fariĝus nova Niels Bohr."

Laŭ ŝia mieno li konkludas ke ŝi tute ne konas la mondfaman danan fizikiston, do li aldonas "aŭ Einstein, se mia talento estus tro relativa", kaj tiam ŝi ridas, kio denove ekscitas lin.

"Ĉu vi ŝatus ĉi-vespere iri al kinejo?" li subite demandas.

"Eble. Se oni prezentas ion bonan kaj ne tro malgajan."

Ŝi rifuzas lian proponon mendi pli da kafo, do ili ekpromenas de la kafejo. La plej proksima kinoteatro afiŝas la usonan 'Sinjoroj preferas blondulinojn'.

"Tio tute ne estas vera", li diras kaj kuraĝas tuŝeti ŝiajn brunajn buklojn permane.

Ŝi denove ridas kaj ĵetas al li rigardon timide esploran. Do ili vagas plu laŭ la ĉefstrato, kaj en la sekva kinejo oni prezentas francan filmon kun la titolo 'La ferioj de sinjoro Hulot'.

"Ha, mi aŭdis pri tiu", diras Marta. "Laŭdire ĝi estas strangeta sed komika."

Tamen restas multe da tempo antaŭ la unua prezentado, do ili pluiras supren laŭ la dekliveto, flanko ĉe flanko, dum li cerbumas pri tio, kiam estos en ordo meti la brakon ĉirkaŭ ŝin. Li faras provon hipokrite protektan, kiam preterpasas flava tramo sur la sufiĉe mallarĝa strato. Sed post kiam ĝi pasis, ŝi liberigas sin de lia brako. Kredeble necesos atendi ĝis la mallumo dum la filmoprezentado.

Ekster la tria kinejo buntas afiŝoj de 'Somero kun Monika'. Wilhelm admiras la nudajn ŝultrojn de Harriet Andersson, sed Marta paŭtas.

"Tiun mi jam spektis, ĉar oni prezentas ĝin delonge. La knaboj ja ŝategas ĝin kaj reiras ĉi tien fojon post fojo, ĉar ŝi aperas nuda dum sekundo, sed mi ne volas denove spekti ĝin."

Ŝi mienas sufiĉe embarasite. Kredeble ŝi trovas tiun filmon tro tikla por spekti kune kun junulo, eĉ se ŝi ne jam konus ĝin. Aŭ ĉu ŝi celis aludi ke ŝi jam spektis ĝin kun knabo? Timante la respondon, li ne demandas.

"Do, ĉu ni interkonsentu pri la francaj ferioj?" li proponas.

"Se vi volas."

Sekvas plua promeneto por pasigi la tempon ĝis la filmoprezentado. Ŝi montras al li la preĝejon de Hedvig, kiun ŝi kutimas viziti en dimanĉoj, kaj parkon kun ia plantejo de kaktoj, kiujn oni jam forigas, ĉar finiĝas la sezono. Post tio ilia kineja vespero fariĝas tre sukcesa. La filmo havas malmulte da dialogo, do estas neniu ajn problemo por li legi la svedajn subtekstojn. Marta aprezas la bizarajn gagojn de sinjoro Hulot eĉ pli ol li kaj ŝajnigas ne rimarki lian brakon ĉirkaŭ ŝiaj ŝultroj. Poste li akompanas ŝin ĝis la stratpordo de la domo de Wahren, dum ili ridante memorigas unu la alian pri la komikaj scenoj de la filmo.

"Bedaŭrinde mi devos jam morgaŭ pluiri al Tampere en Finnlando", li diras antaŭ tiu pordo. "Fakte mi jam prokrastis tion unu tagon."

Li ne diras ke li faris tion pro ŝi, sed espereble ŝi komprenas tion.

"Ĉu vi iam revenos ĉi tien?" ŝi kuraĝas demandi.

"Mi esperas ke jes. Ĉu mi rajtos dume skribi al vi? Mi tre ŝatus havi svedan plumamikinon."

"Se plaĉas al vi, jes."

"Mi timas ke mi tre malbone skribas svede, do vi eble povos korekti mian ortografion."

"Ne gravas. Mi certe komprenos vin. Vi ja parolas bonege."

Tiel do komenciĝas korespondado, kiu daŭras preskaŭ kvin jarojn. Komence la leteroj temas pri neŭtralaj aferoj: unue la laboroj, poste la studoj, plue diversaj mondaj problemoj, kiel la minaco de atombomboj kaj la ĝenerala konflikto inter la du superpotencoj, kiun oni komencis nomi "malvarma milito". Sed iom post iom li kuraĝas konfesi siajn sentojn al ŝi, kaj ankaŭ ŝi timide reciprokas.

Dum tiu tempo ili renkontiĝas unu aŭ du fojojn ĉiujare, kaj ilia interrilato iom post iom stabiliĝas en veran amrilaton, kvankam en longa distanco. Kelkfoje ili ŝerce disputetas, en kiu urbo estus plej bone daŭre loĝi.

"Mi ŝatus resti ĉi tie", ŝi diras dum renkontiĝo en Norrköping. "Fakte mi ne memoras loĝi aliloke."

"Tamen Kopenhago tre plaĉis al vi, kiam vi vizitis min, ĉu ne? Ĝi estas urbego, kiu proponas amason da distraĵoj, tamen sufiĉe kvieta kaj amika."

"Mi ja ŝatis viziti ĝin, sed loĝadi tie estus tute alia afero. Kaj ege malfacilas kompreni la lingvon."

"Mi pensis same, veninte al Svedio kiel naŭjarulo. Sed post duonjaro mi jam komprenis ĉion perfekte."

Tio estas eta troigo, sed ne necesas detalumi pri liaj tiamaj problemetoj.

Ilia akordo pri estonta komuna vivo tamen longe restas ne-formala, ĝis li finfine kuraĝas svati sin al ŝi, kaj ili ambaŭ inter-konsentas pri kompromisa loĝloko.

Ili do geedziĝas en la urbodomo ĉe la Granda Placo de Malmö kaj ekokupas sian unuan komunan loĝejon en la malnova okcidenta kvartalo de la sama urbo. Ĝi konsistas el unu ĉambro kaj kuirejo, kun gisa forno por la kuirado kaj hejtado, primitiva kaj fetora necesejo transkorte kaj komuna banĉambro modere pura en la kelo. Marta, kiu jam de jaro estas preta flegistino, havas tempon labori nur dum jaro en la ĉefa urba hospitalo, antaŭ ol peti forpermeson por naski kaj prizorgi la unuan filon. Ekde tiam la ĵus ekzamenita instruisto Wilhelm devas sola vivteni sian etan familion per sia ofico en novkonstruita liceo. Feliĉe, por instrui matematikon kaj fizikon en Malmö ne necesas skribi senerare la svedan lingvon. Verŝajne pli gravas bone regi la grekajn literojn.

Baldaŭ li iras kun siaj edzino kaj fileto por viziti sian danan familion. La maljunuloj ja ne plu ekzistas, kaj nun ankaŭ la onklo kaj onklinoj sufiĉe maljuniĝis. Onjo Willi denove suferas pro siaj pulmoj, kvankam la iama tuberkulozo estas kuracita per helpo de modernaj antibiotikoj.

"Mi tre kontentas vidi vin feliĉa kaj kun propra familieto", ŝi diras al li.

"Vi scias ke tio estas dank' al vi, Onjo."

"Nun ne iĝu sentimentala, bubo. Cetere mi neniam havis grandan paciencon por beboj, kaj nun eĉ malpli ol iam. Tamen mi rigardas vian knabeton kaj diras al mi ke li estas la nepo de Louise. Tio estas neimagebla sed iel grandioza."

Dum tiu vizito Marta plej interesiĝas pri la kuzo David, lia edzino Elise kaj filino Mirjam. Pri la lasta, ĉar ŝi estas pli-malpli samaĝa kiel Marta kaj nun studas medicinon en la universitato de Kopenhago. Kaj pri ŝiaj gepatroj, ĉar ili ŝajne estas la plej judisma parto de la klano Singer. Marta ne laciĝas demandi ilin, kiel ili celebras la diversajn festojn, kion ili kutimas manĝi kaj multajn aliajn detalojn.

"Ĉu vi intencas rekonvertiĝi?" Wilhelm poste demandas ŝin nur duone ŝerce, dum ili revojaĝas hejmen per granda pramo.

Ŝi kuntiras la brovojn.

"Certe ne. Sed tiaj aferoj ja gravas. Mi volas scii, de kio mi venas. Ĉu ne vi?"

"Nu, eble. Sed mi ja vivis inter tiuj familianoj, do mi jam delonge konas iliajn diversajn kutimojn. Eble por mi pli gravas, kien mi iros kune kun vi."

Marta alprenas penseman mienon sed ne komentas tion.

"Kaj pri Mirjam mi memoras ĉefe ke ŝi ĉiam klaĉis al la panjo, kiam mi tiris al ŝi la harplektaĵojn", li aldonas.

Tiam Marta ridetas.

"Mi ĉiam supozis ke vi estis bonkonduta knabo."

"Mi ja estis tia. Jam kiel infano. Sed ŝi estis eta klaĉulino."

"Vi kompreneble enamiĝis al ŝi."

"Neniam. Vi estas mia unua amo, Marta. Kaj lasta."

Tiam ŝi denove ridetas, ĝis la bebo Gunnar vekiĝas kun eksploro.

### Dektria ĉapitro
# Bruligi librojn
**Filippa, aprilo – septembro 2016**

Dum la vintro kaj printempo la ĉiutaga vivo ŝajnas al Filippa fiksiĝi pli kaj pli profunde en la radsulkoj de banala rutino. La sento de la lastjara printempo revenas, kaj ŝi komencas demandi sin, ĉu ŝi suferas de sezonaj deprimoj. Ŝia rilato kun Kasim daŭras kiel antaŭe, sen dramoj aŭ krizoj, sed ankaŭ sen novaĵoj aŭ surprizoj. La merkredoj kun Jonas okazas malpli ofte ol antaŭe, tamen ankaŭ ili fariĝas ia rutino, ja kontentiga, sed ne plu tre ekscita. Ŝi regule vizitadas Avon Wilhelm, kiu ankoraŭ restas en bona spirita sano, kvankam li devas uzi rulapogilon por paŝi, ĉar la kruroj ne plu tre fidindas, kaj krome la dorso iom turmentas lin. Ĉar la domo estas senlifta, kaj li loĝas en la dua etaĝo, eliri jam fariĝis por li iom pena entrepreno. De temp' al tempo ŝi intervjuas lin pri lia vivo, sed kiam ŝi poste provas verki ion surbaze de lia rakontado, la inspiro evitas ŝin.

En la socio ĉio ŝajne stabiliĝis en novan normalon. En Sirio plu daŭras la milito, nun jam kun partopreno de Rusio ĉe la flanko de Asad. Sed rifuĝantoj apenaŭ plu sukcesas atingi la svedajn landlimojn, kie oni malgraŭ tio plu kontrolas la identigajn dokumentojn de ĉiuj alvenantoj, eĉ de tiuj, kiuj ĉiutage reiras hejmen de sia laborejo. Dume centmilo el la rifuĝantoj alvenintaj en la antaŭa jaro ankoraŭ atendas decidon, ĉu oni konsentos al ili azilon en Svedio aŭ ne.

Ankaŭ la rasistaj atakoj kontraŭ rifuĝintoj daŭras, kvankam malpli ofte, kaj fariĝas iel rutinaj. Filippa apenaŭ plu reagas, legante aŭ aŭdante esprimojn de malamo, kiuj trafas ankaŭ homojn delonge vivantajn en la lando, aŭ eĉ tiujn, kiuj naskiĝis tie al enmigrintaj gepatroj, kiel Kasim. Li daŭre montras neniun emon forlasi la gepatran hejmon. Kiam li ne pasigas tempon kun ŝi aŭ laboras en la butiko de sia kuzo, li pasigas pli kaj pli da horoj hejme antaŭ komputila ekrano, plej ofte ludante ion, kion ŝi nek

komprenas nek volas ke li dividu kun ŝi. De temp' al tempo li
ja tranoktas ĉe ŝi en Lund, kaj alifoje liaj gepatroj invitas ŝin al
vespermanĝo. Sinjoro Khouri plu prezentas al ŝi siajn taksiajn
anekdotojn, dum lia edzino klopodas grasigi ŝin per dolĉegaj
kukoj.

Post varma printempo ankaŭ la somero komenciĝas varme kaj
seke, sed baldaŭ la vetero iĝas pli normale varia. En la fino de junio
la britoj en referendumo voĉdonas por forlasi la Eŭropan Union.
La neatendita rezulto konsternas Filippan kaj aliajn homojn en la
cetera Eŭropo, kaj ŝajne ankaŭ parton de la intelektuloj en Britio
mem. Oni demandas sin, kiel tiu decido influos la ekonomion
de Britio, kaj cetere ankaŭ de Svedio, kiu eksportas multe al tiu
merkato. Kelkaj eĉ antaŭvidas disiĝon de la tiel nomata Unuiĝinta
Reĝlando, ĉar la plej multaj skotoj, kimroj kaj nord-irlandanoj
voĉdonis por resti en EU.

"Ĉu temas pri kreskanta naciismo?" demandas Filippa, sidante
en la kuirejo de avo Wilhelm. "La angloj volas forlasi Eŭropon, la
skotoj Brition, la katalunoj Hispanion. Ŝajnas ke la tuta Eŭropo
balkaniĝas. Baldaŭ eble Skanio deklaros sendependecon!"

La avo ekridetas pri ŝia ŝerca antaŭdiro.

"Aŭ eble Danlando aneksos ĝin, kiel faris Rusio pri Krimeo",
li diras.

Poste li tamen reserioziĝas.

"Eble temas pri naciismo, eble nostalgio pri la epoko, kiam
la Brita Imperio ĉirkaŭis la mondon", li daŭrigas. "Sed verŝajne
temas ĉefe pri la malnova ideo ke pri niaj problemoj kulpas ne ni
mem, sed iuj aliaj. La judoj. La enmigrintoj. La eŭropanoj. Fakte la
angloj neniam konsideris sin mem eŭropanoj, do ŝajnas iel logike
malankri la insulon kaj veli for. Sed ankaŭ svedoj longe estis sufiĉe
skeptikaj pri tiu unio."

"Tamen Britio ja estas ano de EU multe pli longe. Ĉu vi pensas
ke estos gravaj problemoj pro ĝia secesio?"

"Eble. Kion mi plej timas, estas la reagoj en Nord-Irlando.
Espereble la murdado ne rekomenciĝos tie. Sed se la norvegoj
kapablas vivi ekster la unio, mi supozas ke ankaŭ la britoj iel

elturniĝos. Mi memoras ke en 1960, kiam oni fondis la Eŭropan Liber-Komercan Asocion, mia onjo Willi miris pri tio ke Britio estas unu el ĝiaj membro-ŝtatoj, kun Danlando, Svedio, Aŭstrio kaj ankoraŭ kelkaj aliaj. Tiam ŝi rakontis ke ŝi iam en Vieno intervjuis fruan eŭropan federaliston, kiu jam en la dudekaj jaroj aŭguris la fondon de Eŭropa Unio, tamen sen Britio."

"Ha, mi tute ne sciis ke oni tiel frue planis tion."

"Nu, sendube tio estis iom nematura ideo, ne realisma plano. En tiu tempo ja ĝermis naciismoj eĉ pli ekstremaj ol la nunaj."

"Espereble tio ne ripetiĝos estonte."

"Tio dependas de vi, knabineto, kaj de viaj samaĝuloj. Mi ne plu povas fari multon por aŭ kontraŭ la monda evoluo."

Komence de aŭgusto Filippa sukcesas aranĝi sekretan kunestadon kun sia amanto Jonas. Normale ili ne povas pasigi plenan nokton kune, ĉar li devas hejmeniri al sia familio. Sed nun liaj edzino kaj infanoj forvojaĝis por pasigi feriojn ĉe lia bopatrino en Dalekarlio. Dume li kaj Filippa partoprenos en semajnaj kursoj en la popola altlernejo de Fridhem, situanta en la vilaĝo Svalöv kvindek kilometrojn norde de Malmö. Ili tamen ne elektis la saman kurson. Filippa aliĝis al klaso de proza verkado, dum Jonas lernos betonmuldadon.

"Betonmuldadon!?" ŝi ekkrias, eksciante lian elekton. "Ĉu vi intencas fariĝi konstrulaboristo?"

"Temas pri arta muldado", li klarigas. "Eblas fari pli-malpli kion ajn el betono. Jen miranda materialo. Jam la antikvaj romianoj uzis ĝin. Sed mi volas fari aferojn por nia ĝardeneto. Benkon, tablon, potojn por la tomatplantoj, banujon por la birdetoj. Eble eĉ statueton, se mi bone prosperos pri la tekniko."

Filippa scias ke li loĝas en vicdomo kun ĝardeno de proksimume kvindek kvadratmetroj ie en la urbeto Svedala. Sed ŝi ne volas paroli pri lia hejmo, ĉar tio aŭtomate pensigus pri lia familio.

"Bone", ŝi diras. "Vi sidos stabile sur via betona benko. Eble vi faru ĝardenan koboldon?"

"Nu, kial ne? Tio estas popola arto. Ne estu tro snoba!"

Pro la geografia proksimeco ja eblus alveturi ĉiutage el iliaj hejmoj en Svedala kaj Lund respektive, kvankam tio malfaciligus partoprenon en la vesperaj programoj de la lernejo. Sed tiel ili ne planis la semajnon. Ambaŭ elektas tranokti en la lernejo, ĉiu en sia unupersona ĉambro. Nu, oficiale ĉiu en sia, sed reale nun eblas pasigi la tutajn noktojn kune. Baldaŭ ili tamen rimarkas ke la litoj de la lernejo ne vere estas duopersonaj. Do, sufiĉe ofte ili tamen disiĝas meze de la nokto, por dormi kviete kaj komforte ĉiu en sia ĉambro post la seksumado kaj la sekva babiletado. La ĉefa diferenco de la kutimaj merkredoj eble estas ke ili nun kunkuŝas en lito, ne sur dormomato inter plantoj de forcejo.

Dumtage ili jen kaj jen ekvidas unu la alian, precipe en la komuna manĝejo okaze de la paŭzoj. Tiam ili salutas ĝentile kaj senemocie, kiel iamaj kolegoj, ĉar ja povus facile okazi ke ĉeestas iu konato, kiu partoprenas en alia somera kurso kaj devas ne vidi ilin en pli intima interrilatado.

Fakte, en la kvara nokto Filippa komencas trovi la kunestadon iom enua. La seksumado ja estas bona kvankam eble ne necesa absolute ĉiunokte, des pli ĉar jam ekde la tria vespero Jonas ŝajnas iom malpli impeta ol kutime. Sed ili ne plu havas multege da komunaj interesoj por priparoli. La spertoj de iliaj respektivaj kursoj ne tro interesas la alian, kaj la temo de iamaj komunaj labortaskoj baldaŭ elĉerpiĝas. De temp' al tempo li iom fanfaronas pri siaj infanoj, kaj ŝi pri sia unujara nevo en Västerås. Pri lia edzino kaj ŝia koramiko ili tamen diskretas. Ankaŭ la temon de rifuĝantoj ŝi jam evitas. Kiam ŝi ekparolis pri tio en la pasinta vintro, lia reago sufiĉe elrevigis ŝin.

"Ni tamen ja ne povas akcepti la tutan mondon en Svedion", li diris.

"Kial blagi pri la tuta mondo? Ĝi certe ne petis azilon. Venis iom pli ol centmilo da homoj. Al la eta malriĉa Libano venis miliono, kaj al Turkio du milionoj."

"Sed mi ne volas ke Svedio fariĝu nova Libano."

Do necesas trovi pli neŭtralajn paroltemojn.

Aliflanke, la dumtaga kurso vere entuziasmigas ŝin. La kursanoj, dek du virinoj diversaĝaj kaj du maljunaj viroj, estas simpatiaj

kaj plejparte sufiĉe spertaj. La instruisto donas tute mallongajn
verko-taskojn, aŭ pli ĝuste, la tempo por plenumi ilin estas mallo-
ngega. Dek minutoj, plej ofte. Kaj kiam la kursanoj poste en vico
laŭtlegas siajn tekstetojn, li trovas kuraĝigajn vortojn por diri
pri ĉiu el ili. Ŝi vere admiras lian kapablon trovi komenton, kiu
efektive ŝajnas individue adaptita kaj tute ne kliŝa. Ŝi mem trovas
nenion por diri pri la verkaĵoj de la aliaj kursanoj, krom ke ili ĉiuj
ŝajnas pli talentaj ol ŝi.

En unu el la lecionoj la instruisto parolas pri famaj roman-
komencoj kaj malpli famaj romanfinoj. Sekvas tasko, en kiu oni
elektu unu el kelkaj bonaj romankomencoj kaj verku daŭrigon
de ĝi, aŭ male romanfinon kaj verku antaŭan rakonton, kiu
kondukas al ĝi. Aliaj kursanoj tuj elektas daŭrigi komencojn de
Tolstoj, Austen, Lagerlöf kaj Strindberg, sed ŝin kaptas la fino de
'Kanto de Solveig', romano de Lassi Sinkkonen pri la infanaĝo kaj
junaĝo de malriĉa orfino en Helsinko. 'Sed mi decidis vivi.' Jen la
lastaj vortoj de tiu verko, kiun ŝi antaŭe ne konis sed nun decidas
baldaŭ legi. Kompreneble ŝi tute ne kontentas pri sia provo verki
ion, kio povus antaŭi tiun lakonan finon, sed la vortoj kaj la tasko
iel fiksiĝas en ŝi.

Unufoje ŝi telefonas al Kasim, kiu restas en Malmö, laborante
kiel kutime. Ŝi eĉ esprimas bedaŭron ke li ne povas veni viziti ŝin
iuvespere, kvankam tio ja necesigus iom da zorga planado, por
ke ne okazu embarasa kunpuŝiĝo de rivaloj. Sed bonŝance li tro
multe laboras por fari tian ekskurson.

En la antaŭlasta vespero ŝi diras al Jonas ke ŝi devas verki pli
longan taskon ĝis morgaŭ, do ŝi devas esti sola. Tio ne estas vera,
sed ŝi supozas ke li ne povos ekscii tion.

"Bone, ĉu mi do venu al vi pli malfrue?"

"Mi ne scias, kiom da tempo mi bezonos. Se mi plu havos
sufiĉan forton, fininte la taskon, mi venos al via ĉambro."

"En ordo. Intertempe mi faros promenon en la ĉirkaŭaĵo. Oni
manĝas iom tro ĉi tie kaj bezonas moviĝi. Mi esploros, ĉu videblas
iaj birdoj ĉe la artefarita lago."

La lastan nokton ili tamen pasigas kune. Ŝi jam rimarkis ke la
homoj de la najbaraj ĉambroj kelkfoje rigardas ŝin ironie, kiam ili

renkontiĝas matene. Eble ŝiaj amorĝemoj penetris tra la muroj, kaj ili konsideras ŝin vera nimfomano. Sed ŝi fajfas pri tio. Nun en la lasta nokto ŝi volas ĝui, kiom ajn ŝi povas. Fakte eĉ Jonas ekskuzas sin, dirante ke eble necesas ankaŭ iom dormi por havi forton morgaŭ. Li ne precizigas, por kio li bezonos forton, sed ŝi scias ke li ekiros norden por aliĝi al siaj familianoj ĉe la bopatrino.

"Morgaŭ vi ne havos min", ŝi respondas. "Tiam vi amu vian betonon. Sed nun denove mi ŝatus rajdi."

Kiam Filippa volas reveni al sia kutima ĉiutaga vivo, okazas io neatendita. Unu vendredon fine de aŭgusto ŝi venas al la falaflobutiko je la fermohoro. Estis varmega tago, eble la lasta vera somera tago, kaj la vespero daŭre estas varma. Ŝi interkonsentis kun Kasim iri al la urba strando por nokta naĝado. Ĉi-foje ŝi eĉ memoris kunporti bikinon.

"Mi tre bedaŭras", diras Mahmoud, malferminte al ŝi la stratpordon. "Mi vere klopodis reteni lin, sed li tute freneziĝis. Li forkuris, kvankam mi minacis maldungi lin."

Filippa estas konsternita. Ĉu tio estas stulta ŝerco? Ĉu post momento Kasim aperos salte kiel klaŭno-en-skatolo, ridante kaj dirante ion ŝercan?

Sed ne, tio ne estus laŭ lia karaktero. Ĉu li do forkuris de ŝi? Ĉu li iel eksciis pri ŝia semajno kun Jonas? Eble iu komuna konato vidis ilin kune en la popola altlernejo?

"Kio do? Kien li...?" ŝi balbutas.

"Al Rosengård. Okazas tumulto tie kontraŭ tiu freneza dano Paludan. Aŭskultu, Filippa, mi vere malpermesis al li foriri, sed li firme decidis enmerdiĝi. Kion fari? Mi ne povis ŝnuri lin."

Subite ŝi ege laciĝas kaj falsidiĝas sur unu el la seĝetoj por gastoj.

"Kia tumulto?"

"Nu, evidente la nenifaruloj de Rosengård protestas kontraŭ la koranbruligantoj per bruligo de aŭtoj kaj disĵetado de rubo. Eble ili aŭdis ke ribelantoj kutimas konstrui barikadojn, sed eĉ pri tio ili montriĝas sentaŭguloj."

Filippa sentas sin paralizita. Mahmoud metas glason da limonado antaŭ ŝin.

"Vi povus provi telefoni al li, ĉu ne?" li diras. "Eble li aŭskultos vin pli ol min."

Kvazaŭ maŝine ŝi elpoŝigas sian telefonon kaj fingropremas lian nomon en la listo. Sed li ne respondas.

Iom post iom, per la klarigoj de Mahmoud kaj ankoraŭ pli per la regionaj televidaj novaĵoj, kiujn ŝi spektas telefone, la afero pliklariĝas. Ŝajnas ke la tiel nomata artisto Dan Park ĉi-momente ne estas en malliberejo, ĉar li petis de la polico permeson aranĝi manifestacion. Li faris tion komisie de la dana ekstremdekstra aktivisto Rasmus Paludan, kiu estas konata pro sia longa vico da juraj disputoj, kalumnioj kaj minacoj kontraŭ diversaj privatuloj. Lastatempe li okupiĝis ĉefe pri polemiko kaj manifestacioj direktitaj kontraŭ Islamo kaj islamanoj. Same kiel Dan Park li estas kelkfoje kondamnita de tribunaloj pro krimoj de malamo. La manifestacio, pri kiu oni nun petis permeson, konsistus el bruligado de ekzemplero de la Korano ekster la moskeo de Rosengård en Malmö tuj post la vendreda preĝo tie.

Paludan jam realigis kelkajn bruligojn kaj alian mistraktadon de koranoj en diversaj kvartaloj de Kopenhago, kie loĝas multaj islamanoj, kaj nun li evidente volas eksporti tiun kutimon al Svedio. Rosengård estas granda kvartalo, kie loĝas pli ol dudek mil homoj, plejparte enmigrintoj kaj idoj de enmigrintoj. Multaj el ili estas islamanoj.

La planita manifestacio komprenebnle bezonus fortan protekton de la polico, kaj ĝuste tial oni petis la permeson. Sed pro la sama kialo la polico ne donis permeson, kaj tiun rifuzon poste konfirmis administra tribunalo, ĉar oni ne povus garantii la sekurecon.

Malgraŭ tio Rasmus Paludan hodiaŭ alveturis de Kopenhago, aŭ pli ĝuste, li provis alveturi. Per la landlima kontrolado enkondukita lastjare pro la granda alfluo de rifuĝantoj, la sveda landlima polico haltigis lin kaj "pro sekurecaj kialoj" malpermesis al li eniri en Svedion.

Malgraŭ tiu haltigo, liaj svedaj simpatiantoj ja aranĝis manifestaciojn kun bruligado kaj mistraktado de koranoj en Malmö. Sen polica protekto ili evidente ne kuraĝis fari tion ĉe la moskeo de Rosengård sed en apuda industria kvartalo kaj sur la Granda Placo de la urbocentro. Bildojn kaj raportojn oni tuj disvastigis en Interretaj forumoj, kun rapida pluraportado en radio kaj televido.

Kiam ĉio ĉi konatiĝis, ĉi-vespere kolektiĝis centoj da junuloj en la kvartala centro de Rosengård por protesti. Ili amasigis rubon sur la ĉefa strato kaj ekmarŝis direkte al la urbocentro, supozeble por alfronti la koranbruligantojn. La polico rapide mobilizis grandan forton kaj haltigis ilin post nelonge. Komenciĝis furioza batalo kontraŭ la polico kaj frakasado de ĉio frakasebla en la ĉirkaŭaĵo.

Kaj evidente Kasim elektis aliĝi al tiu tumulto.

Filippa ne kuraĝas telefoni al liaj gepatroj por ekscii ion pri li, kaj cetere ili verŝajne scias nenion. Do ŝi forlasas la butikon kaj iras hejmen. Dum la trajnado al Lund ŝi sendas al li tri mesaĝojn, petante ke li urĝe kontaktu ŝin.

Ĉar tio ne okazas, ŝi denove provas telefoni al li kelkfoje dum la nokto, tamen vane. Sabate matene ŝi anstataŭe parolas kun Mahmoud.

"Mi rakontis la aferon al mia onklo", li diras. "Ĉar li aŭdis nenion de Kasim, kredeble la polico kaptis lin. Se li estus en hospitalo, oni sciigus tion al la gepatroj."

"Ĉu eblas telefoni al la polico por ekscii?"

"Ne indas. Sed oni devos baldaŭ liberigi lin, krom se prokuroro decidos formale aresti lin."

Posttagmeze finfine alvenas tekstmesaĝo de Kasim. 'Mi ĉe gepatroj. Telefonos morgaŭ. Tro laca nun.' Malgraŭ tio ŝi tuj telefonas al li, kaj li efektive respondas.

"Filippa, mi ne havas forton nun paroli. Atendu ĝis morgaŭ, mi petas."

"Sed kio okazis? Ĉu vi estas sana? Ĉu la polico kaptis vin? Diru ion!"

"Mi estas sana sed laca. Jes, la porkaĉoj tenis min ĝis hodiaŭ. Mi telefonos."

Li rompas la interparolon. Nu, aŭdinte lian voĉon, ŝi jam denove pli koleras ol maltrankvilas. Ŝi eliras por promene liberiĝi de la kolero sed baldaŭ sidiĝas en trotuara trinkejo. Dum ŝi rapide trinkas glason da biero, ŝi klavas longan koleran mesaĝon al Kasim per sia telefono. Finfine ŝi tamen ne sendas ĝin sed mendas duan bieron kaj meditas plu en soleco. Sufiĉe nebulkapa ŝi fine reiras hejmen. Kaj nun ŝi povas ripozi kaj eĉ dormi post la pasinta sendorma nokto.

Dimanĉe vespere ŝi denove staras en la falaflobutiko. Tie ŝi ekscias lian historion, pecon post peco inter la klientoj. Jen kaj jen ankaŭ Mahmoud aldonas vinagran komenton el sia loko en la kuirejo.

"Ĉu vi estos akuzita en tribunalo?" ŝi demandas.

"Mi ankoraŭ ne scias. Sed pri kio oni akuzu? Mi faris nenion."

"Do, kial oni kaptis vin?"

"La polico kaptis tiujn, kiujn ili povis, pli-malpli hazarde. Mi simple estis en malbona loko je malbona horo kaj havis malbonan koloron de la haroj."

Filippa rezigne skuas la kapon, dum li priservas la lastan klienton, antaŭ ol Mahmoud ŝlosas la stratpordon kaj pendigas la ŝildon 'fermita'.

"Mi simple ne komprenas, kiel vi pensis", ŝi diras. "Vendrede estis tia varmega vespero. Ni ja interkonsentis iri al la strando."

"Nu, kaj do? Estis eĉ pli varmege en Rosengård! Mi volis iri tien por vidi, kio okazas. Oni ne rajtu bruligi nian sanktan libron senpune."

"La bruligado okazis sur la Granda Placo, mi pensas. Sed tiuj idiotoj certe ne longe restis surloke. Cetere mi ne komprenas, kiel tio vundis vin. Vi preskaŭ neniam iras al moskeo. Ĉu vi entute legis la Koranon?"

"Mi ne scias legi ĝin. Sed kiam oni bruligas ĝin, oni bruligas ĉiujn islamanojn. Ni ne toleru tion!"

Dum li laŭtigas la voĉon, lia kuzo Mahmoud grumblas en la kuirejo kaj ĵetas al ili malicajn rigardojn.

"Balau la plankon anstataŭ babili stultaĵojn!" li krias.

"Aŭskultu, Kasim", diras Filippa. "Mi ne akceptas tian brulig-adon, sed ni povas nenion fari kontraŭ tio. Kiom do helpas bruligi aŭtojn kaj ĵeti ŝtonojn sur la policistojn?"

"Neniom", intervenas Mahmoud, kiu evidente aŭskultas ilian interparolon pli ol ŝi pensis. "Des pli, se estas aŭtoj de iliaj najbaroj, kiuj verŝajne mem estas islamanoj."

"Ĉu mi diris ke oni bruligu aŭtojn? Mi ne faris tion, sed ja gravas protesti kontraŭ la rasistoj."

"Bone", diras Filippa, "sed ili sendube jam frue kaŝiĝis en siaj truoj."

"Ni tamen pravis protestante. Vidu, ili bruligis la Koranon samloke kie okazis tiu cionista manifestacio antaŭ du jaroj."

"Sed tiuj idiotoj ne estas cionistoj. Dan Park atakis ankaŭ judojn. Verŝajne li estas nazio, aŭ mi-ne-scias-kia ajnisto. Ili elektis la Grandan Placon simple ĉar ĝi estas la Granda Placo."

Dum ili disputas, Kasim ŝvabras la plankon de la butiko. Dume Mahmoud ordigas kaj purigas en la kuirejo. Fine ili estas pretaj por forlasi la butikon kaj disiri.

"Filippa", diras Mahmoud tuj ekster la pordo. "Prenu ĉi tiun bubon kaj portu lin hejmen al lia patrino. Mi ne volas aŭdi de miaj geonkloj ke mi ne sukcesis mastri ilian plej junan kaj dorlotitan filon."

"Fakte mi preferus iri kun li al la strando. Ankoraŭ estas sufiĉe varme. Poste mi liveros lin al la panjo."

Subite kaptas ŝin sento, pri kiu ŝi ne scias, kie ĝi fontas. Ŝi rigardas sian koramikon. Ĵus ŝi ege koleris kontraŭ li, kaj nun tute alia timo perdi lin sidas kiel granda tubero en ŝia brusto.

"Kasim", ŝi diras. "Ĉu mi povus por escepto tranokti ĉe vi post la naĝado?"

"Bone, se vi volas", diras Kasim iom surprizite. "Tamen mi devas unue telefoni hejmen. Paĉjo postulas ke mi sciigu, kie mi estas."

"Kompreneble", diras Mahmoud. "Li ne volas denove iri preni vin de la polica arestejo."

Li foriras al sia aŭto, dum Kasim ekpromenas flanko ĉe flanko kun Filippa tra la malluma kaj varma aŭgusta vespero, survoje al la urba strando.

"Vi ne komprenas", li diras al ŝi, kiam ili jam transiris la straton Bergsgatan. "Kiam oni komencas bruligi la Koranon, tiam oni transiras definitivan limon. Simple ne eblas toleri tion. Iu devas meti finon al tio."

La akvo de la markolo en ĉi lasta aŭgusta nokto estas varmeta kaj karesa. Transe brilas la lumoj de Kopenhago. Naĝante, Filippa pensas pri sia avo kaj lia dana familio. Iam ili devis transiri ĉi tiun akvon por savi siajn vivojn ĉi-flanke de la markolo. Nun iu frenezulo alveturis de tie transe por bruligi koranon. Se oni demandus lin kial, li sendube respondus ke li faras tion por defendi la liberecon de esprimo, same kiel Lars Vilks kaj aliaj klarigas siajn ofendajn karikaturojn.

"Kial oni entute bruligas librojn?" ŝi pene elspiras kaj komencas renaĝi al la tero. "Ĉu ne estus pli bone *verki* librojn, se oni volas uzi la liberecon por esprimi ion?"

Sed Kasim ne respondas. Li estas tro malproksime por aŭdi, kion ŝi diras. Do ŝi naĝas plu direkte al li.

"Ankaŭ la nazioj komencis, bruligante librojn", ŝi diras atingante lin ĉe la longa banvarfo.

"Kiujn? Ĉu la Koranon?"

"Eble. Mi ne scias. Poemarojn, mi pensas. Kaj romanojn. Poste ili daŭrigis pri homoj."

Ili kune supreniras inter la dunojn kaj komencas revesti sin, dum ŝi demandas sin, kio nun okazos al ilia amrilato. Ĉu li daŭrigos pri ĉi tiaj stultaĵoj? En du animskuaj tagoj ŝi iris de maltrankvilo tra kolero al timo perdi lin. Ŝi pensas pri la tago antaŭ tri jaroj, kiam ŝi unuafoje renkontis lin ĉi tie sur la strando. Ĉu post ankoraŭ tri jaroj ili daŭre estos paro? Kaj ĝenerale kia estos ŝia vivo? Ŝi certas ke ĝi ne povos resti sama. Io grava devos ŝanĝiĝi, sed kio?

Post semajno ŝi estas denove ĉe la avo por eble ekscii pli multe pri lia vivo. Ĉi-foje ili ne manĝas buterpanojn sed nur trinkas kafon kun kelkaj kuketoj, kiujn ŝi mem alportis de butiko. La kafaparato disaŭdigas sian raslan sonon, kaj ŝi memorigas al si ke estas tempo denove senkalkigi ĝin.

"Avo", ŝi diras, verŝante kafon en la tasojn. "Lastatempe mi ekpripensis, ĉu peti forpermeson de la laboro por studi verkadon.

Tiu popola altlernejo, kie mi pasigis semajnon, havas ankaŭ tutjaran kurson."

"Ho, tio sonas interese. Sed kiel vi vivtenus vin? Ĉu vi jam ŝparis sufiĉe da mono por tio?"

"Tute ne. Mi denove pruntus."

"Sed vi jam havas ŝuldojn pro la studoj, ĉu ne? Eble mi povus iom kontribui."

"Ne, Avo! Dankon, sed tion vi ne faru. Iom pli da ŝuldoj ne gravas. Sed mi devos atendi ĝis venontjare. Aŭskultu, Avo, mi vere ŝatus iam verki pri via vivo! Vi travivis tiel eksterordinarajn aferojn, mi pensas. Kaj pri via onjo Willi. Vi jam rakontis multe pri ŝi, sed se mi ekverkus, mi devus intervjui vin ege pli multe. Ĉu vi akceptus tion?"

"Certe. Kun plezuro mi eltenus vian pridemandadon, knabineto."

"Willi certe estis mirinda virino en sia epoko. Kaj ŝi rakontis al vi multe pri via patrino, ĉu ne?"

"Iom ŝi ja rakontis. Kompreneble poste, kiam jam estis tro malfrue, mi ekpensis ke mi devus aŭskulti ŝin pli atente. Sed tio por mi estis kvazaŭ fabeloj."

"Mi komprenas. Fakte mi kelkfoje demandis Paĉjon pri niaj parencoj, sed li povis rakonti preskaŭ neniom. Eĉ pri vi kaj Avino ege malmulte. Li diris ke kiam li estis juna, li ne kuraĝis demandi pri tiaj aferoj, ĉar li sentis kvazaŭ estus io hontinda pri la historio de la familio. 'Mi pensis ke mi ne rajtas demandi', li diris."

La avo alĝustigas sian kafotason sur la subtaso kaj sulkas la brovojn.

"Ĉu vere? Nu, mi ne memoras ke li iam demandis pri tiaj aferoj. Nek Erik, eĉ ne kiam li aliĝis al sia sekto. Sed se ili ja demandus, mi ne scius rakonti tre multe."

"Ĉu vi mem neniam provis esplori pri via familio?"

"Kiel mi faru tion? Ili mortis."

"Sed en diversaj arkivoj. Kaj vi havas parencojn en Usono, ĉu ne?"

"Sufiĉe forajn parencojn, ne nur geografie. Duarangajn kuzojn, kiuj eble jam mortis. Eble vi havas kvararangajn, sed kiel trovi ilin? Kaj ĉiuokaze ili supozeble scias nenion pri la komunaj prapatroj."

"Mi komprenas. Tamen vi povus traserĉadi arkivojn en Vieno, ĉu ne? Aŭ en Israelo."

"Tro malfruas por mi. Se tio interesas vin, vi mem faru tion. Sed ĉu vi ne volas verki pri via propra vivo?"

"Tio fariĝus enua rakonto. Nenio ja okazas al mi."

"Ĉu vere? Do kio pri via pli aĝa amanto?"

"Baf! Pri tiu afero mi prefere silentu. Kaj ankaŭ vi. Mi eĉ komencas bedaŭri ke mi rakontis tion al vi. Fakte mi ŝatus verki pri via onjo Willi. Ŝi ŝajnas al mi tre interesa. Ĉu ŝi estis feministo?"

Wilhelm ridetas super sia kafotaso.

"Eble. Mi ne scias. Mi eĉ ne certas, precize kio estas feministo. Ŝajne ekzistas diversaj specoj aŭ skoloj, ĉu ne?"

"Ne demandu min. Mi estas malklera ĝardenisto. Sed mi vere bedaŭras ke mi ne povis renkonti ŝin. Kiam ŝi mortis?"

"En sesdek tri. Ege tro frue. Se ŝi pli domaĝus siajn pulmojn, rezignante la cigaredojn, ŝi povus vivi multe pli longe."

"Ĉu vi tiam estis kun ŝi?"

"Bedaŭrinde ne en la fina momento. Sed mi ja vizitis ŝin plurfoje en la Ŝtata Hospitalo de Kopenhago. Kaj pli frue, en ŝia lasta somero, ni multe interparolis. Mi kaj la familio pasigis semajnon kun ŝi en pensiono ĉe la maro. Fakte tio estis la sama pensiono, de kiu ni fuĝis al Svedio dudek jarojn pli frue."

"Ĉu do ankaŭ mia patro estis tie?"

"Certe. Gunnar estis trijara, kaj Erik apenaŭ duonjara. Sed pri ili kompreneble plej multe okupiĝis Marta. Mi ne estis tia bonkonduta patro, kiel la nunaj. Kaj Willi ne plu havis forton por niaj viglaj infanetoj."

"Mi vere ŝatus sperti tion. Mi scivolas, kia estis mia patro kiel knabeto. Ĉu ekzistas fotoj de tiu restado?"

"Eble kelkaj. Ni iom senpolvigu la malnovajn albumojn por esplori."

# Ne estu naivulo
## Wilhelm, junio 1963

Li devas halti per la aŭto meze de la urbeto por demandi, kie situas la strato Kystvej. Poste facilas trovi indikon pri la pensiono Havlyst, kie li rezervis ĉambron. Alvenante en la frusomera sunbrilo, li tamen nenion rekonas el ĝia eksteraĵo, kio estas sufiĉe natura, ĉar tiufoje li ne rajtis eliri el la konstruaĵo antaŭ la vespera mallumo, kiam oni forveturigis ilin. Sed ankaŭ endome li ne rekonas la lokalojn; eble oni intertempe modernigis ilin. Nun li kaj lia familio nur rapide instaliĝas en sia ĉambro, antaŭ ol li iras sola al tiu de Willi.

Ŝi kuŝas surlite, legante la kopenhagan ĵurnalon *Politiken*, dum kuzino Margrethe sidas sur brakseĝo ĉe la fenestro kun libro en la sino, ŝajne revante. Apud ŝi la radio ludas *Dancokanton* de la geedzoj Ingmann, kiu pli frue ĉi-jare gajnis la eŭropan televidan kantokonkurson. Li vidas ŝin iomete balanci la kapon laŭ la ritmo de la muziko.

"Saluton, Wilhelm!" diras Willi raŭke sed gaje, svingante la ĵurnalon, tuj kiam ŝi ekvidas lin. "Nun la rusoj jam sendis virinon en la spacon."

"Saluton, Onjo! Saluton, kuzino Margrethe! Jes, mi aŭdis tion per la radio ĉi-matene. Kiel vi fartas? Vi aspektas sufiĉe vigla."

Tio ne estas tute sincera komento. Kuŝante tie, Willi ne aspektas tre sana, sed ŝi ja sonas vigle.

"En ordo. La kuracisto sulkis sian frunton, kiam mi anoncis ke mi iros al la maro. Laŭ li monta aero estus pli bona por miaj pulmoj, ol la humida vento el Kategato. Sed Danlando ne proponas multe da monta aero. Kaj cetere tiu doktoro estas maljuna dinosaŭro, kiu mem odoras de cigarfumo. Kiel vi? Kaj la familio?"

"Tute bone. La etulo dormas, kaj Gunnar jam ekde la pramo petadas ke ni iru al la strando. Sendube mi devos iri kun li tien."

"Faru tion. Ni revidos nin poste."

La semajno antaŭ la festo de Sankta Johano estas suna kaj varma, kaj la familio pasigas multe da tempo sur la strando, kvankam la mara akvo ankoraŭ estas malvarmeta. Dekstre la bordo de Skanio formas randon trans la akvo, finiĝante per la foraj rokoj de Kullaberg. Ie nevideble ĉe tiu rando troviĝas la haveneto de Viken, kie ili albordiĝis nokte antaŭ preskaŭ dudek jaroj. Wilhelm apenaŭ povas imagi ke tiu drama fuĝo efektive okazis en la samaj lokoj, kiuj nun baniĝas en sunbrilo, kaj kie lia trijarulo fosas en la sablo kaj ĵetas sin sur la ventron en la malprofundan akvon de la strando. Nun la plej granda dramo okazus, se la knabeto ekhavus la ideon paŝi plu en la pli profundan akvon, do necesas atenti lin senĉese.

Ankaŭ onjo Willi kelkfoje sidas tie sur strand-seĝo sub granda ĉapelo el pajlo, kiu minacas forflugi kun ŝia peruko en la mara vento. Sed ŝi baldaŭ reiras al sia ĉambro en la pensiono, apogate de sia nevino Margrethe. Vespere, kiam Marta enlitigas la knabetojn, Wilhelm sidas babilante kun Willi, kaj Margrethe dum kelka tempo liberiĝas de sia flegado.

Okaze Willi komencas ekzameni kaj prijuĝi, kion ŝi kreis en la vivo.

"Tiuj stultaj romanoj", ŝi diras. "Kiam mi nun pensas pri ili, mi ne komprenas, kial mi obstinis produktadi tian rubon."

Wilhelm, kiu ankoraŭ ne legis ilin, provas kontesti.

"Ĉu vi tamen ne enmetis kritikon pri sociaj aferoj en ilin?"

"Baf! Komence mi havis tian ambicion, sed iom post iom mi adaptis min al tio, kion la publiko volas legi. Romantikajn aŭ tiklajn amintrigojn, humuron, facile digesteblajn distraĵojn. Imagu, dum Louise ŝvitis, kreante veran arton el marmoro kaj bronzo, mi elvomis tian rubon. Fi!"

Li rigardas ŝin. Ŝia humoro sendube suferas pro la malsano. Tio ne estas stranga, sed kial ŝi turnas sian amarecon kontraŭ sin mem?

"Onjo, mi pensas ke vi estas ege tro memkritika. La homoj ja ŝatis viajn librojn, ĉu ne?"

"La publikaj bibliotekoj eĉ ne volis aĉeti ilin. Oni pretis disponigi nur seriozan literaturon al la popolo."

"Tamen ili bone vendiĝis, mi aŭdis."

"Mi devus prefere rezigni tiajn stultaĵojn. Kial mi ne estis pli kuraĝa? Mi devus verki serioze kaj aŭdace. Malkaŝi verojn, defii antaŭjuĝojn, spiti hipokriton. Sed mi tro amis komforton kaj flatojn. Kaj nun ĉio tro malfruas."

"Vi devis perlabori, ĉu ne?"

"Alivorte prostitui min."

Ŝi kuŝas surlite kun fermitaj okuloj kaj malkontenta mieno. La alta virino iam tre vigla kaj energia jam ŝrumpis kaj faltiĝis. Evidente ŝi suferas, kaj ne nur korpe. Ĉu jen kiel oni reagas, sentante la finon de la vivo alproksimiĝi? demandas sin Wilhelm.

"Se labori signifas prostitui sin, do ni ĉiuj estas prostituitoj", li diras. "Sed mi pensas ke vi devus pli indulgi vin mem, Onjo."

Ŝi paŭtas.

"Vi devus jam scii ke mi neniam estis tre indulgema persono. Nek al aliaj, nek al mi mem. Sed nun prefere zorgu pri viaj edzino kaj knabetoj. Miaj fortoj elĉerpiĝas."

Willi pasigas sufiĉe da tempo somnolante kaj ne havas energion por multege interparoli.

"Imagu, Wilhelm", ŝi tamen diras unu vesperon. "Kiam mi rigardas vin kaj viajn knabetojn, mi tute klare vidas ŝin stari antaŭ mi."

"Ĉu mian patrinon?"

"Jes, kun la manoj ĝiskubute en argilo, aŭ tenante martelon kaj ĉizilon. Jam pasis preskaŭ tridek jaroj, sed ĉi-ene ŝi restas viva."

Li vidas larmojn en ŝiaj okuloj, kiam ŝi gestas al sia brusto, sed li ne certas, ĉu pro la memoroj aŭ pro nuna doloro.

"Vi evidente estis tre bonaj amikinoj", li diras iom ŝvebe.

Ŝi sendas al li palan sed ironian rideton.

"Karulo, vi jam estas edzo kaj patro. Ne estu naivulo."

"Kion vi celas? Pri kio mi ne naivu?"

Prononcinte tion, li iom bedaŭras la demandon, ĉar komprenebLe li intuas, kion aludis Willi.

"Vi devus jam delonge konscii, ke mi amis vian patrinon", ŝi diras. "Kaj ŝi min."

Li pripensas. Kompreneble li multfoje aŭdis duone esprimitajn aludojn de familianoj pri la vivmaniero kaj ĝenerala stilo de onjo Willi. Li memoras ke baldaŭ post la milito ŝi de temp' al tempo kunloĝis kun kolegino, laŭdire pro komuna labortasko, kion la aliaj onkloj kaj onklinoj menciis kun signifoplenaj mienoj. Sed ial li rifuzis enpense sekvi tiujn aludojn malantaŭen en la tempo ĝis la periodo, kiun ŝi pasigis en Vieno kun lia patrino. Ŝiaj naŭ jaroj kun Louise, la viena skulptistino, kiu poste fariĝis lia patrino.

"Tamen vi ambaŭ ja estis edzinoj, ĉu ne?" li provas kontesti.

Ŝi lace ekridas.

"Nu, ŝi efektive edziniĝis. Kaj ankaŭ mi, sed en mia kazo temis pri pura formalaĵo kaj kuliso. Vi devas kompreni ke mia rilato al Louise estis danĝera, eĉ kontraŭleĝa. Eblus trafi en malliberejon. Aŭ eĉ pli malbone. Johnny, mia edzo, havis amantojn, kiujn oni sendis en psikiatrajn klinikojn. Eĉ li mem fine trafis jen en koncentrejon, jen en frenezulejon. Sed kiam temis pri Louise, estis alia afero. Ŝi edziniĝis al Franz Halder por ricevi vin. Ŝi sopiris havi infanon, kaj tion mi evidente ne povis doni al ŝi. Sed tiu geedzeco kun via patro estis plena de konfliktoj, kaj ŝi neniam volis efektive forlasi min. Dum mi, miaflanke..."

Ŝi silentiĝas, kaj Wilhelm klopodas digesti ŝiajn vortojn. Dum la paso de jaroj ŝi ja rakontis detalojn pri lia patrino. Pri ŝia skulptado. Ke ŝi estis forta, bela virino, kiu venis de juda, muzikista familio el denaskaj vienanoj. Ke ŝi helpis al Willi verki en la germana lingvo. Ke ŝi estis sincera, fidinda, bonkora persono, kiu ne aprezis frivolaĵojn. Kompreneble li devus jam delonge rimarki ke ŝi parolas pri persono amata. Sed ne eblis al li pensi tiel, ĉar temis ja pri lia patrino, kiun li mem apenaŭ kaj nur tre nebule povis memori. Praktike la rakontoj de Willi estas la solaj konkretaj atestoj, kiujn li posedas pri ŝi.

"Kredeble vi jam kelkfoje rakontis ĉi tion, sed kiel vi do renkontiĝis unuafoje?" li demandas.

Willi kuŝas sur la lito kun fermitaj okuloj. Dum momento li supozas ke ŝi endormiĝis kaj ne aŭdis lin. Sed poste ŝi ekparolas, daŭre ne malfermante la okulojn.

"Tio okazis dank' al la ekspresionisma arto. Mi volis verki artikolon, kaj ŝi serĉis inspiron por sia laboro. Ekvidante ŝin en la ekspoziciejo de la Viena Secesio, mi preskaŭ tuj sciis. Estis stranga sento. Mirinda, sed samtempe tre timiga. Ĉar plej probable mi povis nur humiligi kaj ridindigi min. Tamen necesis riski ĉion. Se ne, mi dumvive bedaŭrus mian malkuraĝon."

Li pripensas ŝiajn vortojn, klopodante apliki ilin al si mem. Ĉu li ion riskis en simila situacio? Ĉu li iam ajn eĉ vere enamiĝis? Jes, li memoras ion similan, grajnon de tiu sento, kiun aludas Willi. En la hejmo de gesinjoroj Wahren, en ilia kuirejo, kiam li balbutis ion al la servistino Marta. Eble ankaŭ poste, kiam li pene formulis la fruajn leterojn al ŝi en ia dan-sveda mikslingvo. Tamen li sendube riskis tre malmulte, kompare kun onjo Willi kaj lia patrino.

Dum kelka tempo ili kune silentas.

"Mi almenaŭ havos tombon", ŝi subite diras. "Louise ne ricevis eĉ tion."

Li ne scias, kiel komenti tiun konstaton.

"Mi cetere neniam multe zorgis pri tomboj", ŝi daŭrigas. "Sed ŝi rakontis ke ŝi iam skulptis anĝelojn por tomboŝtonoj. Mi neniam vidis ilin, sed ŝi fakte meritus propran tombon kun skulptita anĝelo."

"Eble ni povus aranĝi memorŝtonon por ŝi", li diras, "kvankam ne eblus tien entombigi ŝin. Cenotafo oni nomas tion, mi kredas. Sed ĝis nun mi entute neniam pensis pri tio."

Denove li dum kelka tempo supozas ke Willi endormiĝis. La ĉambro jam estas iomete obskura, ĉar la fenestro rigardas al densa vico da pinoj en nordo, kaj jam estas post la oka vespere, kvankam proksimas la plej longa tago de la jaro. La aero en ŝia ĉambro estas iom malfreŝa, kaj li kredas flari odoron de medikamentoj, aŭ simple de ŝia malsano. Svage li memoras el sia infanaĝo la odoron de ŝia parfumo, kiu alportis konsolon, kiam ŝi brakumis lin.

"Kiel mi diris", tiam malrapide prononcas la kuŝanta Willi, "mi ne multe zorgas pri tomboŝtonoj. Kaj sur la mia certe ne konvenus anĝelo."

Li iom scivolas pri la preciza loko, de kie ili ekiris per la fiŝista barko komence de oktobro antaŭ dudek jaroj. Sed la posedantoj de la pensiono estas nova mezaĝa paro, kiu eĉ ne devenas de la urbeto Hornbæk. Kiam li demandas, Willi ne tre interesiĝas pri la afero.

"Estis neniu speciala loko sed simple strando kaj pinaro iom oriente de la urbeto, ĉar mi memoras ke per la aŭtoj ni devis trairi la mallumajn stratojn. La fiŝisto kredeble venis de Hornbæk aŭ Gilleleje, sed oni neniam diris lian nomon. Evidente ni ne povis enbarkiĝi en la haveno, kie iu perfidulo povus raporti al la germanoj. Niaj helpantoj ja riskis malliberigon, eble eĉ morton. Aŭ almenaŭ ke oni konfiskus la barkon, per kiu vivtenis sin tiu fiŝisto."

Entute restas malmulto el la jaroj, kiam li vivis ĉe la familio Singer. La ŝtofbutiko ja plu ekzistas, estrata de kuzo Laurits, sed ĝi ne prosperas, ĉar homoj nuntempe pli kaj pli preferas aĉeti pretajn vestaĵojn kaj aliajn varojn anstataŭ ŝtofo por mem kudri ilin. La apartamento ĉe Adelgade delonge estas vendita, kaj el la gefratoj de Willi Georg jam mortis kaj Frederikke, la patrino de Margrethe, estas malsaneta kaj loĝas ĉe sia filo Morits kaj lia familio.

Dimanĉe, en la antaŭtago de Sankta Johano, alvenas Katrine, la dudekjara filino de Margrethe. Ŝi alveturis kun sia koramiko por bani sin kaj viziti sian patrinon kaj praonklinon. Wilhelm opinias ke ilia ĉeesto iom gajigas la etoson, kiun li kelkfoje trovas prema. Katrine ŝatas varti la knabetojn Gunnar kaj Erik kaj ludi kun ili, kio signifas ke ankaŭ Marta ĝuas ripozon. Ankaŭ ŝia koramiko Preben volonte pilkludas surstrande kun Gunnar, kvankam tiu ankoraŭ ne bone mastras la pilkon. Vespere oni iras kune por rigardi la grandan lignofajron de Sankta Johano, sed Willi ne havas forton por tio. Reveninte al la pensiono, Wilhelm sidas kelkan tempon ĉe ŝi, dum Marta enlitigas la knabojn.

Parte la prema etoso dependas de tio ke Willi de temp' al tempo mencias sian venontan morton, kaj li ne scias, kiel reagi al tio. De ĉiam li alkutimiĝis al tio ke ŝiaj pulmoj ne bonfartas. Iam temis pri tuberkulozo, sed nun ŝia kancero evidente proksimas al la lasta stadio. La centmilo da cigaredoj, kies fumon ŝi avide ensuĉadis, fine mortigas ŝin, kaj tion ŝi tre konscias. Sed krome ŝi komencis akuzi sin mem.

"Mi finfine komprenis ke mi estas terure egoisma persono. Mi ne ĉiam restis fidela al via patrino, kiam ŝi bezonis min. Kaj kiam ŝi konfidis al mi sian solan infanon, mi plej ofte lasis vin ĉe la maljunuloj."

"Ne diru tiel, onjo Willi! Mi pensas ke Avo kaj Avinjo tre bone zorgis pri mi. Kaj ofte ankaŭ vi. Fakte vi savis mian vivon, eĉ dufoje. Sed vi ja devis labori kaj multe vojaĝi, ĉu ne?"

"Tio tamen ne estas la plena vero. Mi krome strebis eviti la respondecon. Kaj ekzistas alia afero, pri kiu mi neniam parolis al iu ajn."

"Kio do?"

Ŝi hezitas, kaj li atendas ian ŝokan rivelon. Kian sekreton ŝi do kaŝis dum jardekoj?

"Mi devus fari pli multe por eligi ŝin el Aŭstrio. Kiel vi scias, mi sukcesis denove viziti Vienon somere de tridek ses, kiam vi estis apenaŭ dujara. Tiam mi proponis ke Louise provu elmigri kun vi al Jugoslavio, kio ankoraŭ estis ebla. La skandinavaj kaj pluraj aliaj landoj ne plu akceptis judojn el Germanio kaj Aŭstrio. Sed ankoraŭ eblis iri suden. Ŝi tamen ne volis forlasi siajn gepatrojn, nek riski aventuran elmigradon kun vi. En tridek ok mortis ŝia patro, kelkan tempon post la anekso de Aŭstrio en la Germanan regnon, kaj en la posta aŭtuno aperis la eblo sendi vin ĉi tien per infantransporto de la Ruĝa Kruco. Tiam mi devus denove urĝi ŝin, ke ŝi provu savi sin, rifuĝante suden. Sed mi ne faris tion."

Wilhelm pensas pri ŝia rakonto dum kelka tempo.

"Ŝajnas al mi ke ŝi devis mem decidi, kion fari", li diras. "Ŝi certe konis la riskojn kaj eblojn, ĉu ne? Ŝi ja estis meze de ĉio. Kaj kiel ŝi do elturniĝus en Jugoslavio?"

"Sciu ke Louise estis tre forta, kapabla virino. Laŭ mi ŝi havus ŝancon transvivi kaj eble pluiri aliloken. Aliaj faris tion."

Willi paŭzas, spirante peze. Poste ŝi daŭrigas.

"En sia lasta letero ŝi diris ke ŝi ne volas forlasi sian patrinon. Kaj krome ŝi plu revis ke aperos okazo postsekvi vin ĉi tien. Mi devus konvinki ŝin, ke tio neniam eblos."

Wilhelm cerbumas dum kelka tempo, rigardante al la fenestro. Ekstere ŝajnas preskaŭ nigre, malgraŭ la hela somermeza nokto.

"Nun vi vidas la situacion el la posta vidpunkto, sciante kio sekvis", li diras. "Sed tiam vi supozeble ne povis certi, kio okazos."

"Mi devus jam scii", ŝi murmuras preskaŭ neaŭdeble. "Ĉiuj devus kompreni tion, krom la naivuloj."

Post semajno en la pensiono Havlyst, Wilhelm kaj lia familio disiĝas de onjo Willi kaj kuzino Margrethe. Ili pluiras al Jutlando por rondvojaĝo. Li ĝuas veturi per la eta *Saab*, ilia unua aŭto, kiun ili aĉetis antaŭ kelkaj monatoj. En la komenco Gunnar de temp' al tempo eksentas naŭzon, precipe sur kurbaj vojetoj, do necesas halti por ebligi al li spiri freŝan aeron kaj atendi ke lia stomako kvietiĝos. Sed post kelkaj tagoj li jam alkutimiĝas. Marta volas vidi Skagen, kaj poste ili pramas al Gotenburgo kaj reiras hejmen etape laŭ la sveda okcidenta marbordo.

Dum pasas la plua somero kaj aŭtuno, li kelkfoje reiras al Kopenhago por viziti onjon Willi, komence en ŝia hejmo, poste en la hospitalo. Sed ŝi ne plu havas forton multe paroli. Sidante apud ŝi, li iom rakontas pri la progresoj de la du knabetoj, kaj ŝi pale ridetas kun fermitaj okuloj. Dum la aŭtunaj vizitoj ŝi havas forton nur por mallonge aŭskulti inter siaj tusadoj kaj ĝemoj. Do li simple sidas ĉe ŝia flanko, esperante ke ŝi sentas lian ĉeeston.

En la mezo de oktobro Margrethe telefonas al li unu ĵaŭdan vesperon.

"Nun estas finite. Onjo Willi jam forpasis."

Li enspiras kelkfoje.

"Mi komprenas. Ĉu vi estis kun ŝi?"

"Jes, kaj ankaŭ kuzino Leonore. Kaj ankaŭ Mirjam estis tie nur kelkajn horojn antaŭe. Sed ĉe la fino ŝi nenion plu rimarkis de ni."

"Oni neniam povas certi pri tio. Eble ŝi ja aŭdis vin kaj sentis ke vi ĉeestas. Vi faris tre multe por ŝi, kuzino. Mi ege dankas pro tio."

"Kompreneble ni sidis kun ŝi ĝis la fino. Ŝi estis nia onjo, ĉu ne? Ŝi estis tre speciala persono."

"Vi pravas. Eĉ unika."

Do mortis lia onjo Willi, kaj iamaniere li sentas ke fine mortis ankaŭ lia patrino. Malaperis la lasta persono, kiu vere konis ŝin. Lia familia reto ĉiam estis maldensa, sed nun ĝi definitive disŝiriĝis. Restas al li nur firme teni kaj protekti la propran etan familion, siajn edzinon kaj knabetojn. Eĉ tio sendube estos sufiĉe defia tasko.

# Dekkvina ĉapitro
# Senpaga plado
### Filippa, oktobro – novembro 2016

Oktobro komenciĝas per blova kaj pluva vetero. Kiam Filippa merkrede vespere promenas de la aŭtobushaltejo en Alnarp al la laborejo de Jonas, la malvarma vento taŭzas ŝiajn harojn, sed la pluveto nur maldense aspergas ŝin de supre.

Kun ĉi tia sovaĝa kaj humida hararo mi ekscitos lin pli ol kutime, ŝi pensas, krozante inter la akvoflakoj sur la trotuaro. Fakte eble bezonatas io nekutima kaj stimula, ĉar lastatempe li ŝajnis al ŝi iom distrita aŭ laca.

Alvenante al la ĉefa konstruaĵo, ŝi surpriziĝas vidi lian verdan pluruzan *Volvon* stari antaŭ la enirejo, kie oni ne rajtas parkumi. Ŝi bone rekonas ĝian numerplaton kaj la glumarkon de la Naturprotekta Asocio. Ĉu li do volas forveturi ien kun ŝi? Iam ili ja kutimis fari tion, tamen nur seksuminte. Sed jam delonge ne plu. Ŝi paŝas ĝis la maldekstra antaŭa aŭtopordo por ekscii, ĉu li atendas ŝin, kvankam la interno de la aŭto estas malluma. Tiam la pordo malfermiĝas, kaj eliras virino, kiu haltas tie kun la dekstra mano sur la supra rando de la aŭtopordo kaj la okuloj firme direktitaj al Filippa.

Ankaŭ Filippa haltas kaj rigardas ĉirkaŭ si. Neniu alia persono proksimas. Ŝi ne scias, kion fari aŭ diri. Io malbona evidente okazis al Jonas.

Tiam ŝi ekvidas altan ombron en la malluma aŭto malantaŭ la virino, sur la pasaĝera loko. Ĉu vere li? Jes, evidente tio estas Jonas, kiu sidas tie senmove, rigardante rigide antaŭ sin, dirante nenion.

"Vi estas Filippa Halder, ĉu ne?" diras la virino. "Jes, nun mi rekonas vin de via paĝo en Facebook. Aŭ ĉu mi diru 'Filip', kiel vi aperas en lia poŝtelefono? Mi estas Linnéa, la edzino de Jonas."

Estiĝas silento. Filippa tuj komprenas ke ĉio finiĝis. Sed ŝi ne scias, kiel reagi. Ŝi iel frostiĝas, paraliziĝas antaŭ la ne tre alta, iom rondeta mezaĝulino en blua pluvjako kaj malhela pantalono. Ŝia hararo estas mezblonda kaj bukla, kaj ŝia mieno rigida. La voĉo ŝajnas streĉita kaj sufiĉe alta. Ŝi parolas kun mola dalekarlia frazmelodio, kiu faras strangan kontraston kun ŝiaj sekaj vortoj kaj rigida tono.

"Ĉu vi vere kredis ke vi povos resti sekreta?" daŭrigas la edzino de Jonas. "Se jes, vi estas eĉ pli stulta ol vi aspektas."

Filippa ankoraŭ ne kapablas reagi. La insultaj vortoj ne tuŝas ŝin, sed la tuta situacio estas nesolvebla. La decidema edzino antaŭ ŝi, kaj la amanto kiel muta figuranto en la malluma aŭto. Ĉio similas scenon de absurda teatraĵo. Tial ŝi plu silentas, dum la pluveto gutas sur ŝian kapon. Kaj baldaŭ la virino denove ekparolas per sia soprana voĉo.

"Se vi volas, ni povas peti lin elekti. Sed espereble vi konscias, ke li jam decidis. Do prefere foriru kaj neniam plu kontaktu lin. Ludu kun knaboj de via propra aĝo, kiuj ne havas familion."

Pensoj flugas kiel hirundoj tien-reen tra la kapo de Filippa. Ŝi povus diri ke ŝi iam laboris ĉi tie kaj volas reviziti la laborejon. Ke Jonas kaj ŝi estas nur ekskolegoj. Sed tio ja estus ridinde sensenca. Ĉi tiu virino ne estas naiva, tio videblas jam de longa distanco. Kaj aŭdeblas. Evidente ŝi trovis nekonatan 'Filip' en la poŝtelefono de sia edzo, serĉis la telefonnumeron kaj malkaŝis la veran nomon. Ne ekzistas alia Filippa Halder, almenaŭ ne proksime. Kiel ŝi poste eksciis ke Filippa venos ĉi tien ĝuste nun, ne estas same evidente. Se ŝi devigis sian edzon malkaŝi tion, li ja devus telefone averti Filippan. Sed evidente ŝi tenas lin kiel ostaĝon kaj ne permesis al li fari tion. Eble ŝi jam delonge suspektis, kian kromlaboron plenumas ŝia edzo en kelkaj merkredaj vesperoj.

Filippa volus krii al Jonas ke li diru ion, faru ion, ne sidu tie tute pasive, ne lasu al la edzino paroli por li sed mem klarigu, kiel statas la afero. Sed ŝi ne trovas aeron por diri ion ajn.

"Nu, ĉu vi demandos lin?" insistas la edzino. "Se ne, foriru. Kaj ne provu telefoni al li. Li havos novan numeron, nepublikan."

Estas strange aŭdi ŝiajn decidajn vortojn kun tiu kanta dale-karlia akĉento, kiu pensigas ĉefe pri folkloraj festoj kun tradiciaj popola muziko kaj provincaj vestoj. Filippa jam komencas koleri, pli multe kontraŭ Jonas ol kontraŭ lia edzino, sed la kolero ne kondukas ŝin al ajna konkreta ago. Fakte ekzistas neniu solvo. Evidente tiu megero jam pensis pri ĉio. Jonas estas ŝia edzo, kaj ŝi certe ne intencas dividi lin kun iu ajn pli juna rivalino. Do, restas nenio farebla. Reen al la bushaltejo, kaj poste ŝi pripensu, kiel agi. Ĉu simple akcepti ke la afero finiĝis, aŭ trovi ian vojon? Ja plu eblos telefoni al lia laborejo, kvankam ĝuste nun tio ŝajnas vana. Tre verŝajne li ne kuraĝos renkonti ŝin, kion ajn ŝi elpensos. Se juĝi laŭ la muta ombro sur la pasaĝera loko, en la nuna situacio li obeos sian mastrinon kiel timema hundeto. Krom la akĉento troviĝas nenio folklora ĉe tiu edzino.

Ŝi do diras nenion sed simple turnas sin kaj ekpromenas for de la geedzoj kaj de ilia verda *Volvo*. La pluvo jam densiĝis, kaj la vento vipas ŝian vizaĝon. Antaŭ ol alvenas la sekva buso, ŝi jam estas tramalseka. Sed tion ŝi apenaŭ rimarkas. Ŝin plene okupas la amara vero ke ŝi neniam plu renkontos lin.

Ĵaŭde vespere la pluvado jam ĉesis, sed densa nebulo ŝvebas sur la stratoj, kiam ŝi iras al la hejmo de avo Wilhelm. Kiel kutime li traktas ŝin milde kaj konsole, kvankam ŝi tute ne havas apetiton por liaj buterpanoj. Ŝi eĉ ne havas energion por ŝerci pri ilia koŝereco.

"Vi tamen ja devos manĝi ion, knabineto. Fakte vi aspektas iom pala. Ĉu vi dormas nokte?"

"Ne timu, Avo. Mi ne forvaporiĝos. Sed ĉio iel fariĝis pli griza. Li estis mia sola lukso."

"Hm."

"Nun ne rekomencu pri viaj hm-oj."

"Nu, mi pensas pri tio ke la plej multaj homoj kontentiĝas per unu partnero."

"Ĉu vere? Ĉu vi certas?"

"Almenaŭ samtempe nur unu. Nu bone, ja ekzistas esceptoj. Laŭdire islama viro rajtas havi kvar edzinojn..."

Filippa subite eksplodas en rido meze de sia malgajo. Ŝi provas imagi Kasimon kun kvar inoj, sed tio tute ne prosperas al ŝi. Ial ŝi trovas lin tre monogamia. Eble ŝi estas naivulo, ĉar ŝi tute ne kapablas ĵaluzi pri li.

Post momento ŝi tamen reserioziĝas.

"Mi pensas ke tio varias", ŝi diras. "Al iuj ja sufiĉas unu, dum aliaj havas sekretajn rilatojn."

"Do, ĉu vi jam planas trovi novan kromamanton?"

"Mi nenion planas, sed ĉio ŝajnas al mi enua. Mi ne povas imagi plu vivadi jaron post jaro, laborante en la urba ĝardeno, renkontante Kasimon en lia damna falaflobutiko, kaj jen ĉio. Tio estus deprima."

Avo Wilhelm verŝas al ŝi teon kaj faras geston al la buterpanoj por instigi ŝin preni, se ŝi volas.

"Ĉu vi tamen ne antaŭvidas baldaŭ havi propran familion? Infanojn?"

Dum momento ŝi ekpensas pri sia eta nevo, kaj poste pri la iamaj samklasanoj en Gotenburgo, kiuj jam estas gepatroj. Sed ili ŝajnas al ŝi alimondanoj. Jonna ĵus enamiĝis al sia laŭvica princo de revoj, dum Ida evidente havas nenion en la kapo krom bebokaĉo kaj la lasta mirinda du-vorta balbuto de ŝia mirakla infaneto.

"Infanojn? Tute ne. Mi ne maturas por tio. Kaj Kasim eĉ malpli."

La avo ekridas.

"Verŝajne neniu estas sufiĉe matura por infanoj, antaŭ ol ili naskiĝas", li diras. "Poste, en unu momento, oni tuj devige maturiĝas, ĉu oni volas aŭ ne."

"Mi dubas. Nu, eble vi tamen pravas, se matureco signifas fiks-iĝi en la ĉiutaga vivo sen libereco, sen eblo fari ion novan."

La semajnoj plu pasas, kaj iom post iom la aŭtuno proksimiĝas al vintro. Post longa kaj ampleksa enketado la prokuroro anoncis siajn formalajn akuzojn pro la tumulto post la koranbruligado, sed Kasim ne estas inter la akuzatoj. En Mezoriento la Islama Ŝtato ŝajne alfrontas malvenkojn en la bataloj pri Mosulo kaj Raqqa. En Usono Donald Trump gajnas la elekton de prezidento, kvankam kun malpli da voĉoj ol Hillary Clinton. Por Filippa la merkredaj vesperoj kun Jonas jam estas nur memoro. Unufoje ŝi tamen provas telefoni al lia laborejo.

"Ĉi-momente mi estas okupata", li diras rapide en formala tono. "Mi retelefonos al vi poste."

Kompreneble li neniam rekontaktas ŝin, kaj ŝi ankoraŭ havas tro da fiero por provi duafoje. Kaj eble ŝi devas konscii kaj akcepti ke ili uzis unu la alian sed ne vere necesis unu al la alia.

Male Kasim pli kaj pli ofte tranoktas en ŝia apartamento. Kelkfoje ŝi provas denove demandi lin pri la tumulto kaj lia nokto en la polica arestejo, sed li ne volas paroli pri tio. Ŝajne li hontas, sed ĉu pro tio ke li partoprenis, aŭ ĉar oni kaptis lin? Aŭ ĉu pro tio ke li ne estas inter la akuzatoj en tribunalo?

Kiam li nuntempe vizitas ŝin, li ne plu ripetas sian proponon ke ŝi transloĝiĝu al Malmö. Foje ŝi atentigas lin ke la trajno bezonas nur dek ok minutojn por iri de Lund al la stacio Triangeln en Malmö, dum la kutima promeno de lia hejmo al la falaflobutiko postulas almenaŭ dudekon.

"Stulta komparo", li replikas. "Mi ja devas krome promeni al kaj de la stacioj."

"Tio ne postulas pli ol duoble dek minutojn, eble eĉ malpli."

"Tamen tio signifas sume duoblan tempon por iri al la laborejo."

"Ne gravas. Fakte vi bezonas moviĝi pli multe. La falafloj komencas grasigi vin."

"Jen alia stultaĵo! Kikeroj ne grasigas."

"Eble ne, sed kio pri la oleo?"

"Baf! Do palpu ĉi tie. Ĉu vi sentas grason?"

"Nu, tie ne, sed ĉi-sube io kreskas."

Do ilia petola kvereleto kiel kutime kondukas ilin reen en ŝian liton.


Plu daŭras novembro, kaj mallumo kovras ĉion. Al Filippa la tagoj ŝajnas nur matena krepusko, kiu transiras en vesperan. Unu tagon Kasim sciigas al ŝi surprizan novaĵon.

"Post Novjaro mi eble havos malpli da tempo por veni ĉi tien", li diras matene en ŝia lito. "Mi komencos studi en la Mezlernejo por Adoltoj."

"Ĉu vere? Kion vi do studos?"

"Matematikon."

"Ha! Mi ne sciis ke tio interesas vin. Eble mia avo povus helpi vin. Li estis instruisto pri tio."

"Fakte mi ne specife interesiĝas pri matematiko, sed mi bezonas ĝin por povi kandidatiĝi al alia studado en la venonta aŭtuno."

"Kia studado?"

"Programado de komputilaj ludoj."

Ŝi ekridas kaj puŝetas lin en la lito. Fakte, ne estas novaĵo ke li ŝatas tiajn ludojn. Sed ŝi neniam supozus ke li mem volas krei ilin.

"Ne indas ridi pri tio", li paŭte diras. "Male tio estus bona laboro kun vasta perspektivo. La svedaj firmaoj estas pintaj pri tia kreado."

"Bone. Vi certe pravas. Sed kial vi nenion menciis al mi pri tiu plano?"

"Nu, mi ĵus decidis tion. Kaj ĉiuokaze mi scias ke tiaj ludoj ne interesas vin."

"La ludoj ne, sed vi jes, *habibi*."

Kasim ekridas kaj faras geston kvazaŭ por forigi ĝenan muŝon.

"Ne pretendu ke vi parolas arabe, *gäri!*"

"Kia *gäri*? Ĉu vi kredas ke vi estas mojosulo el Rosengård? Cetere, ĉu tiu vorto eĉ estas araba?"

"*Habibi?* Certe, tio estas amato."

"Mi celis tiun *gäri*."

"Male, tio estas sveda."

"Certe ne. Estas ia antaŭurba slango el la mezo de nenio. Tiel la etaj gangsteroj nomas siajn inojn. Sed kie do okazos via programista kurso, ĉu en Malmö aŭ Lund?"

"Nek nek. En Skövde."

Nun ŝi vere konsterniĝas. Ŝi apenaŭ certas, precize kie situas tiu urbo. Ie trans Gotenburgo, kie ŝi pasigis la infanaĝon, sed kiel fore de ĝi, ŝi ne bone scias.

"Tio ja estas malproksime, ĉu ne? Do vi devos transloĝiĝi!"

"Nu, kaj do? Tamen mi ankoraŭ ne scias, ĉu mi ricevos studlokon aŭ ne. Kaj ĉiuokaze tio estus post pli ol duonjaro, kaj unue mi devus sukcesi pri la matematika kurso ĉi tie."

"Do, ĉu vi ĉesos pri la falafloj?"

"Provizore mi laboros plu, kvankam mi devos iom adapti la horaron al tiu de la lernejo. Eble mi deĵoros pli multe vespere."

"Poste vi eble povus fondi propran falaflejon en Skövde. Tie oni kredeble konas nur tradiciajn kolbasbulkojn."

"Ha ha! Ne, se mi iros tien, mi devos ĉesi labori. Necesos plentempa studado. Ĉu do ege mankos al vi mia falaflo en via maco?" Li komencas karesi ŝin sub la litkovrilo, kaj baldaŭ ŝi reciprokas. "Hm, ĉu denove ĝi estas malmole fritita?" ŝi diras. "Bone, sed ĉi-foje mi estos supre!"

Ŝi miras ke Kasim antaŭe nenion aludis pri sia plano. Sed ankaŭ ŝi ne dividis kun li la ideon, kiu de kelka tempo pli kaj pli ronĝas ŝin. La ideon ke ŝi volas verki pri la vivo de avo Wilhelm kaj liaj proksimuloj, precipe pri lia kurioza onjo Willi. Kaj por entolzpreni tion, ŝi sentas bezonon lerni pli multe pri verkado. Eble tio iel ne tro malproksimas de la plano de Kasim. En ambaŭ okazoj temus pri kreado de iaspeca rakonto, ŝi pensas.

Ŝi demandas sin, ĉu ŝia rilato kun Kasim eltenos lian foreston en alia urbo. Se ŝi mem studos verkadon, ŝi certe tion faros ĉi tie, en la provinco Skanio, je komforta distanco de sia hejmo en Lund. La lernejon, kiun ŝi jam konas, ŝi povas atingi en malpli ol horo per regiona trajno kaj buso. Alia situas je simila distanco oriente.

Revenas en ŝian memoron la noktoj, kiujn ŝi pasigis kun Jonas. Nu, tio ne ripetiĝos. Ŝi jam komencas pli kaj pli malofte pensi pri li. Krome ŝi nun memoras ne nur la ĝuon, sed ankaŭ liajn ĝenajn kondutojn. Lian zorgemon, pendigante siajn vestaĵojn por ke ili ne ĉifiĝu. Lian fanfaronadon pri siaj infanoj. Lian admonon ke ŝi neniam uzu parfumitajn sapon kaj ŝampuon, ĉar li timis ke ia parfumodoro algluiĝos de ŝi al li. Lian sekan babiladon pri siaj profesiaj detaloj de genetiko. Lian manion katalogi ĉiun novan birdo-specion, kiun li sukcesis ekvidi per sia forta lorno dum ekskursoj kun aliaj amatoraj ornitologoj. Verŝajne ilia rilato efektive finiĝis ĝustatempe. Se ŝi almenaŭ ne perdos ankaŭ Kasimon. Bonŝance restas sufiĉe da tempo ĝis la sekva aŭtuno. Ankoraŭ povos interveni multaj aferoj.

Ŝi revokas en si la okazon, kiam ŝi ekkonis Kasimon. Tio estis somere antaŭ pli ol tri jaroj. En la antaŭa vespero ŝi festis sian dudekkvinan naskiĝtagon kun amikoj en sia plenŝtopita loĝejo en Lund. Alveturis por gratuli ŝin ankaŭ la du malnovaj amikinoj Jonna kaj Ida de ŝia junaĝo en Gotenburgo. En la sekva dimanĉo ŝi ekskursis kun tiuj du al la urba strando de Malmö por sunumi sin, naĝi kaj pikniki. Ili sidis sursable en banvestoj ĉirkaŭ bovlo kun kokida salato kaj botelo da ruĝa vino, manĝante, trinkante kaj vigle babilante pri komunaj memoroj. Subite alflugis pilko de apuda grupo da futbalantaj junuloj, kaŭzante malordon. La pilko trafis la salatujon, renversis tiun kaj disŝutis kokidaĵon kaj legomojn sur la sablon. Du el la junuloj nur ridis, dum alia kuris por reporti la pilkon, sed unu svelta, nigrahara, ne tre alta knabo en blua banŝorto alpaŝis por peti pardonon.

"Ĉu ni ruinigis vian manĝon? Pardonu nin! Tio estis tute ne intenca. Mi ŝatus kompensi vin. Venu al 'Ora Falaflo' ĉe Ystadgatan en Möllevången. Vi ricevos senpagan manĝon."

"Eble alifoje", respondis Filippa. "Bonŝance ni pli-malpli finis pri la salato, sed vi devus atenti, kio estas ĉirkaŭ vi. Vi ne estas solaj sur la strando."

"Komprenveble, sed tio estis mispafo. Tamen venu poste, aŭ en alia tago. Se ne ĉeestas mi, simple diru ke Kasim promesis al vi kompensan pladon."

Li reiris al siaj tri amikoj, dum la du gotenburganinoj subridante instigadis Filippan ke ŝi devos iam akcepti lian proponon.

"Li certe povos doni al vi pli ol falaflon", ridis Jonna, dum Filippa responde nur paŭtis.

Ankaŭ poste, kiam ili saltis de la banvarfo en la akvon, Jonna provis embarasi ŝin.

"Ĉu vi rimarkis lian rigardon, kiam ni saltis?"

Filippa eĉ ne trovis inde respondi, nek poste esplori, ĉu la kvar futbalantaj junuloj restas aŭ ne. Malgraŭ tio, en la sekva vendredo ŝi ja iris al la indikita strato vespere post sia laboro, se ne pro io alia, do almenaŭ por poste telefone raporti al la amikinoj ke ŝi akceptis la inviton. La junulo de la strando efektive ĉeestis, kio estis bona ŝanco, ĉar lian nomon ŝi ne memoris. Ŝi ricevis siajn senpagajn falaflojn kun peklitaj legomoj sur papera telero kaj ekmanĝis ilin, babilante kun la junulo, dum li servis ankaŭ aliajn klientojn. Ŝi rakontis al li pri sia naskiĝtago kaj pikniko kun la gotenburgaj amikinoj, kaj ili konsentis ke la urba strando estas supera loko en suna somera tago. La senpaga plado jam delonge estis finmanĝita, kiam ili ĉesis babili kaj disiĝis.

"Pardonu", ŝi diris, starante en la pordo, preta foriri. "Mi forgesis vian nomon."

"Kasim. Kaj vi estas?"

"Filippa."

Jen la unua el pluraj renkontoj kaj rendevuoj, kaj baldaŭ ŝi devis rekoni ke ŝi efektive enamiĝis al li.

Sed tio estis antaŭ tri jaroj, kaj nun en la vespera mallumo de novembra ĵaŭdo ŝi eĉ miras ke tiufoje ŝi fakte alhokiĝis per lia invito. Eblus eĉ suspekti ke la pilko tute ne estis mispafita sed tre intence celita por eble krei kontakton kun ŝi aŭ kun iu el ŝiaj amikinoj. Ŝi devus iam demandi lin pri tio, sed ne estas certe ke li respondus sincere, nek eĉ ke li entute memoras, kiel tio okazis.

Nun tamen zorgigas ŝin aliaj demandoj, dum ŝi sen entuziasmo boligas akvon por siaj vespermanĝaj spagetoj. Por vere realigi ion el la ideo pri verkado, ŝi devus nepre multe pli rakontigi la avon. Kvankam spirite vigla, li tamen ja estas okdekdujara. Li ne vivos eterne. Iam ajn povos okazi io fatala. Kaj ŝi devos komenci fari notojn, ĉar ŝia kapo ne estas tre fidinda arkivo. Do ŝi vizitadu lin pli ofte ol ĝis nun. Tion li certe ne rifuzos. Eble ŝi eĉ povus denove venigi kun si Kasimon tien, por ke tiu ricevu iom da matematika helpo. Sed ĉefe ŝi devos paroligi la avon pri lia mirinda vivo, kiu komenciĝis en la intermilita Vieno kaj post du dramaj fuĝoj for de la nazioj kondukis lin en kvietan apartamenton ĉe strateto en orienta kvartalo de Malmö. Tio ja estas historio rakontinda; ŝi tamen hezitas, ĉu prosperos al ŝi rerakonti ĝin.

Ŝi provas imagi, kiel estis vivi en tiuj epokoj. La intermilita tempo kun la kresko de faŝismo. La dua mondmilito kun nazia agreso. Eĉ tio estas malfacila, kvankam la timigaj okazaĵoj de la nuntempo pli kaj pli ŝajnas ia paralelo. Sed kiam ŝi ekpensas pri la Holokaŭsto, ŝi devas rezigni la klopodon. Ĝi estas absolute neimagebla. Ŝi ne povas kompreni ke ĝi okazis en ĉi tiu mondo al ordinaraj homoj, el kiuj kelkaj estis ŝiaj parencoj. Ŝiaj praavinoj kaj praavo, kaj la frato de ŝia avino. Ŝia prapraavino. Krome sendube aliaj. Kaj ke organizis, gvidis kaj plenumis tion ordinaraj homoj, similaj al tiuj, kiuj hodiaŭ plenigas la mondon. Ĉiu homo, kiun ŝi ĉiutage preterpasas surstrate, povus en tiu tempo, en tiuj kondiĉoj, esti lojala kaj skrupula efektiviganto de amasmurdoj, kun la simpla sinekskuzo ke "mi nur obeas ordonojn".

Ĉu tio do povos ripetiĝi?

Ŝi raspas fromaĝon kaj malfermas bokalon da preta tomata saŭco.

Fakte ŝi konscias ke tio jam multfoje ripetiĝis, kvankam ne en tiel sisteme industria formo. Da genocidoj la homaro plenumis tro multajn dum la paso de jarmiloj. Eŭropanoj ekstermis tutajn popolojn en Ameriko, Afriko, Aŭstralio. Sendube ankaŭ en Azio kaj Eŭropo mem, kvankam ĉi-momente ŝi ne memoras plian ekzemplon. En la lernejaj lecionoj de historio oni apenaŭ okupiĝis pri tiaj aferoj. Pli gravis iamaj svedaj militoj kontraŭ danoj, rusoj kaj aliaj. Se tiuj militoj alportis teroron al civiluloj, la lernolibroj almenaŭ ne menciis tion. Sed ĉu tiaj aferoj eblus hodiaŭ? Ĉu eĉ en la nuna Eŭropo povus denove okazi milito inter nacioj kun masakrado de civiluloj?

La spagetoj pretas. Ŝi forverŝas la akvon kaj enmiksas fromaĝon kaj saŭcon. Poste ŝi sidiĝas por manĝi.

Kasim kelkfoje diras ke Israelo plenumas genocidon kontraŭ la palestinanoj. Ŝi esperas ke tio estas troigo. Evidente oni ja turmentas ilin, malliberigas ilin, priŝtelas ilin kaj efektive mortigas centojn, eĉ milojn da homoj, se kalkuli dum iom da tempo. La intenco vere ŝajnas al ŝi iom nebula. Se la celo estas haltigi teroragojn de palestinanoj, la efektiva rezulto evidente estas la mala. Kio efektive estas la fina celo de Israelo rilate al la palestinanoj? Ĉu fakte plena pereo? Ĉu kompleta ekzilado el Palestino? Aŭ ĉu eterna sklaveco en getoj ĉiam pli kaj pli enfermitaj kaj elmetataj al teroro fare de la israelaj polico, armeo kaj agresemaj setlantoj?

Ŝi scias, kion dirus Kasim. Laŭ li oni celas neniigi lian popolon. Sed ŝi ne povas imagi tian celon de nuntempaj homoj. Ankaŭ ĉi tion ŝi eble povus diskuti kun avo Wilhelm, kvankam li sendube ne konas la respondon. Ĉu iu homo scias ĝin? Kiun finan celon havas Hamas, sendante siajn hejmfaritajn raketojn kontraŭ israelajn najbarojn? Ĉu eĉ la plenumanto de terora ago scias, kion li volas atingi per ĝi? Ĉu homoj entute havas klaran celon de siaj agoj aŭ nur vagas blinde tra la vivo, ŝanceliĝante de okazo al okazo?

Se ŝi verkos pri sia familia historio, ŝi ĉiuokaze devos tuŝi similajn temojn. Ĉu la malamo kontraŭ "la aliaj" entute havas ian finan celon? Eĉ se ne ekzistas respondoj, almenaŭ formuli la demandojn eble utilus. Se ne al iu alia, do certe ja al ŝi mem. Ĉar finfine ŝi devos iel trovi sian vojon tra la vivo, tiel rekte kaj konscie, kiel ŝi povos. Kaj kiam ŝi devojiĝos aŭ ŝanceliĝos, ŝi klopodos memori la malfacilajn situaciojn, en kiujn trafis ŝiaj antaŭuloj, kaj el kiuj ili devis aŭ trovi vojon antaŭen, aŭ perei.

Ŝi surtelerigas la lastan kvanton da spagetoj, bedaŭrante ke ŝi ne havas vinon por akompani ilin. Nu, ankaŭ biero ja estas en ordo.

Por la momento eble plej urĝas la demando, kio okazos pri ŝia rilato al Kasim, se li pasigos ŝi-ne-scias-kiom da jaroj en Skövde, eble kvincent kilometrojn for de ĉi tie. Ĉu ilia amo vere eltenos tion? Ŝi neniel povas imagi sin mem akompani lin tien. Kompreneble ili povos vojaĝi tien-reen inter siaj loĝlokoj en semajnfinoj, sed kiel longe? Almenaŭ certas ke la demando de avo Wilhelm, ĉu ŝi baldaŭ volos havi infanojn, restos tute malaktuala en tiaj kondiĉoj.

Dum momento flugas tra ŝia menso la ideo ke infano eble pli firme kunligus ilin. Se ŝi ĉesus pri la piloloj kaj neatendite unu tagon dirus al li ke "*habibi*, mi havas ion por rakonti al vi".

I Ia, kia stultaĵo! Tio ja estus fia konduto, kiu krome eble tute ne ligus lin al ŝi, sed ja ŝin mem al vivo inter vindaĵoj kaj mamnutrado, alivorte al sklavado, kiun ŝi ne eltenus. Do, for tiun ideon!

Sed kio okazos, se li renkontos alian virinon tie fore? Eble pli junan? Aŭ se ŝi trovos novan ulon ĉi tie?

Ŝi memoras ke la geavoj pasigis kelkajn jarojn en tia inter-distanco, antaŭ ol ili povis geedziĝi kaj ekloĝi en Malmö. Eble ŝi parolu kun la avo ankaŭ pri tio. Sed iel ŝi sentas ke tio estis tute alia tempo, kiam homoj renkontis iun kaj poste restis dumvive kun tiu, kio ajn intervenis. Avo Wilhelm kredeble ne povos multe helpi ŝin pri ĉi tiu problemo. Tamen simple paroli pri ĝi, mencii siajn dubojn, eble iel helpos al ŝi elturniĝi. Povas esti ke ankaŭ ĉe privataj problemoj la grava afero ne estas trovi respondojn, sed formuli la demandojn.

Ĉu verkante pri la vivo de Willi kaj de avo Wilhelm, ŝi eltrovos ankaŭ kiel verki sian propran vivon? Subite ŝi rememoras la verkotaskon pri romankomencoj kaj romanfinoj en la somera kurso. Denove ŝi pensas pri la fino de 'Kanto de Solveig', kiu tuŝis ŝin tiel forte. 'Sed mi decidis vivi.' Eble ankaŭ ŝi devas diri al si ke ŝi decidas vivi. Poste ŝi tutsimple provu fari tion.

Ŝi lavas la teleron kaj la kaserolon kaj ekboligas pli da akvo. Poste ŝi telefonas al Kasim. Li ne respondas, do li sendube laboras, krom se li estas meze de ekscita ludado per la komputilo. Anstataŭe ŝi sendas al li tekstomesaĝon kun la enhavo ke dum li lernos programadon, ŝi studos literaturan verkadon. Poste ŝi residiĝas ĉe sia kuireja tablo kun taso da teo por plu pensi. Fakte ŝi jam iomete bedaŭras la mesaĝon. Verŝajne li fajfas pri tio, kion ŝi faros dum lia forestado.

Ŝi malfermas la 'notlibron' de sia poŝtelefono por provi, ĉu ŝi povas memori kaj tajpi faktojn el la vivo de avo Wilhelm. Kiel kutime la vortoj alfluetas tre avare kaj malrapide.

Post kelka tempo telefonas Kasim.

"Mi guglis verkistajn kursojn", li diras. "Ekzistas unu en la popola altlernejo de Hjo."

Ŝi konsterniĝas.

"Mi jam konas du kursojn ĉi tie en Skanio. Kie do situas Hjo, kaj kion mi faru tie?"

"Laŭ la mapo ĝi estas proksime de Skövde. Nu, ĉiuokaze utilas serĉi aliajn eblojn, ĉu ne?"

Surprizas ŝin ke li tuj esploris, ĉu eblus al ŝi studi proksime de lia onta loĝloko. Tio tuŝas ŝin pli agrable ol ŝi atendus, sed ŝi ne scias, kiel komenti tion. Ŝi prenas gluton da teo.

"Sed kion vi do verkos?" li daŭrigas.

"Vi scias, ĉu ne? Mi volas verki pri mia avo kaj liaj familianoj."

"Bona ideo. Poste vi povus verki ankaŭ pri la miaj."

Ŝi ekridas. Sed preskaŭ tuj tio ekŝajnas al ŝi ideo ne tute freneza. Tamen estus pli malfacile intervjui liajn gepatrojn. Precipe la patrinon.

"Prefere vi kreu komputilan ludon pri ili", ŝi diras.

"Ne eblas. Ilia vivo ne estis ludo."

"Mi scias. Nek tiu de la miaj. Sed tio ja povus esti ekscita. La ludantoj devus serĉi eskapon el milito kaj malamo. Vojon trans la maron ko to po."

"Nu, mi dubas. Cetere mi vidis ke ekzistas pluraj verkokursoj, en kiuj oni studas je distanco per virtualaj lecionoj kaj pasigas nur kelkajn periodojn fizike en la lernejo. Vi povus studi per tia kurso, loĝante kie ajn."

"Bone. Do ekzemple ĉi tie."

"Aŭ en Skövde. Ni povus serĉi komunan loĝejon."

Denove ŝi surpriziĝas. Fakte li sugestas ke ili povus kunloĝi. Jen novaĵo, kvankam li jam sufiĉe multe tranoktadis en ŝia apartamenteto. Domaĝe nur ke temus pri nekonata loĝejo en fremda, fora urbo. Ŝi ja preferus resti ĉi tie en Lund, sed ĉi-momente ne necesas diri al li tion.

"Nu, restas sufiĉe da tempo por pripensi", ŝi diras, trinkinte la lastan gluton da teo. "Krome mi devos multe vizitadi mian avon, dum li ankoraŭ povos rakonti ion. Lia vivo ja povus finiĝi iam ajn."

"Bone, faru tion. Dume niaj vivoj daŭros longe, mi esperas."

Ili ĉesigas la telefonan interparolon, kiu vekis en ŝi diversajn sentojn, sed plejparte agrablajn. Jes, espereble ili ambaŭ plu longe vivos. Eble eĉ kune. Sed necesas iel uzi sian vivon. Denove ŝi pensas pri la finna romanfino, kiu iel trafis ŝin en la koron.

Nun tamen ŝia unua defio ne estos fini romanon, sed komenci ĝin. Eĉ tio sendube estos sufiĉe malfacila tasko, kiu postulos ŝiajn plenajn atenton kaj dediĉon. Sed ĉi-momente tio ŝajnas al ŝi la plej grava afero, kiun ŝi povus entrepreni. Ŝi decidas vivi por laŭeble plenumi ĝin.

# Vortoj kaj nomoj ne-PIV-aj

apo [BK EV3 G] — poŝtelefona aplikaĵo aŭ programeto

apogflugila ŝipeto [V] — ŝipeto rapide flosanta sur la akvosurfaco per planeoj sub la kareno

arjo [BK EDK EV G V] — 1. ano de la arjaj [NPIV] triboj. 2. en la nazia propagando = ne-juda eŭropano

bolonja raguo — raguo el bovaĵo, porkaĵo kaj legomoj manĝata kun pastaĵoj

Bolonjo [AC ACN BK EDK EW G GW LA LPD PM TSM V] — itala urbo *Bologna*

Cisjordanio [V] — (arabe الضفة ا = la okcidenta riverbordo) palestina teritorio okcidente de Jordano

Dalekarlio [AC ACN EDK EV EW G GW JLG LA V] — *(Dalarna)* provinco en okcidenta Svedio

falaflo [G RV V] — (arabe فلافل, hebree פלאפל) kikerbulo, fritita bulo el pistitaj kikeroj kun spicoj

Gotenburgo [ACN E EDK EV G JLG RV V] — *(Göteborg)* havenurbo en sudokcidenta Svedio

gugli [BK BL G] — serĉi en Interreto per *Google* aŭ alia serĉilo

homlupo [BK G V] — lupfantomo [NPIV], homo kiu nokte lupiĝas kaj atakas homojn

Ĥajfo [G V] — (hebree חֵיפָה, arabe حيفا) havenurbo en norda Israelo

intifado [V] — (arabe انتفاضة = vekiĝo) palestina ribelo aŭ civila malobeado

lasanjo [BSL EV G] — (itale *lasagne al forno*) plado el pastoplatoj (= lasanjoj [NPIV]), hakita viando kaj beŝamelo, bakita en forno (= lazanjo [EDK LPD V])

lavaŝo [V]     (armene լավաշ), plata, mola kaj maldika pano el okcidenta Azio

maklubo [G V]     (arabe مقلوبة) plado el rizo, ŝafaĵo kaj vegetaĵoj en poto, kiun oni renversas

mojosa [BK BL BSL G OE RV V]     modernjunstila, bonega aŭ laŭ la sociaj normoj de la junularo

Muhamado [BK M RV]     (arabe محمد) Mahometo, la profeto de Islamo

nimfomano     nimfomaniulino

rulapogilo [V]     tri- aŭ kvarrada helpilo dum piedirado por personoj malfacile paŝantaj

Skanio [AC ACN BSL EDK EV JLG LF PN V]     (Skåne) la plej suda provinco de Svedio

SS     Schutzstaffel, duonmilitista terora organizaĵo de la nazia Germanio, kiu estris la koncentrejojn kaj la sekretan policon Gestapo

U-turno [EV]     180-grada turno, ekzemple per aŭto sur strato

vegano [BK BL BSL EDK G RV V]     vegetaĵano [NPIV], persono manĝanta nenian animalaĵon

# Fontoj

| | |
|---|---|
| AC | André Cherpillod: NePIVaj vortoj, 1988 |
| ACN | André Cherpillod: Etimologia Vortaro de la propraj nomoj, 2005 |
| BK | Boris Kondratjev: Esperanto-rusa vortaro, http://eoru.ru/ 2006 |
| BL | www.bonalingvo.org |
| BSL | Eckhard Bick, Jens S. Larsen: Dansk-Esperanto Ordbog, 2010 |
| E | Uzita de revuo Esperanto aŭ Jarlibro de UEA |
| EDK | Erich-Dieter Krause: Großes Wörterbuch Esperanto-Deutsch, 1999 |
| EV | Ebbe Vilborg: Ordbok Svenska-Esperanto, 1992 |
| EV3 | Ebbe Vilborg: Lilla esperanto-ordboken, 3-a eldono, 2016 |
| EW | E. Wüster: Esperanto-Germana Vortaro, 1920 |
| FD | Fernando de Diego: Gran Diccionario Español-Esperanto, 2003 |
| G | Glosbe, https://glosbe.com/ |
| GW | Gaston Waringhien: Grand Dictionnaire Espéranto-Français, 1955/76/94 |
| JLG | Sam Owen Jansson, Fritz Lindén, Birger Gerdman: Svensk-esperantisk ordbok, 1934 |
| LA | Léger-Albault: Dictionnaire Français-Espéranto, 1961 |
| LF | L. Friis: Esperanto-Dana Vortaro, 1969 |
| LPD | J. Le Puil, J.P. Danvy k.a.: Grand Dictionnaire Français-Espéranto, 1992 |
| M | Uzita de Monato |
| NPIV | Nova Plena Ilustrita Vortaro, 2002 |
| OE | Uzita de La Ondo de Esperanto |
| PM | Poŝatlaso de la Mondo, 1971 |
| PN | Paul Nylén: Esperanto-Sveda Vortaro, 1954 |
| RV | Reta Vortaro, http://www.reta-vortaro.de/revo/ |
| TSM | Tibor Sekelj: Mondmapo, aŭ Nepalo malfermas la pordon, 1958 |
| V | Vikipedio |

# Postkomento

Kiel en ĉiuj miaj romanoj, la ĉefa intrigo kaj la protagonistoj de ĉi tiu verko estas plene fikciaj. Unu el la personoj, 'onjo Willi', devenas el mia antaŭa romano, Secesio. Se oni jam legis tiun, oni kredeble komprenas pli multe pri ŝia rolo en la nuna romano, sed mi ne konsideras tion necesa. Laŭ mia opinio la legantoj, kiuj dum la legado de Falaflo en maco eble ekinteresiĝas pri ĝia antaŭhistorio, povas same bone legi Secesion poste kiel antaŭe.

Ĉi-romane la retrorigardoj aperas dise kaj epizode en la rakonto, kaj la leganto devas mem munti ilin laŭ sia povo, proksimume kiel la enhavon de plata paketo el IKEA.

Same kiel en kelkaj antaŭaj romanoj, enmiksiĝas ankaŭ realaj okazaĵoj kaj personoj. Mi utiligis amason da fontoj kaj klopodis prezenti tiujn realaĵojn kiel eble plej sobre kaj ĝuste, sed se mi iuloke ne sukcesis pri tio, mi petas indulgon de la legantoj. Fojfoje temas ja pri aferoj pridisputataj. Do ĉia simileco inter ĉi tiu romano kaj la realo estas pure intenca.

Aparte menciindas unu el la fontoj, ĉar en parton de la sesa ĉapitro mi metis rektajn citaĵojn el rakonto de Edwarda Kamińska, kiun ŝi verkis en 1947 kaj sendis al la sveda esperantista familio Roos en Norrköping, ĉe kiu ŝi loĝis dum kelka tempo post sia saviĝo el naziaj koncentrejoj. Do mi dankas ŝin kaj petas pardonon pro mia ŝtelo.

Eble mi menciu ankaŭ gravan fonton de kelkaj partoj el la deka ĉapitro: la raportlibron Tysk höst (Germana aŭtuno) el 1947 de la sveda verkisto Stig Dagerman. Tie tamen temas ne pri rektaj citaĵoj.

En pluraj el la realaj okazaĵoj mi mencias personojn per iliaj veraj nomoj. Tamen pro bezonoj de la romankonstruo mi ŝovis almenaŭ du okazaĵojn kelkajn jarojn antaŭen aŭ posten en la tempo; do bonvolu ne fidi ĉiujn datojn. Konkrete: la manifestaciojn en la unua ĉapitro mi ŝovis de 2009 al 2014, kaj la bruligadon de la Korano en la dektria mi ŝovis de 2020 al 2016. Ankaŭ pro tio mi petas indulgon de la legantoj.

Fine mi volas esprimi koran dankon al miaj provlegantoj Jesper Lykke Jacobsen kaj Hans Becklin pro ege utilaj kritiko kaj proponoj.

*La aŭtoro*

# Aliaj libroj de la sama aŭtoro, originalaj...

Se interesas vin la historio de Willi kaj ŝia vivo kiel multe pli juna virino en Vieno, legu la romanon *Secesio* de Sten Johansson! *Secesio* rekondukas nin al la tumultaj intermilitaj dek jaroj 1925 ĝis 1935 en Aŭstrio, al la bataloj de politikaj grupiĝoj kaj la klopodoj de artistoj en tiu tempo. La libro priskribas la evoluantan rilaton inter du virinoj: Louise, aŭstra skulptistino el juda familio, kaj Willi, dana ĵurnalistino. (ISBN 9781595694256; 254 paĝoj)

*Sesdek ok* (romano): Tra la okuloj de juna sveda esperantisto studanta francan literaturon en Parizo, la aŭtoro prezentas la socian situacion en 1968 en Francio kaj interplektas siajn priskribojn kun aferoj de interhomaj rilatoj, de amo kaj amoro. (ISBN 9781595694126; 186 p.)

**La libro gajnis la premion *Laŭro de la Akademio* en 2022!**

En la romano *Ne eblas aplaŭdi unumane* ĉefrolas du familioj: unu denaske sveda, la alia de irandevenaj svedoj. Ilin kunigas geedziĝo de du el la gefiloj. Per elokventa priskribo de personecoj kaj interrilatoj, familiaj valoroj kaj ĉiutagaĵoj, la aŭtoro invitas nin en la personajn vivojn de tre diferencaj homoj. (ISBN 9781595693945; 162 p.)

*El ombro de l' tempo:* Komence de la 1970aj jaroj, grupo de junaj homoj disdonas pamfletojn kontraŭ la usona milito en Vjetnamio. La interrilatoj de la grupanoj rezultigas ŝanĝiĝantajn amaferojn de la protagonisto, la gimnaziano Roger... Plurajn jardekojn poste lin atendas surpriza novaĵo. (ISBN 9781595693419; 198 p.)

# ...kaj tradukoj, aperintaj ĉe Mondial

Marina kaj Tomas: du svedoj kun malsamaj sortoj, kies padoj jen krucas sin jen malkuniĝas. Neatenditaj eventoj kaj revelacioj formas ilian rilaton, ĝis Marina malaperas...

(*Marina:* ISBN 9781595692719; 188 paĝoj)

Marina nun vivas kun sia edzino Helle kaj la du adoptitaj gefiloj en Malmö en la sudo de Svedio. Ili estas moderna familio, kies kunvivadon minacas pluraj eventoj...

(*Marina ĉe la limo:* ISBN 9781595693723; 234 paĝoj)

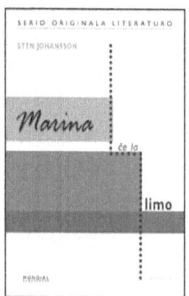

Stefan vekiĝas en prizono. De tempo al tempo, du policanoj pridemandadas lin pri krimo kaj aliaj okazintaĵoj, pri kiuj li ŝajne nenion scias. La longaj horoj en la prizono revenigas al li pasin-

tajn renkontiĝojn, amojn, agojn – memorerojn, kiuj paŝon post paŝo prilumas terurajn sekretojn...

(*Skabio*. ISBN 9781595693006; 180 paĝoj)

## TRADUKOJ DE STEN JOHANSSON

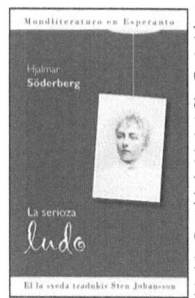

*La serioza ludo* de Hjalmar Söderberg estas romano pri la amo inter Arvid kaj Lydia. Ili rompas la regantajn regulojn pri moralo kaj estas tamen kaptitaj kaj dependaj de tiu moralo. La temo malantaŭ ĉi amrakonto estas la homaj vivkondiĉoj kaj la sociaj moroj. – Söderberg ofte traktas moralajn dilemojn, kiuj tuŝas nin ĉiujn. (ISBN 9781595693235; 208 p.)

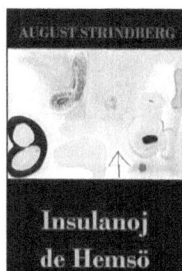

La ĉefa temo de la romano *Insulanoj de Hemsö* de August Strindberg – rilatoj amaj kaj geedzaj inter homoj malsamklasaj – estas grava temo en la verkaro de la aŭtoro, kaj grandparte baziĝas sur lia ĝenerala malŝato al strebuloj kaj parvenuoj. (ISBN 9781595690159; 180 p.)